Joni McLachlan ist eine junge und aufstrebende Autorin. Ihre Lektorin schickt sie nach Dallas, um die Recherchen für ihr nächstes Buch durchzuführen.

Kaum in Dallas gelandet, trifft sie auf Oliver Brown, Starquarterback der Lions. Zwischen ihm und Joni fliegen von Beginn an die Fetzen. Auf geistiger Ebene kommen sie nicht miteinander klar und zeigen sich dies bei jeder sich bietenden Gelegenheit. Bei all ihren Streitigkeiten können sie nicht leugnen, das sie sich dennoch sehr anziehend finden. Sie beginnen eine Affäre. Empfinden sie vielleicht doch mehr füreinander, als anfänglich gedacht?

Lucas, Runningback der Dallas Lions, hat es nicht leicht in der Liebe. Er und Joni freunden sich schnell an und sie beschließt, dem jungen Mann zu helfen. Wird es ihr gelingen?

Stefanie Schwellnus wurde 1985 geboren und lebt, zusammen mit ihrer Familie, in einem kleinen Dorf in Sachsen.
Ihre ersten Arbeiten hat sie auf fanfiktion.de, unter dem Pseudonym *Skyla of the Moors* veröffentlich. Dies ist ihr fünfter Roman.

Bereits erschienene Titel:

Holidays	ISBN 978-3-7322-9414-5
Liebe ist eine Seifenblase	ISBN 978-3-7347-3860-9
Seifenblasen können platzen	ISBN 978-3-7386-3399-3
Manche Seifenblasen fliegen weiter	ISBN 978-3-7412-6326-2

Stefanie Schwellnus

Touchdown mitten ins Herz
Kickoff

Bibliografische Information der Deutschen Nationalbibliothek:
Die Deutsche Nationalbibliothek verzeichnet diese Publikation in
der Deutschen Nationalbibliografie; detaillierte bibliografische Daten
sind im Internet über http://dnb.dnb.de abrufbar.

Cover: René Brunnlieb

Herstellung und Verlag: BoD – Books on Demand, Norderstedt

ISBN: 978-3-7460-7652-2

Für Euch

Kapitel 1

Kleine Schweißtropfen fließen ihren Rücken hinab und hinterlassen ein unangenehmes Gefühl auf der Haut. Außerdem erdreisten sie sich, ihr in die Augen zu rollen. Sauer wischt sie sich mit dem Handrücken über die Stirn. Was gar nicht so einfach ist, wenn man bedenkt, dass zwischen ihrem rechten Ohr und ihrer Schulter ein Handy klemmt und vor ihr ein Koffer steht, dessen Deckel sie, mithilfe ihres Knies, versucht soweit herunter zu quetschen, dass sie ihn schließen kann. Aber immer wieder mogeln sich einzelne Kleidungsstücke dazwischen und tragen nicht gerade zur Besserung ihrer Stimmung bei.

Ist es nicht schon Strafe genug, dass Los Angeles gerade unter einer ungewöhnlichen Hitzewelle ächzt und schwitzt? Die Woche hat so verheißungsvoll begonnen.

Am Montag hatte sie ein Mittagessen mit ihrer Lektorin und sie haben über die Ideen für ihr neustes Buch gesprochen. Im Nachhinein könnte sich Joni selber in den Hintern treten, dass sie ihrer Lektorin Luise auf die Nase gebunden hatte, dass der neuste männliche Protagonist ein Profisportler sein soll. Es hätte ihr gleich Spanisch vorkommen müssen, dass sie so begeistert war und sofort anfing von Football zureden. Sie hat Joni sogar angeboten, eine Hospitation bei einem Profiteam zu arrangieren und sie hatte zugestimmt. Gut, sie dachte da eher an ein Team in ihrer unmittelbaren Nähe. Aber nein, Luise musste ja unbedingt die Dallas Lions für ihre Recherchen verpflichten und jetzt muss sie dort hin. Wie sie Reisen hasst und dann muss sie in dort auch noch in einem Hotel wohnen. Einem HOTEL! Das ist fast noch schlimmer, als reisen zu müssen.

Immer noch dringt das eintönige Tuten durch ihr Handy, welches ihr zeigt, dass am anderen Ende zwar ein Telefon klingelt, es aber niemand für nötig hält abzuheben. Dieser scheint sie zu verspotten. Der Koffer wehrt sich auch immer noch und hat sich wahrscheinlich zusammen mit diesem Ton zu einer Allianz gegen sie zusammengeschlossen.

Wieder rollen ihr Schweißperlen in die Augen und Joni muss sie zusammenkneifen, damit das unangenehme Brennen zumindest ein wenig minimiert wird.

Nach dem zwanzigsten Klingeln gibt sie auf und wählt stattdessen eine andere Nummer. Sie lässt es klingeln und klingeln. Aber sie gibt nicht auf und endlich meldet sich eine verschlafene und äußerst unwirsche männliche Stimme.

»Was?!«

»Du musst mir helfen!« Joni übergeht einfach seinen unfreundlichen Ton, weiß sie doch das er es nicht so meint.

»Einen Scheiß muss ich!«

»Kev, biiiiitttttteeeee.«

»Joni, nein! Du nervtötender rothaariger schottischer Teufel! Hast du auch nur einen einzigen Blick auf eine funktionierende Uhr geworfen? Es ist fünf Uhr morgens.«

»Ja hab ich, und wenn du mir nicht gleich hilfst, renne ich in meinen Untergang!«

»Das tust du nicht! Also schwing deinen heißen Hintern zum LAX und mach dich auf den Weg nach Dallas.«

»Diese miese, hinterhältige Schlange hat dich vorgewarnt!«, zischt sie.

»Klar hat sie das. Sie kennt dich und weiß, das du alles versuchen wirst, um dich vor deiner Aufgabe zu drücken.«

»Aufgabe, pah!«

»Es ist eine Aufgabe, ein Teil deines Jobs. Also hör auf zu jammern und fahr zum Flughafen.«

»Du bist kein Deut besser als sie! Du bist mein Anwalt, du musst meine Interessen vertreten!«

»Im Moment vertrete ich nur meine Eigenen. Das heißt weiter schlafen und dich dazu bringen ordentlich deine Recherchen zu machen, auf das dein nächster Roman auch wieder, wie eine Bombe einschlägt und du mich noch reicher machst, als ich es ohnehin schon bin.«

»Coleman, du miese geldgierige Ratte!«

»Ich habe dich auch lieb, Süße. Bye.«

»Du ...« Weiter kommt sie nicht, denn er legt auf.

Missmutig starrt sie das Handy in ihrer Hand nieder und schmeißt es dann aufs Bett. Es kann zwar nichts für ihren Unmut, aber das ist Joni in diesem Moment herzlich egal. An irgendwas muss sie ja ihre Wut auslassen und als Nächstes muss der Koffer daran glauben. Mit Schwung springt sie mit beiden Knien auf den Deckel des Hartschalenkoffers. Der schnappt zwar endlich ein, gibt aber auch ein ungesundes Knacken von sich.

»Na toll«, brummt sie und klettert vorsichtig wieder herunter. Den Deckel zieren jetzt eine tiefe Delle, auf der linken Seite und ein Riss auf der Rechten. Ihre schlanken Finger, mit den kurzen Nägeln, betasten kurz den Schaden. *Vielleicht weigert sich die Fluggesellschaft, so einen Koffer zu befördern?* Neue Hoffnung keimt in ihr auf und ihre Laune hebt sich.

Als der Fahrer, des bestellten Taxis, klingelt, verlässt sie mit beschwingtem Schritt ihre kleine Zwei-Raum-Wohnung.

»Morgen«, flötet sie ihm entgegen. Inzwischen ist sich Joni sicher, dass sich die Fluggesellschaft weigern wird, ihren demolierten Koffer zu transportieren und da sie unmöglich ohne ihn reisen kann, wird sie selbstverständlich ebenfalls in Los Angeles bleiben.

»Hmpf.«, brummt der Fahrer, vermutlich pakistanischer Herkunft und verstaut ihr Gepäck im Kofferraum des gelben Gefährtes.

»Wohin?«, fragt er mit einem starken Akzent, als er sich hinter das Steuer fallen lässt.

»LAX«

»Hmpf«, macht er wieder und Joni verdreht die Augen. Sehr gesprächig ist der Herr ja nicht gerade.

Vor einem der größten Flughäfen der Welt herrscht, um kurz vor sechs Uhr, noch wenig Betrieb und schnell sind ihr Koffer und ihre Laptoptasche ausgeladen und der Fahrer bezahlt. Eigentlich hatte Joni geplant, ihm nur den Preis zu zahlen, aber dann ist ihre Fantasie mal wieder davon galoppiert und sie hat sich für ihn eine Lebensgeschichte zusammen- gesponnen, die selbst Steine zum Weinen gebracht hätte. So musste sie ihm einfach zehn Dollar extra in die Hand drücken.

Auch im Flughafengebäude selber ist wenig los und Ruck Zuck steht sie mit Sack und Pack am Check-in.

»Guten Morgen«, begrüßt sie die Dame am Schalter und lächelt ihr Zahnpastalächeln. Vermutlich arbeitet sie nur hier, weil sie hofft, eines Tages als großartige Schauspielerin oder Model gefeiert zu werden. *Träum weiter, Schätzchen! Du bist nicht die Einzige, die das hofft.*,denkt sich Joni, erwidert aber den Gruß.

»Ihre Taschen bitte auf das Band.«

Gleich ist es soweit und ich kann wieder nach Hause! Vielleicht sollte ich mich noch ein Stündchen in mein kuscheliges Bettchen legen?

Voll Vorfreude hievt sie ihren demolierten Koffer auf das Band.

»Ähm ... So kann der Koffer nicht mit.« Die Angestellte deutet auf den Riss, durch den schon das dunkelblaue Innenfutter lugt.

»Nicht? Oh Mann, was mache ich da jetzt nur?«, betont bestürzt schaut Joni auf das kaputte Monster.

»Ja ... also ... ich ...«, stottert sie.

»Ich kann doch nicht ohne meine ganzen Sachen nach Dallas! Ich bleibe drei Wochen dort.« Sie legt noch einen Gang zu und reibt sich die Schläfen, als würde sie die Situation maßlos überfordern.

»Einen Moment bitte.« Damit verschwindet sie und Joni hätte am liebsten laut gejubelt. Sie will gerade ihren Koffer wieder vom Band zerren, da taucht sie wieder auf und hat einen älteren Mann in einem Blaumann dabei.

»Phil, kannst du nicht was machen? Die Lady kann doch nicht drei Wochen ohne Kleidung in Dallas verbringen.«

Vor Verblüffung bleibt ihr der Mund offen stehen. Sie will doch jetzt nicht wirklich ihren schönen Plan zunichtemachen?!

»Na Kindchen, das bekommen wir schon hin.«, lächelt der alte Mann und zieht aus seiner Hosentasche eine Rolle silbernes Klebeband. Er zieht sich ihren Koffer näher heran und beginnt ihn einzuwickeln. Alles, was sie machen kann, ist voller Verblüffung zuzusehen.

»So, das wäre geschafft. Der kleine Riss war jetzt nichts, was man nicht mit einer ordentlichen Ladung Panzertape reparieren kann.«

»Danke Phil, die bist unser Bester.«, lacht die Schalterdame und küsst die runzlige Wange des Alten.

»Ja ... Danke Phil.«, knurrt Joni. Auch wenn sie nur gut gemeint haben, haben sie damit ihre letzte Hoffnung zerstört.

Während die Flughafenangestellte irgendetwas in den Computer tippt, betrachtet Joni ihren Koffer. Von dem roten Plastik des Deckels ist nicht mehr viel zu erkennen. Er strahlt jetzt in Baumarktsilber und sieht aus, als hätte sie ihn frisch von der Müllkippe.

»Hier bitte, Ihr Ticket. Ich wünsche Ihnen eine tolle Zeit in Dallas.«

»Danke«, murmelt Joni und nimmt die Unterlagen an sich. Ihre Laune hat wieder ihren absoluten Tiefpunkt erreicht.

So langsam wie möglich schlurft sie durch das Gebäude, vielleicht würde sie so den Flieger verpassen. Aber dann kommen ihr Luise und Kevin in den Sinn und wie wenig sie begeistert wären, würden sie davon erfahren. Dennoch beschleunigt sie ihre Schritte nur ein ganz kleines Bisschen.

Den Sicherheitscheck passiert sie ihrer Meinung nach viel zu schnell. Was auch kein Wunder ist, denn immerhin ist sie in diesem Moment die einzige Passagierin, die durch will. Zu allem Übel steht die Nonstop-Maschine nach Dallas schon bereit und das Boarding hat auch bereits begonnen.

Grummelig lässt sie alles über sich ergehen. Sie stöpselt sich die Kopfhörer ihres MP3-Players in die Ohren, sobald ihr Hintern das Polster des Sitzes berührt. Die Sicherheitshinweise und die Fluginformationen ignoriert sie getrost. Wer muss auch schon wissen, das Dallas Los Angeles in der Zeit eine Stunde voraus ist, dass die Flugdauer knapp drei Stunden beträgt und sie dabei eine Entfernung von eintausendneunhundertfünf-undachtzig Kilometer zurücklegen? Informationen, die kein Mensch braucht.

»Schick mir Brown sofort rein, wenn du diesen Bastard siehst!«, donnert William seiner Sekretärin Kristi entgegen, als er in sein Büro stapft. Dieser elende Mistkerl! Wütend fegt er die aktuellen Tageszeitungen von seinem Schreibtisch. Sie alle zeigen ein und dasselbe Foto auf ihren Titelseiten und genau dieses Bild hat ihm heute Morgen ordentlich das Frühstück versaut. Man könnte sagen, Oliver Brown hat ihm damit in die Müslischale gespuckt.

»Hey Will, du wolltest mich sprechen?« Ertönt die selbstgefällige Stimme von Oliver. Will schließt seine Augen und atmet tief durch. Er hat seiner Frau versprochen sich nicht aufzuregen. Doch das ist gar nicht so leicht.

Als Oliver Brown das Büro des Headcoaches der Dallas Lions betritt, steht dieser mit dem Rücken zu ihm. Die Hände sind in den Taschen seiner grauen Anzugshose vergraben, das schwarze Poloshirt, auf dessen Vorderseite das Logo des Vereins, ein brüllender Löwe in Blutrot, prangt, spannt sich um seinem immer noch recht breiten und muskulösen Oberkörper. Seine Schultern sind zwar nicht mehr so wie in Wills Profizeit, aber für sein Alter von einundfünfzig Jahren nicht schlecht. Langsam und in aller Seelenruhe schlendert er zu ihm hinüber und richtet seinen Blick ebenfalls durch die große Fensterfront auf das unter ihnen liegende Spielfeld. Wie sehr er diesen Ort liebt!

»Na los, fang schon an zu brüllen.«, fordert er ihn auf. Oliver weiß ganz genau, warum er hier her zitiert wurde.

Immerhin hat er sich nie der Illusion hingegeben, dass er es vor ihm verheimlichen könnte.

»Das könnte dir so passen. Ich habe Olivia versprochen nicht auszurasten.«

»Und? Hältst du dich an die Vorgabe deiner Frau?«

»Wenn ich die Nacht nicht auf dem Sofa verbringen will, dann ja.«

»Hör mal, was ich in meiner Freizeit tue, geht den Verein nichts an.«

»Dein ganzes erbärmliches Leben geht uns etwas an, solange du hier unter Vertrag stehst.«

»Meine Fresse, ich war nur klettern.«

»Klettern?! KLETTERN?! Du geistiger Kleingärtner warst beim FREECLIMBING!«

»Na und?«

»Herr lass Hirn vom Himmel regnen, oder Pflastersteine. Hauptsache du triffst!« Verzweifelt wirft William die Arme in die Luft und stützt sich dann an der Fensterfront ab.

»Wo hast du den Spruch denn geklaut?« Leise lacht Oliver auf.

»Reiz mich nicht noch mehr.«

»Schon gut. Also, ich verspreche, dass ich es nie wieder tun werde.«, leiert er seinen Satz herunter, von dem er weiß, dass sein Coach ihn hören will.

»Damit ist es dieses Mal nicht getan.«

»Ach nein? Womit ist es denn dann getan?« Argwöhnisch sieht er den älteren Mann neben sich an.

»Einhunderttausend Dollar Strafe und du sitzt beim nächsten Spiel auf der Bank.«

»Bitte was? Das kannst du nicht machen? Du willst Connor, dieses Weichei für mich auf den Platz schicken, wenn wir um den Einzug in die Play-Offs kämpfen?« Ungläubig schüttelt er den Kopf.

»So sieht es aus. Du wirst von der Bank aus zusehen.«

»Einen Scheiß werde ich! Du legst den Erfolg oder Misserfolg einer ganzen Saison in die Hände eines Rookies. Wir wissen Beide, dass er ziemlich glitschige Finger hat.«, poltert Oliver los. Er ist absolut fassungslos.

»Tja, wäre mein Quarterback und erfahrenster Spieler nicht klettern gewesen, dann müsste ich jetzt nicht den Rookie auf den Platz schicken.«

»Das ist doch Kinderscheiße und das weißt du ganze genau!« Er lässt sich doch von einem Grünschnabel nicht die Butter vom Brot nehmen. Wütend wendet er sich zum Gehen.

»Ich bin noch nicht fertig.«

»Was jetzt noch?«

»In zwei Stunden landet eine Maschine aus Los Angeles. An Bord befindet sich eine gewisse Joni McLachlan und du wirst sie abholen.«

»Warum sollte ich? Und vor allem, was will die hier?«

»Zu deiner ersten Frage: es ist der ausdrückliche Wunsch von Suzanna und zu deiner Zweiten, sie ist Schriftstellerin und sie wird für ihr nächstes Buch bei uns ihre Recherchen durchführen.«

»Was für Recherche? Welches Buch?« Sein Nacken kribbelt und das ist ein ganz schlechtes Zeichen.

»Keine Ahnung, was sie schreibt. Frauenromane oder so und sie soll bei uns sehen, wie das Leben eines Profisportler aussieht.«

»Warum bei uns? Es gibt genug Teams in der NFL, und wenn sie aus Los Angeles kommt, warum nimmt sie da kein kleines Collegeteam in ihrer Nähe?«

»Ich habe keine Ahnung, es war eine Idee von Suzanna. Anscheinend mag sie die Bücher dieser Miss

McLachlan. Wir können da jetzt nicht viel machen. Die drei Wochen werden schnell rum sein.«

»Na super! War's das jetzt?«

»Ja, das war's. Du kennst das Konto ja, auf das du die einhunderttausend einzahlen darfst.«

»Ja.«, murrt Oliver und macht, dass er vom Acker kommt.

Ihr Nacken ist steif, ihr Beine schmerzen und an ihren geschundenen Rücken will Joni lieber nicht denken.

Sie steht mit ihrem Koffer und ihren Taschen vorm Fort Worth International Airport und sieht sich suchend um. Kurz nach ihrer Landung hat Luise ihr eine Nachricht geschickt, dass sie jemand hier abholen würde. Aber bis jetzt hat sie niemanden entdeckt.

Mit dröhnendem Motor und quietschenden Reifen kommt eine rote Corvette vor ihr zum Stehen. Mit erhobenen Augenbrauen betrachtet sie die Aufreißerkarre. Plötzlich wird die Scheibe auf der Beifahrerseite heruntergelassen.

»Bist du Joni?«, schreit sie eine tiefe Stimme über den Bass irgendeines Hip-Hop Songs an. Himmel, das soll doch wohl nicht ihr Fahrdienst sein? Das wird ja immer schlimmer!

»Ja, wer will das wissen?«

»Ich will das wissen. Schmeiß dein Zeug hinten rein.« Eine gebräunte Männerhand, die ziemlich kräftig aussieht, erscheint in ihrem Blickfeld und deutet nach hinten.

»Na ein Gentleman ist der ja nicht gerade.«, murmelt Joni vor sich hin, während sie versucht, ihren Koffer und die Laptoptasche im Kofferraum zu verstauen. Anscheinend geht es Mr. Aufreißerkarre nicht schnell genug, denn er lässt immer wieder unruhig den Motor aufheulen. Aber Joni wäre nicht Joni, wenn sie sich deswegen aus der Ruhe bringen lassen würde.

Ganz in Ruhe öffnet sie die Beifahrertür und lässt sich in den teuren Ledersitz fallen.

»Wurde ja mal Zeit.«, murrt er und sie sieht ihren Fahrer das erste Mal. Neben ihr sitzt ein Mann, von dem sie sich fragt, wie er es in diese Sardinenbüchse von einem Auto geschafft hat und wie er hier wieder heraus kommen will. Er ist, soweit sie es beurteilen kann, groß und muskulös, jedenfalls spannen sich die Ärmel seines Poloshirts sehr um seinen Bizeps. Seine Haare sind kurz, aber nicht zu kurz und schwarz. Wie seine Augen aussehen, kann sie nicht beurteilen, denn er verbirgt sie hinter einer dunklen Sonnenbrille.

Während diese Autorin ihn ungeniert mustert, sieht er sie sich ebenfalls ausgiebig an. Sie ist groß, größer als normale Frauen und schlank, für seinen Geschmack sind die Hüften aber zu breit, sie macht es aber durch ihren üppigen Busen wieder wett. Ihre Haare sind rot, lang und stehen in wilden Locken von ihrem Kopf ab. Ihre Haut ist hell und das Gesicht von Sommersprossen übersät. Das Blitzen in ihren blauen Augen sagt ihm nichts Gutes. Dieses Weib wird bestimmt nicht zur sanften Sorte gehören.

»Tür zu!«, knurrt er mit zusammengekniffenen Augen und beobachtet, wie sie in Zeitlupe ihre Hand ausstreckt um die Tür zu schließen. »Schön, dass du diese einfache Aufgabe geschafft hast.«

»Na, das kann ja ein Spaß werden.«, hört er sie murmeln und gibt ihr im Stillen Recht.

Kapitel 2

»Wo musst du hin?«, fragt er sie und Joni wird schlagartig klar, dass sie keine Ahnung hat, wer der Typ ist, in dessen Auto sie gerade sitzt.

»Ähm... Wer bist du eigentlich?«

»Fragst du immer erst nach dem Namen, nachdem du zu einem fremden Kerl ins Auto gestiegen bist?«, fragt er spöttisch.

»Wusstest du, dass Du in deinem Kennzeichen, das Kürzel für ein Hygieneprodukt für Frauen herumfährst?« Lieber in den Angriff gehen, anstatt sich verteidigen zu müssen.

»Hä?«

»Hä ... Himmel hast du deinen Sprachschatz in der Lotterie gewonnen?« Als Autorin ist es ihr wichtig sich richtig auszudrücken und normalerweise hat sie kein Problem damit, wenn Leute in einen gewissen Jargon verfallen, aber bei ihm bringt sie das auf die Palme und diese muss sie heute echt lange in ihrer Krone tragen.

»Mein Sprachsatz kann dir doch egal sein. Aber was soll der Mist mit meinem Kennzeichen?«

»Na OB 5, das ist doch dein Kennzeichen, oder?«

»Jaaaa?« Er zieht die A´s, dieses kleinen unschuldigen Wortes, skeptisch fragend in die Länge.

»Wann warst du das letzte Mal in einem Supermarkt oder Drugstore?«

»Vorgestern.«

»Okay, andere Frage. Wann hast du deiner Freundin das letzte Mal Tampons gekauft?«

»Weib, du nervst. Entweder du rückst jetzt mit der Sprache raus oder du und dein Mülltrolley könnt laufen!«

Auch wenn Joni ihn nicht kennt, muss sie keine Hellseherin sein, um zu wissen, dass er schon ziemlich angepisst ist.

»Ist ja gut. Ich kläre dich auf. Du weißt ja hoffentlich das Frauen einmal im Monat Besuch vom roten Indianer bekommen.«

»Herr hab Erbarmen.«, stöhnt er und lehnt sich mit dem Hinterkopf an die, ebenfalls mit weichem beigen Leder bezogene Kopfstütze.

»Jedenfalls gibt es für den Zeitraum, in denen Frauen Besuch haben, bestimmte Hygieneprodukte. Tampons, Binden, du weißt schon.«

Sein genervtes Stöhnen wird lauter und Joni muss sich auf die Innenseite ihrer Wange beißen, um nicht aufzulachen.

»Bei den Tampons gibt es natürlich die verschiedensten Anbieter und du fährst in deinem Kennzeichen eine sehr bekannte Tamponmarke durch die Gegend. Mich würde jetzt nur noch interessieren, was die fünf bedeutet. Von den O.B.'s kenne ich ja Mini, Midi, Stark, extra Stark, mit Flügelchen, ohne Flügelchen und ... ich glaube das waren alle O.B.-Sorten. Ach nein, warte! Es gibt jetzt die neuen Dinger, die haben eine spezielle Oberfläche, damit Frau sie besser einführen kann.« Joni amüsiert sich diebisch darüber, dass die Gesichtsfarbe ihres Fahrers immer blasser wird.

Plötzlich ruckt sein Kopf nach vorne und er reißt sich die dunkle Sonnenbrille von der Nase. Das erste Mal sieht sie seine, fast schwarz wirkenden Augen.

»Willst du damit sagen, dass in meinem Kennzeichen, eine Tamponmarke steht?!«, knurrt er, wobei er das Wort *Tampon* fast schon ausspuckt.

»Das habe ich dir doch gerade erklärt. Meine Güte, du hast aber auch die Aufmerksamkeits- spanne eines kleinen Fussels.« Genervt verdreht sie die Augen.

»Du willst echt laufen, oder?«

»Zurück zur ersten Frage. Wer bist du nun?«

Dieses Weibsbild ist ja wohl echt die Höhe. Erst fragt sie nach seinem Namen, nachdem sie sich in seine Corvette gesetzt hat, was ja eher auf einen geringen Selbsterhaltungstrieb deutet und dann erzählt sie ihm, dass seine Initialen eine Tampon-Marke sein sollen. Sie kotzt ihn jetzt schon an und dabei kennt er sie noch nicht einmal fünf Minuten.

»Na das weißt du sicher schon. Ich bin der Tampon Nr. 5. Also Zuckerpuppe, wo soll es hingehen? Schließlich habe ich nicht den ganzen Tag Zeit hier herumzustehen.« In perfekter Angebermanier legt Oliver seine linke Hand mit dem Handgelenk auf dem höchsten Punkt des Lenkrades ab und dreht sich ein wenig in seinem Sitz, wobei er seinen rechten Ellenbogen auf der Mittelkonsole abstützt und sich mit Daumen und Zeigefinger über seinen Dreitagebart am Kinn fährt.

Es ist für ihn eine Genugtuung sie mit offenem Mund und sprachlos vor sich zu sehen. Es passiert dieser kleinen rothaarigen Wilden wahrscheinlich nicht sehr oft, dass es ihr die Sprache verschlägt.

»Zuckerpuppe?«, presst Joni hervor. In ihr brodelt es gewaltig und ihr innerer Vulkan ist kurz davor auszubrechen.

»Ja, Zuckerpuppe. Wo soll es hingehen?« Genervt setzt er sich wieder seine Sonnenbrille auf und schiebt sie mit dem Zeigefinger wieder ein wenig herunter, sodass die dunkle Brille nun auf der Mitte seiner Nase sitzt und er über den Rand des silbernen Gestells sehen kann. Am liebsten hätte sie ihm das Machoteil von der Nase gezerrt, wäre damit ausgestiegen, hätte die Brille auf den grauen Betonboden gepfeffert und mit beiden Füßen und größter Genugtuung darauf gesprungen. Aber da sie ihn als Fahrer braucht, spielt sie die Szene nur in ihren Gedanken ab. Sie hat zwar immer noch keinen Plan, wer er ist, aber sie hofft inständig, dass sie ihn nie wieder sehen wird, nachdem er sie erst einmal zu ihrem Hotel gebracht hat.

»Hotel Elisabeth in der Elm Street.«, murrt sie. Irgendwie muss sie ihm die Zuckerpuppe noch heimzahlen. Aber erst einmal soll er sie in die Nähe der Elm Street bringen. Wer weiß, wie weit diese vom Flughafen entfernt ist und sie hat keine Lust, in einer ihr unbekannten Stadt, mit den öffentlichen Verkehrsmitteln fahren zu müssen.

Innerlich betet Oliver dafür, dass die Straßen frei sind. Er will mit dieser Schnulzentante nicht länger als nötig auf so engem Raum hocken. Es ist schon schlimm genug, dass sie die nächsten drei Wochen bei jedem Spiel und jedem Training dabei sein wird.

Oliver lässt den Motor laut aufheulen und schert in halsbrecherischer Geschwindigkeit in den vorbei-fließenden Verkehr ein.

Leicht schmunzelt er vor sich hin, als er sieht, wie sie sich krampfhaft an die Tür klammert. Ohne Rücksicht auf Verluste tritt er das Gaspedal voll durch und sein Baby rast durch das mittägliche Dallas.

Krampfhaft klammert sich Joni an den Türgriff. *Bitte, bitte lieber Gott, lass mich nicht sterben! Ich will nicht in einer Sardinenbüchse enden! Nimm ihn! Schließlich ist es seine Schuld, wenn es kracht!*, betet sie vor sich hin und das, obwohl sie eine überzeugte Atheistin ist.

Als kurz vor ihnen eine Ampel von Grün auf Rot schaltet und dieser Wahnsinnige keine Anstalten macht zu bremsen, kneift sie fest die Augen zusammen und atmet in Panik stoßweise durch die Nase ein und aus.

»Wir sind da. Du kannst deine Augen wieder auf machen, Zuckerpuppe.« Sie kann seiner Stimme die Belustigung nur zu deutlich anhören. Vorsichtig öffnet sie ein Auge.

Tatsächlich stehen sie in einer langen Straße, welche in regelmäßigen Abständen von Bäumen gesäumt ist. Auf der rechten Seite befindet sich ein Hochhaus, das nur aus Glas zu bestehen scheint. Die Sonne spiegelt sich in den Scheiben und Joni kann die Menschen nur bemitleiden, die in dem Gebäude gegenüber arbeiten oder wohnen. Als ihr Blick nach links schwenkt, seufzt sie leise, denn das gegenüberliegende Gebäude des Glasmonsters ist das Elizabeth Hotel.

»Na hüpf schon raus, ich hab es eilig.«, drängelt dieser Muskelprotz und hat auch noch die Frechheit mit der Hand zu wedeln.

»Du ... du ... Auf nimmer Wiedersehen!«, quetscht sie hervor und Joni bemerkt, wie sich eine heiße Röte in ihrem Gesicht ausbreitet.

»Hat es dir die Sprache verschlagen?«, lacht er und kann sich kaum beherrschen. Seine breite Brust vibriert unter seinen unterdrückten Lachsalven, und dass sie jetzt auch noch rot anläuft, macht es nicht besser.

Sein Handy klingelt und Oliver muss sich ein wenig aus dem Fahrersitz hochstemmen, damit er es aus der Tasche seiner Jeans ziehen kann. Als er den Namen liest, grinst er zufrieden vor sich hin. Vielleicht kann der Tag ja noch gerettet werden.

»Hey Baby«

Baby?! Joni würde ihr letztes Hemd darauf verwetten, dass er all seine Weibchen so nennt. Bei ihm wäre es gut möglich, dass er sonst durcheinander kommen könnte, müsste er sich all ihre Namen merken.

»Klar können wir uns treffen und Spaß zusammenhaben. Ich bin in zehn Minuten bei dir. Halte dich schon mal bereit, Baby.« Seine Stimme ist dunkler und sinnlicher geworden und Joni dreht es den Magen um.

So schnell sie kann, öffnet sie die Beifahrertür, springt nach draußen und eilt zum Kofferraum. Nicht das diesem schwarzhaarigen Gorilla noch einfällt, samt ihrer Sachen davon zu rasen. Hastig nimmt sie ihren vollgekleisterten Koffer und ihre Laptoptasche an sich. Kaum hat sie die Kofferraumklappe geschlossen, gibt er Gas und braust davon.

Erleichtert steht Joni auf dem Gehweg vor ihrem Hotel. Sie muss unbedingt Luise anrufen. Denn sie hat bis jetzt noch keinen Plan darüber erhalten, wie ihre Recherchearbeit organisiert ist. Ist sie nur bei den Spielen als Beobachterin dabei, oder auch beim Training und wer ist ihr Ansprechpartner bei eventuellen Fragen?

Es wird Zeit, dass sie eincheckt und sich den Reisestaub vom Körper wäscht. Schnaufend schleppt sie ihr Zeug in die Lobby und genießt kurz die klimatisierte Luft. Herrlich!

Hinter dem Tresen stehen zwei junge Männer in schicken Anzügen und sehen nicht sehr beschäftigt aus. Im Allgemeinen sieht die Lobby leer aus, was aber eher an der Tageszeit, als an der Qualität des Hotels liegt. Der gesamte Eingangsbereich ist in verschiedenen Brauntönen gehalten und überall stehen gemütlich aussehende Ledersessel.

»Guten Tag, Miss.« Wird sie mit einem strahlenden Lächeln begrüßt.

»Hallo. Es wurde für mich ein Zimmer auf den Namen Joni McLachlan resserviert.«
Der junge Mann tippt etwas in seinen Computer und schiebt ihr dann eine kleine weiße Plastikkarte hinüber.

»Sie haben Zimmer 1021. Es hat einen wunderbaren Ausblick auf die Elm Street und wir wünschen Ihnen einen angenehmen Aufenthalt in unserem Haus.« Er lächelt sie freundlich an und kaum hat sie die Karte an sich genommen, hebt er seine Hand und einer der Pagen erscheint. Kurz schielt er auf Jonis demolierten Koffer, verzieht aber keine Miene.

»Wenn Sie mir bitte folgen würden, Miss.« Gemeinsam betreten sie den Fahrstuhl, um in den zehnten Stock zu fahren.

»Das wäre Ihr Zimmer.« Er geht kurz zur Seite, damit sie die Karte durch den Schlitz ziehen kann. Mit einem kleinen Klicken öffnet sich die Verriegelung und die Tür schwingt auf.

Der Page lässt Joni den Vortritt und sie sieht sich das geschmackvoll eingerichtete Zimmer an. Auch hier ist alles in Erdfarben gehalten. Das Bett steht auf der linken Seite des Zimmers, gegenüber eines kleiner Sekretärs. An der Wand hängt ein Flatscreen. Außerdem gibt es noch einen großen Kleiderschrank und das Badezimmer.

Er stellt ihre Tasche und ihren Koffer ab. Nachdem er sein Trinkgeld bekommen hat, lässt er sie alleine.

Joni geht zum Fenster und zieht die Gardine ein wenig zur Seite. Schnell kneift sie die Augen zusammen. Heute hat sie echt den Jackpot geknackt und genau eines der

Zimmer bekommen, auf das die reflektierte Sonne des Glasmonsters fällt.

»Super«, murrt sie und zieht schnell die Gardine wieder zu. Seufzend wendet sie sich ab und überlegt kurz ihren, zum Bersten gefüllten, Koffer zu öffnen und auszupacken. Entscheidet sich dann aber doch für ein Bad oder eine Dusche. Je nachdem was im Badezimmer vorhanden ist.

Erfreut stellt sie fest, dass es in dem kleinen angrenzenden Raum, sowohl eine Badewanne, als auch eine Dusche gibt. Sie lässt sich Wasser ein und gibt etwas von dem gut duftenden Badezusatz hinein, der auf dem Wannenrand bereitsteht.

Als sie aus ihren Kleidern geschlüpft ist, lässt sie sich seufzend in den weichen Schaum gleiten und stellt zufrieden fest, dass sich die vom Flug verkrampften, Muskeln lockern und wieder geschmeidig werden.

Sie bleibt so lange in der bequemen Wanne liegen, bis das Wasser völlig kalt ist. Nachdem sie sich sorgfältig abgetrocknet und eingecremt hat, lässt sie sich erschöpft in das große Bett fallen. Es ist zwar noch früher Nachmittag, aber da die letzte Nacht sehr kurz war und die Reise hier her anstrengend, schläft sie kurze Zeit später ein.

Ein kräftiges Hämmern an ihrer Zimmertür reißt Joni aus ihren süßen Träumen. Verschlafen und mit wirrem Haar tapst sie durch das dunkle Zimmer. *Wie spät ist es eigentlich?* Nachdenklich kratzt sie sich am Kopf. Immer drängender wir das Hämmern.

»Ja, ja. Ich bin ja schon da.« Kaum öffnet sie die Tür, wird sie am Handgelenk gepackt und aus dem Zimmer in den hell erleuchteten Flur gezerrt. Im ersten Moment ist sie total perplex, aber dann stemmt sie ihre nackten Füße in den Boden.

»Stopp! Was soll das?!«, kreischt sie und versucht ihr Handgelenk zu befreien. Aber der Griff verstärkt sich nur.

»Kommen sie Miss. Wir müssen das Hotel verlassen!«

»Warum?«

»Im zwanzigsten Stock gibt es einen Brand und es ist nur eine Vorsichtsmaßnahme.«

»Einen Brand?! Mein Laptop! Ich muss zurück.« Energisch versucht sie, sich zu befreien.

»Nein! Dafür ist keine Zeit mehr!«

»Meine Arbeiten!«, jammert sie, sieht aber auch ein, dass der Mann recht hat. Mit fliegenden Schritten folgt sie ihm über das Treppenhaus nach unten und anschließend nach draußen.

Auf der Straße befinden sich schon viele andere Hotelgäste. Bloß gut, dass sie am Abend noch einmal kurz wach war und sie sich ihre Schlafsachen angezogen hat. Dennoch stellt sie beschämt fest, dass sie die Einzige in Shorts und Top ist, wohl gemerkt ohne Unterwäsche. Aber wer konnte auch ahnen, dass es zu einem Brand kommt.

Einer der zahlreich herumschwirrenden Feuerwehrleute nimmt sie in Empfang und bringt sie in Sicherheit.

»Können Sie jemanden anrufen, bei dem Sie eventuell die Nacht verbringen können?«, fragt er sie.

Fieberhaft kramt sie in ihrem Hirn nach. Luise hätte es gewusst, aber Joni hat kein Handy dabei. Die Nummer ihrer Lektorin hat sie auch nicht im Kopf.

Doch dann kommt ihr Kevin in den Sinn und seine Nummer hat sich in ihr Hirn gebrannt.

»Ich weiß nicht. Ich bin heute erst in Dallas angekommen. Ich muss erst einmal zu Hause jemanden anrufen, damit er für mich in Erfahrung bringt, ob ich hier irgendwo unterkomme.«

»Die Nummer haben Sie?«

»Ja, die habe ich.«

»Gut, hier haben Sie ein Handy. Sagen Sie mir Bescheid, wenn Sie etwas wissen.« Damit drückt er ihr ein hornaltes Teil in die Hand. Hastig tippt sie Kevins Nummer ein und hofft, dass er nicht gerade eine seiner Eroberungen flach legt.

»Coleman«, meldet er sich zum Glück nach dem dritten Läuten.

»Kev! Gott sei Dank! Hör zu, in meinem Hotel brennt es und ich habe keine Ahnung, wo ich hin kann. Ich habe auch keine Nummer von meinem Ansprechpartner, ich weiß ja noch nicht einmal dessen Namen!«

»Ist mit dir alles in Ordnung? Ist dir etwas passiert?« Er klingt geschockt.

»Ja, mit mir ist alles in Ordnung, nur dass ich im Schlafanzug und ohne Unterwäsche auf der Straße stehe.«

»Ohne Unterwäsche? Schade das Du so weit weg bist.«

»Kevin! Hilf mir und hör auf zu flirten!«

»Sorry. Ich kümmere mich drum. Gib mir fünf Minuten und dann rufe ich dich wieder an. Das mit der Versicherung regele ich gleich morgen früh.«

»Es ist doch noch gar nichts kaputt.«

»Na und? Die Versicherungen bekommen ein Heidengeld, da können sie auch etwas zurückgeben.«

»Wie du meinst.«

»Bis gleich.« Und schon tutet es.

Unruhig trippelt sie von einem Fuß auf den anderen, denn Schuhe trägt sie auch keine.

Keine fünf Minuten später klingelt das alte Handy in ihrer Hand und sie erkennt seine Nummer.

»Kevin«, seufzt sie erleichtert.

»In zehn Minuten wirst du von William Mitchell abgeholt. Er ist der Headcoach der Lions und kümmert sich um eine Unterkunft für dich.«

»Danke Kevin. Ich wüsste nicht, was ich ohne dich machen würde.«

»Na heute, wohl unter der Brücke schlafen. Melde dich noch einmal, wenn du in deiner neuen Unterkunft ankommst.«

»Mache ich. Bye.«

Joni ist unendlich erleichtert, dass sie gleich abgeholt wird. Das teilt sie auch dem netten Feuerwehrmann mit, als sie ihm sein Handy zurückgibt.

Joni hat keine Ahnung, wie lange sie gewartet hat, aber irgendwann kommt ein älterer Mann, in Begleitung eines Feuerwehrmannes auf sie zu.

»Joni McLachlan?«, fragt der Firefighter.

»Ja.«

Er schlägt dem Mann kurz auf die Schulter und entfernt sich dann wieder.

»Hallo Miss McLachlan. Ich bin William Mitchell. Es wäre schöner gewesen, wenn wir uns unter besseren Umständen kennengelernt hätten.«

»Ähm ... Ja.« Sie zittert, da die Kühle der Nacht durch ihre dünne Kleidung dringt.

»Na kommen Sie. Ich bringe Sie zu Ihrem neuen Domizil.« Lächelnd weist er ihr den Weg zu seinem Wagen.

»Darf ich fragen, wo ich übernachten werde?«, fragt sie ihn, nachdem sie sich angeschnallt und er sich in den spärlichen Verkehr eingeordnet hat.

»Ich bringe Sie zu einem unserer besten Spieler. Normalerweise hätte ich ihnen ja unsere Couch angeboten, aber meine Schwiegermutter ist zu Besuch und das will ich ihnen nicht antun.«

»Danke und wie heißt ihr bester Spieler?«

»Oliver Brown. Er wird von allen aber nur O genannt.«

»Aha«, erwidert sie. Die Müdigkeit steigt wieder in ihr auf und am Liebsten hätte sie jetzt ein kleines Nickerchen gemacht. Aber William hält gerade vor einem Gebäude aus Glas und Stahl.

»Da wären wir.«, meint er freundlich. Als sie ausgestiegen sind, führt er sie in das Gebäude.

Für ihre Umgebung hat Joni keinen Blick mehr. Sie will einfach nur noch in ein Bett und schlafen. Die Fahrstuhlfahrt geht völlig an ihr vorbei und plötzlich stehen sie vor einer Wohnungstür, durch die Gelächter und dröhnende Musik dringen.

Während William auf die Klingel drückt, betet Joni wieder zu Gott, an den sie nicht glaubt und hofft, dass die Musik und das Gelächter aus einer anderen Wohnung dringen mögen. Aber Pech gehabt! Die Tür wird geöffnet und sie steht dem Tampon OB Nr. 5 gegenüber.

Kapitel 3

»Was will die denn hier?!« Oliver stellt sich breitbeinig und mit verschränkten Armen vor der breiten Brust in seine Wohnungstür und sieht nicht gerade freundlich zu Joni hinüber.

Durch die geöffnete Tür dringen laute Stimmen. Sie kann sowohl die von Männern als auch von Frauen ausmachen und auch das Klirren von Gläsern ist zu hören. Anscheinend feiert er eine Party.

»Beruhig dich, O. Sie wird die Nacht bei dir verbringen.«

»Ganz sicher nicht! Sie hat doch ein Hotel, soll sie doch da schlafen!« Aufgebracht tippt er sich mit dem Zeigefinger gegen die Stirn und William seufzt vernehmlich auf.

»Im Elizabeth hat es gebrannt, sie kann da die Nacht nicht verbringen.«

»Dein Haus ist groß genug. Soll sie doch bei dir und Olivia pennen.«

»Das geht nicht. Die Kinder sind da und meine Schwiegermutter.«

»Dann soll sie zu einem der anderen Jungs.« Er macht nicht gerade den Eindruck, als würde er nachgeben wollen.

»Oliver, jetzt benimm dich nicht wie ein kleiner trotziger Junge! Meine Fresse du bist achtundzwanzig Jahre alt, benimm dich auch dementsprechend, und bevor du dein großes Maul wieder aufreißt - zu den anderen Jungs könnte ich sie niemals bringen, die würden gnadenlos über sie herfallen.«

»Als wenn ich mich nicht wehren könnte.«, schnaubt Joni. Die beiden Männer scheinen ihre Anwesenheit vollkommen vergessen zu haben und erinnern sich erst jetzt an ihre Existenz. Abschätzend betrachtet Oliver sie von oben bis unten, wobei sein Blick an ihrer Brust etwas länger verweilt. Sie bemerkt seinen Blick und folgt diesem. Schlagartig wird sie rot und verschränkt die Arme vor der Brust. Da sie keinen BH trägt, zeichnen sich deutlich ihre Brustwarzen ab, die durch die Kälte hart geworden sind. Als sie ihren Blick wieder hebt begegnet sie dem dreckigen Grinsen von Oliver.

»Zuckerpuppe, wenn dich ein Kerl, der fast zwei Meter groß ist und hundert Kilo wiegt, flachlegen will, dann macht er es und du könntest gar nichts dagegen ausrichten.«

»Erstens - nenn mich nicht Zuckerpuppe und Zweitens geht jeder Mann in die Knie, wenn er einen kräftigen Tritt in seine Kronjuwelen bekommt.«

»Ähm, sorry, wenn ich euren kleinen Smalltalk unterbreche, aber kennt ihr euch?« Verwirrt kratzt sich William am Hinterkopf.

»Du hast mich heute Vormittag in die Spur geschickt, damit ich sie vom Flughafen abhole und ins Hotel bringe, in dem sie jetzt eigentlich sein sollte.«

»Aha. Hatte ich vergessen. Tja Oliver, sie wird heute Nacht hier bei dir bleiben. Eventuell überleg ich mir das mit der Bank dann noch einmal. Miss McLachlan, wir sehen uns morgen um zehn Uhr im Headquarter. Melden Sie sich einfach beim Portier am Eingang, er wird sie dann hoch in mein Büro bringen... Oliver, wir sehen uns morgen früh um acht zum Training und behandle sie anständig.« Bevor Oliver oder Joni reagieren können, dreht sich William um und verschwindet im Fahrstuhl.

»Du kannst nicht hier bleiben.«, knurrt er und sieht sie finster an. In dem Moment schlingen sich von hinten ein paar dürre Ärmchen um ihn und lange künstliche Fingernägel kratzen über das weiße T-Shirt, welches seinen muskulösen Oberkörper bedeckt. Es erscheint auch noch ein Kopf neben seinem Oberarm und Joni verzieht das Gesicht. Der Kopf ist weiblich und hat lange, fast schon wasserstoffblonde Haare und ist so grell und übertrieben geschminkt, dass sie sich ernsthaft fragt, ob sie in den Farbkasten gefallen ist, oder einem bestimmten Gewerbe nachgeht.

»Hey O, wer issn dis?«, lallt der Kopf, der anscheinend schon einiges an Hochprozentigem intus hat, aber Joni tippt auch auf ein geistig sparsam erzogenes Persönchen, mit gemachten Brüsten.

»Das ist die Autorin, die uns die nächsten drei Wochen beobachten wird.« Das Wort *Autorin* spricht er so verächtlich aus, dass es fast schon als Beleidigung zu nehmen ist.

»O, mach das Brett ran! Wir wollen weiter feiern.« Hinter der Blondine, die sich wahrscheinlich schon das Hirn weggeätzt hat, und Oliver erscheint ein weiterer Hüne. Er hat eine Hautfarbe wie Vollmilchschokolade und dunkelbraune Augen. Seine Haarfarbe kann Joni nicht feststellen, denn er trägt eine blank gewienerte Glatze. Sein Oberkörper ist nackt und er zeigt offen seine ausgeprägten Muskeln. Um seinen Hals baumelt eine dicke goldene Kette mit noch größerem Kreuz.

»Wer ist denn diese süße Schnecke?« Der Neuankömmling an der Tür grinst sie an und zeigt zwei Reihen weiß blitzende Zähne.

»Hi, ich bin Joni und ich werde diese Nacht unter der Brücke verbringen. Hat mich gefreut. Wir sehen uns morgen.« Verabschiedet sie sich mit einem breiten

Grinsen und geht zum Fahrstuhl, wobei ihre nackten Füße auf dem kalten Fliesenboden ein tapsendes Geräusch machen. Nur weg hier! Diese hohle Birne und ihr Machomacker Oliver sollen ja nicht mitbekommen, dass ihr der Arsch ganz schön auf Grundeis geht, wenn sie daran denkt, die Nacht ohne ein Dach über dem Kopf verbringen zu müssen.

Ungeduldig drückt sie immer wieder auf den Knopf für den Fahrstuhl. Sie gehört tatsächlich zu den Menschen, die immer mehrmals auf den Rufknopf drücken, in der irrsinnigen Hoffnung, dass damit der Fahrstuhl schneller kommt.

»Warte mal ist das die Joni, von der uns Suzanna immer die Ohren voll sülzt und seit einer Woche total hibbelig ist, weil sie drei Wochen bei uns ist, um irgendwelche Recherchen zu machen?«

»Woher weißt du das? Ich habe erst heute Morgen von ihrer Existenz erfahren.«

»Du solltest vielleicht ab und zu mal zuhören, wenn Suzanna ein Meeting abhält. Dann wüsstest du das auch. Warum war sie hier und vor allem, warum hat sie keine Schuhe an?«

»In ihrem Hotel hat es gebrannt.«

»Und jetzt will sie unter der Brücke schlafen?«

»Scheint so.« Uninteressiert zuckt Oliver mit den Schultern. Ihm ist es herzlich egal, was dieses Weibsstück treibt und was nicht.

»Wie ist sie hergekommen?«

»Mann, bist du bald mal fertig mit deinen Fragen?!« Genervt verdreht er die Augen und Candance haucht ihm auch immer wieder ihren Alkohol geschwängerten Atem um den Körper und kratzt mit ihren Krallen auf seinem Bauch rum. Zack! Schon wieder hat sie ihre tief rot geschminkten Lippen auf seinen Oberarm gedrückt. Wahrscheinlich ist der schon vollkommen mit Lippenstift eingesaut.

»Beantworte meine Fragen und dann hast du deine Ruhe.«

»Will hat sie gebracht.«

»Warum?«

»Er wollte, dass sie hier übernachtet.«

»Und du lässt sie gehen, damit sie unter der Brücke schläft?« Fassungslos schüttelt er den Kopf.

»Du kannst sie ja mit nach Hause nehmen.«

»Haha, Witz komm raus du bist umzingelt. Tameka würde mich killen. Hol sie zurück!«

»Warum?!«

»Weil sie hier in einer fremden Stadt ist und nicht gerade viel am Leib trägt. Meine Fresse, sie hat ja noch nicht einmal Schuhe an! Außerdem würden Will und Suzanna dir gehörig den Arsch aufreißen, würden sie davon erfahren. Da würde dir mehr blühen, als beim nächsten Spiel auf der Bank zu hocken.«

»Auf deine Verantwortung.«, seufzt Oliver und sieht den Runningback Jesus Bennett prüfend an. Als er sich umdreht, um dieses vorlaute Weib zurückzupfeifen, schließen sich gerade die Aufzugstüren hinter ihr.

»Pech, sie ist weg. Ist ja jetzt nicht so, das ich es nicht versucht hätte.« Er zuckt mit den Schultern.

»Dann nimm die verdammte Treppe!« Jesus schubst ihn in den Flur. Candance hat sich wieder zu ihren Freundinnen verzogen und leert weiter seine Hausbar.

Grummelnd tut Oliver, wie ihm geheißen und stößt die Tür zum Treppenhaus so stark auf, dass sie gegen die Wand knallt und zurückgeschnellt kommt. Gerade so kann er sie noch abfangen, bevor sie ihm ins Gesicht donnert.

Joni zieht ihr, etwas zu kurz geratenes, Shirt ein wenig nach unten. Fieberhaft überlegt sie, wo sie die Nacht verbringen soll. Verdammter Mist! Sie hat kein Geld und auch kein Handy bei sich, ganz zu schweigen von Schuhen. Durch das Rumstehen auf den kalten Fliesen sind ihre Füße schon ganz taub und jeder Schritt ist äußerst unangenehm. Sie denkt lieber nicht darüber nach, was ihre Füße in dieser Nacht noch so alles berühren könnten.

Mit einem leisen Pling öffnen sich die Türen des Fahrstuhles und sie tritt hinaus in die Lobby. Erst jetzt registriert sie den Portier an seinem dunkelbraunen Tresen, der sie interessiert mustert. Langsam geht sie über den kalten Boden und fixiert den Ausgang. Nur weg hier.

»Miss? Soll ich Ihnen ein Taxi rufen?« Ein wenig besorgt mustert der Portier sie weiter.

»Nein, nicht nötig. Aber danke.«, murmelt Joni mit einem angedeuteten Lächeln und verlässt das Gebäude, welches aussieht wie zwei riesige aufgestellte Rechtecke.

Die kühle Nachtluft empfängt sie und ihre ohnehin schon da gewesene Gänsehaut intensiviert sich. Fröstelnd reibt sie sich über die nackten Arme und streicht sich ein paar Locken aus der Stirn, welche ihr immer wieder vom Wind hinein geweht werden.

Direkt vor dem Hochhaus befindet sich ein kleiner Platz, mit Bäumen, Grasflächen und Bänken. Die Wege bestehen aus hellgrauen Pflastersteinen und sehen sehr sauber und gepflegt aus. Schnell entschließt sie sich dazu, die Nacht auf einer dieser Bänke zu verbringen.

Während sie darauf wartet, dass der Morgen anbricht und die Sonne ihre wärmenden Strahlen schickt, wird sie sich ausmalen, wie sie sich an diesem Oliver Brown rächen wird. Wäre es wirklich zu viel verlangt gewesen, wenn sie in seiner Wohnung geschlafen hätte? Der hat doch garantiert mehr als nur ein Schlafzimmer. Joni kennt sich in Dallas zwar nicht aus, aber die Gegend sieht sehr gepflegt und sauber aus. Außerdem war die Autofahrt hierher nicht so lang, ergo kann er nur in der Nähe von Downtown leben, eventuell gehört dieser Straßenzug auch noch dazu.

Schmerzhaft quiekt sie auf, als sich ein spitzer Stein in ihren Fuß bohrt. Auf einem Bein hüpfend steht sie mitten auf einer Straße in Dallas und versucht sich den Stein aus dem Fußballen zu puhlen. Sie ist zwar in einem kleinen Dorf in Schottland aufgewachsen und ist mit ihren Brüdern über Stock und Stein geklettert, aber dabei hatten sie immer Schuhe an.

Als der spitze Stein endlich verschwunden ist, bleibt eine schmerzende Druckstelle zurück und Joni bleibt nichts anderes übrig als über die Straße zu humpeln. Da entdeckt sie ein Straßenschild. Sie befindet sich also Ecke *Victory Park Lane* und *High Market*. Leider sagen ihr die Straßennamen rein gar nichts. Seufzend humpelt sie weiter und lässt sich auf die nächstbeste Bank fallen. Zitternd zieht sie die Beine an ihren Körper und schlingt ihre Arme um die Knie. Auf diese Art und Weise kann sie ihre Körperwärme länger bei sich behalten und kühlt etwas langsamer aus.

Gemächlich schlendert Oliver die Treppen herunter. Da sich seine Wohnung weit oben im Gebäude befindet, dauert es natürlich seine Zeit, bis er unten ist. Als er die Tür des Treppenhauses öffnet und in die Lobby tritt, öffnen sich gerade die Fahrstuhltüren und ein älteres Ehepaar steigt aus. Also ist sie schon weg, denn in der Lobby kann er sie auch nicht entdecken. Gut, ein

Problem weniger für ihn. Gerade als er auf den Fahrstuhl zusteuert, warum sollte er jetzt auch die Treppen wieder nehmen, schaltet sich sein schlechtes Gewissen ein. Was ist, wenn ihr etwas passiert? Nicht nur das Will ihm die Hölle heißmacht, Suzanna kündigt ihm doch garantiert den Vertrag und verschachert ihn an einen Loserverein, wenn ihrer Lieblingsschreiberin etwas zustößt. Seufzend schüttelt er seinen Kopf und trottet rüber zum Nachtportier Archie.

»Hi Arch.«

»Guten Abend Mr. Brown.« Schnell verstaut Archie die Zeitung, in der er gelesen hat, unter dem Tisch.

»Haben Sie eine Frau gesehen? Etwa so groß ...« er deutet mit der Hand eine ungefähre Größe an, wobei mit Absicht gute zehn Zentimeter weglässt »... mit wilden roten Locken und nicht gerade vielen Klamotten am Leib und ... ach ja, sie hat keine Schuhe an.«

»Sie ist vor fünf Minuten zur Tür heraus. Ich hatte ihr angeboten ein Taxi zurufen, aber sie hat es abgelehnt.«

»Danke Archie.«

»Gern geschehen Mr. Brown.«

Wild vor sich hin fluchend geht er nach draußen und blickt sich suchend um. Sehr weit kann sie nicht gekommen sein. Aber in welche Richtung ist sie gegangen?

Ihr Zittern wird immer stärker und unkontrollierter. Inzwischen kann sie es nicht mehr unterdrücken und ihre Zähne schlagen immer wieder hart aufeinander.

»Du bist das dämlichste Weib, was mir je unter die Augen gekommen ist.«, dröhnt eine tiefe Stimme hinter ihr. Erschrocken wendet sie sich um und sieht eine große, breite Gestalt auf sich zu kommen. Kurz spult sie im Kopf ihren Selbstverteidigungskurs durch, den sie machen musste, als sie nach Los Angeles gezogen ist. Ihr Vater hatte darauf bestanden. Wenn es nach ihm gegangen wäre, dann hätten ihre beiden großen Brüder mitkommen sollen, um ihre kleine Schwester zu beschützen. Sie ist immer noch dabei ihren Kurs aus den letzten Windungen ihres Hirnes zu graben, als die Gestalt in den Schein einer Straßenlaterne tritt und sie den Obermacho, aka OB Nr. 5, aka Oliver Brown erkennt.

Stöhnend lässt sie ihren Kopf zurück auf ihre Knie sinken.

»Was willst du hier?«, knurrt sie ihn an und versucht dabei krampfhaft das Zittern aus ihrer Stimme herauszuhalten. Nicht dass er das als ein Zeichen der Schwäche deutet, denn das ist es nicht, ihr ist einfach nur schweinekalt.

»Dich vorm Erfrieren retten.«

»Danke, aber ich verzichte.«

»Los komm. Wenn es nach mir ginge, würde ich dich ja hier hocken lassen. Aber Will fände das bestimmt nicht so toll.«

»Ich soll dir also einen Gefallen tun?«

»Wenn du es so willst, ja.«

»Was bekomme ich dafür?« Auch wenn es absolut irrsinnig ist, doch sie kann es nicht lassen.

»Du bleibst am Leben.«

»Hm ... gutes Argument.«

»Ich weiß, also komm.«

Vorsichtig löst sie ihre steifen Glieder. Was bleibt ihr denn auch anderes übrig? Aber statt ihr Mal zu helfen, steht dieser Muskelprotz nur dämlich da und sieht ihr dabei zu, wie sie sich auf die schmerzenden Beine kämpft.

»An dem ist auch kein Gentleman verloren gegangen.«, schimpft sie vor sich hin, während sie auf ihn zu humpelt.

»Nur bei Frauen bin ich ein Gentleman.«

»Ach und ich bin keine, oder was?«

»Nö, du bist nur eine Göre mit einer großen Klappe.«

»Göre?! Ich gebe dem gleich Göre!«, schimpft sie weiter und humpelt mit erhobenem Haupt an Oliver vorbei, der auch noch gehässig vor sich hin lacht.

Auf dem Weg nach oben beachtet sie ihn mit keinem einzigen Blick. Dieser Kerl ist ja wohl die Höhe! Aber er wird schon noch merken, was er davon hat.

»Ich hoffe dich stört eine kleine Party nicht.«, säuselt er gespielt zuckersüß.

»Nein hoffst du nicht!«

»Stimmt. Ich lass mir von so einer kleinen Göre wie dir nicht meinen Abend versauen.«

Fest ballt sie ihre Hände zu Fäusten und klemmt sie unter ihre Achseln, um zu verhindern, ihm eine zu donnern. Viel kann man bei ihm zwar nicht mehr kaputtmachen, aber er ist ihr körperlich leider total überlegen. Also muss sie ihn mit ihrem Verstand und Einfallsreichtum da treffen, wo es richtig wehtut - seinem Stolz und seiner Männlichkeit! Ha, dieser ungehobelte Klotz hat ja keine Ahnung, worauf er sich gerade eben eingelassen hat.

Ein Lächeln der Vorfreude schleicht sich auf ihr Gesicht und wird skeptisch von Oliver beäugt.

»Da wären wir.«, verkündet er und gemeinsam verlassen sie den Fahrstuhl. Die Musik dröhnt immer lauter aus seiner Wohnung. Anscheinend scheint es die Nachbarn nicht zu stören. Denn sonst ständen schon längst die Cops auf der Matte.

Er öffnet seine Wohnungstür und geht hinein, ohne weiter auf seinen Übernachtungsgast zu achten.

»O, wen hast du denn da angeschleppt?«, fragt ein großer Kerl mit blondem Bürstenschnitt.

»Willst du uns den Neuankömmling nicht mal vorstellen?«, kommt es von einem anderen Riesen, der bestimmt mehr als einhundertzwanzig Kilo auf die Waage bringt. Er hockt auf einer weißen Ledercouch, während er auf seinem Bauch eine Flasche Bier balanciert und im Arm eine dürre Brünette hält.

»Ihr habt alle einen Mund, ihr könnt euch selber vorstellen.«, murrt Oliver und verschwindet in der Menge.

Wenig interessiert sieht sich Joni um. Die Wohnung passt zu ihm. Sie ist groß und protzig und überall stehen weiße Möbel herum, nur ab und zu von ein paar schwarzen und grauen Akzenten durchbrochen.

»Hi, ich bin Jesus, Runningback.« Der schokobraune Mann von vorhin taucht vor ihr auf und hält ihr grinsend seine Pranke hin, an der ein goldener Siegelring prangt. Eigentlich mag sie Schmuck an Männern überhaupt nicht, aber zu ihm passt es.

»Hi, Joni. Aber ich glaube, das hatten wir vorhin schon einmal.«

»Stimmt, aber da hast nur du dich vorgestellt und mir keine Chance gelassen mich dir bekannt zu machen.«, lacht er. Sie mag ihn auf Anhieb.

»Komm ich stell dir ein paar der anwesenden Spieler vor. O kennst du ja schon.«

»O?«

»Na Oliver, wir nennen ihn aber alle nur O.«

»Gut, dann nenn ich ihn Olli.«

»Das mag er überhaupt nicht.«

»Hab ich mir schon gedacht und deswegen werde ich es auch machen.«

»Na, wenn du meinst. Also der Dicke da auf der Couch, mit der Brünetten im Arm ist Terence Marsh, wir nennen ihn nur Marsh, er spielt als Tackle, die Tante in seinem Arm kann ich dir nicht vorstellen, die kenn ich nicht. Hat bestimmt Candance angeschleppt. Candance ist übrigens der Kapitän der Cheerleader, und da sie und O verschwunden sind, werden sie sich wohl gerade in seinem Schlafzimmer vergnügen.«

»Bitte hör auf, das sind zu viele Details und so voller Klischees.« Abwehrend hebt Joni ihre Hände. Jesus lacht nur.

»Der Blonde mit den kurzen Haaren ist Lucas Farr, er ist spielt auf der selben Position, wie ich – Runningback. Dann hätten wir da drüben am Fenster Jerry Westen, er ist unser Center.«

»Welcher am Fenster, da stehen zwei.«

»Der mit den langen braunen Haaren.« Jesus deutet auf einen Spieler, mit gebräunter Haut, dunklen Augen und dessen Haarpracht sich über dem Rücken seines weißen Achselshirts ergießt.

»Aha und der andere Typ?«

«Das ist Tony Tanner, wir nennen ihn Double T, und er ist der Wide Receiver. Das waren alle Jungs. Den Rest der Mannschaft wirst du dann in den nächsten Tagen kennenlernen.«

»Wer sind die ganzen Frauen?« Überall in der Wohnung stehen leicht bekleidete Frauen herum und bewegten sich mehr oder weniger betrunken zur Musik und umgarnten die einzelnen Spieler.

»Ich habe nicht die leiseste Ahnung. Candance ist die Einzige, die ich kenne. Der Rest sind wahrscheinlich irgendwelche Freundinnen von ihr oder Frauen, die von einem von uns flach gelegt werden wollen.«

»Aha«, abschätzig sieht sie sich die Frauen an. Joni hat keine hohe Meinung von Frauen, die sich nur durch einen Mann definieren.

»He, das heißt aber nicht, dass wir mit jeder ins Bett steigen. Wir mögen zwar nicht danach aussehen und die allgemeine öffentliche Meinung sieht das auch anders, aber auch wir haben Niveau. Gut, es gibt Spieler, die sind noch grün hinter den Ohren und machen wirklich alles klar, was bei drei nicht auf den Bäumen ist. Aber ein Teil von uns hält sich aus solchen Spielchen raus.«

»Warum nicht? Bist du schwul?« Ohne mit der Wimper zu zucken stellt sie die heikle Frage. In den Kreisen des Profisports ist Homosexualität ein ausgesprochen rotes Tuch.

»Sehe ich so aus? Zu Hause habe ich meine wundervolle Verlobte. Ich werde sie garantiert nicht für einen schnellen und höchstwahrscheinlich schlechten Fick aufs Spiel setzten. Außerdem solltest du es vielleicht unterlassen die Jungs zu fragen, ob sie schwul sind. Manche könnten da sehr allergisch reagieren.« Jesus sieht sie an, als hätte sie nicht mehr alle Latten am Zaun.

»Sorry, ich vergaß, das ist ja ein Männersport und hier gibt es keine Schwule.«

»So sieht es aus.«

»Na lassen wir das.«, winkt sie ab.

»Sehe ich auch so. Willst du was trinken?«

»Klar, was habt ihr denn da?«

»Für die Ladies haben wir Champagner und Wein.« Double T tritt zu ihnen und grinst Joni an.

»Urgs ... habt ihr auch was Ordentlichen da?« Angewidert verzieht Joni das Gesicht.

»Na komm Süße, ich zeig dir die Bar und dann kannst du mir ja sagen, was du trinken willst.« Tony, welcher blonde, modisch verwuschelte Haare hat, nimmt ihre Hand und zieht sie hinter sich her.

»Wir sehen uns Joni.«

»Bis dann Jesus.«

»Also, wer bist du Süße?« Tony lehnt sicht leicht zu ihr hinüber. Sein Blick ist, dank des Alkohols, schon glasig.

»Joni. Ich werde euch die nächsten drei Wochen auf die Finger gucken?«

»Sicher, dass du mir immer auf die Finger gucken willst. Könnte für dich ein bisschen unangenehm werden, wenn ich mir einen runter hole.« Er lacht dreckig über seinen Witz.

»Als wenn es dir nicht an geeignetem weiblichen Material fehlen würde.«, lacht Joni. Sie lässt sich von so einem Spruch nicht allzu schnell aus der Reserve locken.

»Du gefällst mir, du bist nicht auf den Mund gefallen. Aber vielleicht könntest du ja mal mein geeignetes weibliches Material sein.« Seine große gebräunte Hand streicht ihr über den nackten Arm.

»Ich verzichte.« Demonstrativ schiebt sie seine Hand weg.

»Warum denn? Kampflesbe?«

»Sicher nicht, aber ich schlafe nicht mit meiner Arbeit.«

»Die da wäre?«

»Ich bin Autorin.«

»Was machst du dann bei uns?«

»Ich recherchiere für mein neues Buch.«

»Na da sollte ich wohl besser aufpassen, was ich in deiner Gegenwart so mache und sage, nicht dass ich am Ende in deinem Buch lande.«

»Ich kopiere keine echten Menschen. Ich lasse mich nur von ihnen inspirieren.«

»Ist das nicht das Gleiche?«

»Nein, aber das erkläre ich dir ein anderes Mal, wenn du nüchtern bist.« Sacht klopft sie ihm auf die Schulter.

»Da hätten wir die Bar, was kann ich dir geben.« Tony deutet auf den hellbraunen Küchentresen, auf dem jede Menge verschiedener Schnapsflaschen aufgereiht sind. Ein paar Champagner- und Weinflaschen stehen auch dazwischen, sind aber leer.

»Whiskey und wenn es geht original Schottischen.«

»Whiskey? Bis du sicher? Das Zeug kann ganz schön reinhauen.« Skeptisch sieht er sie an.

»Ja bin ich. Gibt mir erst einmal ein Glas davon und dann werde ich dir zeigen, ob ich es vertrage oder nicht.«

»Na, wie du willst.« Immer noch nicht überzeugt, zieht er aus dem Gewühl eine bauchige Flasche mit bernsteinfarbener Flüssigkeit, welche noch zu dreiviertel gefüllt ist. Zwei Gläser sind auch schnell gefunden und er füllt sie zwei Fingerbreit mit Whiskey.

»Prost.« Gemeinsam stoßen sie an. Ihm fallen fast die Augen aus dem Kopf, als sie das Glas ansetzt und in einem Zug leert. Normalerweise würde sie sich den Whiskey auf der Zunge zergehen lassen. Doch nach solch einem Abend ist nicht unbedingt die Zeit für Genuss.

»Okay, du hast mich überzeugt. Willste noch einen?«

»Klar, schütt rein.« Grinsend hält sie ihm ihr Glas entgegen.

Olivers Laune ist immer noch am Boden, als er sich wieder seine Klamotten anzieht. Eigentlich hatte er gedacht, dass es ihm nach dem Sex mit Candance besser gehen würde. Aber er ist immer noch wegen Joni angepisst.

Lautes Gegröle und Anfeuerungsrufe dringen aus dem Wohnzimmer an sein Ohr. Was machen diese Vollidioten jetzt schon wieder? Beim letzten Mal haben sie ihm die halbe Einrichtung zertrümmert.

»Komm wieder her zu mir, O.« verlangend steckt sie die Arme aus, während sie sich nackt in den zerwühlten Laken räkelt.

Er beachtet Candance nicht weiter und verlässt das Schlafzimmer. Überrascht reißt er die Augen auf, als er den hell erleuchteten Wohnbereich betritt. Auf seiner Couch sitzt diese rothaarige Teufelin. Neben ihr hockt Lucas und sie schütten gerade den letzten Rest seines besten schottischen Whiskeys in ihre Gläser. Double T liegt unter seinem Couchtisch und pennt.

»Alter, das musst du dir ansehen! Die Kleine...« Jerry stützt sich an ihm ab und deutet mit schwankendem Finger auf Joni »... säuft sie alle unter den Tisch! Ich habe noch nie eine Frau gesehen, die zwei ausgewachsene Kerle unter den Tisch säuft und das mit Whiskey. Alter, das ist so cool.«, lallt der Center ihm ins Ohr und das in einer Lautstärke, die fast sein Trommelfell zum Platzen bringt. Oliver bemerkt den schnarchenden Jesus, der auf einem der Barhocker sitz, den Kopf auf die Arme gebettet. Demnach ist Lucas Nummer drei.

Sein Blick verfinstert sich, als er einen genauen Blick auf das Etikett der Flasche wirft. Er stellt fest, dass es der achtundzeunziger ist. Die Flasche hat ihn fast eintausend Dollar gekostet. Sie war vor einer Stunde noch fest verschlossen und voll.

Kapitel 4

»Du bischt escht in Ordnung, Kleine.«, lallt Lucas neben Joni und versucht mit ihr anzustoßen. Aber immer wieder scheint er das falsche Glas zu visieren. Denn vor seinen Augen schwingen drei davon herum.

»Nenn misch nisch Kleine! Isch bin nisch klein.«, gibt sie, nicht minder besoffen, zurück. Aber selbst sie als Schottin hat nach einer halben Flasche hochprozentigen Whiskey vereinzelte Aussetzer und bei ihr trifft es das Sprachzentrum immer als Erstes.

«Jescht halt ma still! Isch will doch nua mit dir anschtoschen.«

»Isch halte doch still, du schwankscht doch hier rum und verschüttest fascht das ganze Zeug, wobei der Whischey noch nischt mal so gut ischt.« Mit ihrer freien Hand greift sie die arg Schwankende von Lucas, der inzwischen ein Auge zusammendrückt, um sich besser auf sein Vorhaben des Anstoßens zukonzentrieren und stößt mit ihm an. Gerade will sie ihr Glas ansetzten, um den letzten Schluck hinunter zu kippen, als es ihr rüde aus der Hand gerissen wird.

»He! Das isch meins!«, protestiert sie. Sie sieht sich nach dem Dieb um und findet ihn prompt. Hinter der Couch steht Oliver und funkelt sie wütend an, während er ihr Glas in seiner Pranke hält.

Umständlich rappelt sie sich auf und klettert auf die Sitzfläche der Couch.

»Gib misch mein Glasch wieda! Dasch isch meinsch!«, keift sie ihn an.

»Vergiss es.«, knurrt er zurück und da sie mittlerweile leicht schwankend auf der Couch steht, kann sie ihm sogar ins Gesicht sehen, ohne sich den Hals zu verrenken.

»Dazschu hascht du kein Rescht! Isch hatte dasch zu Erscht und nisch du!« Sie will nach dem Glas greifen, aber Oliver entzieht es schnell ihrer Reichweite. Gefährlich schwankt sie und droht jeden Augenblick über die Lehne zu fallen.

»Ich habe alles Recht der Welt. Das ist meine Wohnung, mein Glas und mein verdammter eintausend Dollar teurer Whiskey!«, donnert er los.

»Alscho dasch mit deiner Wohnung und deinem Glasch will isch nischt beschtreiten, aba, dasch die Plörre tauschend Dollar gekoschtet haben soll, glaub isch nischt und wenn du dasch escht dafür bezahlt hascht, dann hamse disch übern Tisch gezogen.« Ungläubig schüttelt sie den Kopf und beginnt dann zu kichern, wobei sie das Gleichgewicht verliert und haltsuchend nach Oliver greift. Der Mistkerl aber macht einen Schritt zurück und guckt in aller Seelenruhe dabei zu, wie sie kopfüber über die Lehne seiner Couch plumpst. Alle Anwesenden, soweit sie noch wach sind, brechen in schallendes Gelächter aus. Joni liegt, wie ein kleines Häufchen Elend am Boden und reibt sich die schmerzende Schulter, auf der sie gelandet ist.

»Warum hascht du misch nischt gehalten?«, fragt sie ihn, nachdem sie schwankend aufgestanden ist. Sie hält sich jetzt lieber an der Couchlehne fest, ehe sie noch einmal einen unfreiwilligen Abgang macht. Das war vielleicht doch das eine oder andere Gläschen zu viel.

Er antwortet ihr nicht und grinst sie nur gehässig an, setzt ihr Glas an seine Lippen und trinkt einen Schluck des Whiskeys.

Oliver muss sich zusammenreißen, um nicht sein Gesicht angewidert zu verziehen. Der Whiskey schmeckt scheußlich, irgendetwas zwischen alten Sportsocken und Seetang. Tapfer schluckt er es hinunter und ist insgeheim froh darüber, dass die Flasche schon leer ist. Er wird sich jedoch hüten gegenüber einem der Anwesen auszuplaudern das das Zeug widerlich ist.

»Dasch isch meiner!« Wie ein kleines Kind stampft Joni mit dem Fuß auf. Eingehend mustert er sie. Ihre Locken sind noch wilder, als vor einer Stunde, ihre Wangen sind gerötet und ihre Augen glänzen vom Alkohol.

»Du hast doch gesagt, dass er dir nicht schmeckt.«

»Na und?«

»Ich glaube du hast genug für heute.«

»Du hascht nischt zu beschtimmen, wann isch genug habe! Isch bin nämlisch alt genug! Du bischt genauscho wie Kevin ... SCHEISCHE! KEVIN!« Joni versucht sich gegen die Stirn zu hauen, trifft aber nur ihre Nase.

»Wer ist Kevin, Süße? Dein Lover?«, fragt Terence.

»Isch brauch ein Tefelon! Schofort!« Fordernd sieht sie sich in der Runde um.

»Warum?«

»Isch musch ihn anrufen«"

»Kannst du morgen früh auch noch machen, wenn du deinen Rausch ausgeschlafen hast.«

»Isch habe keinen Rausch, ich bin nur angesäuselt, und wenn isch den nisch gleisch anrufe, hescht der eusch irgendein Schwat-Team auf den Halsch.«

»Schwat? Was soll das denn sein?« Terence wird aus ihren Worten nicht wirklich schlau. Oliver interessiert sich nur mäßig für ihr besoffenes Geschwafel. Er sehnt jetzt schon den Morgen herbei. Da kann er sie endlich ruhigen Gewissens vor die Tür setzen.

»Na Schwat! Kennschte auch. Die Typen von der Poschilei, die immer scho schwarsch anhaben und alle Türen kaputtmachen.«

»Ach, du meinst S.W.A.T.?«

»Na sach isch dosch, Schwat. Alscho Handysch her!« Verlangend streckt sie ihre Hand aus. Aber keiner macht irgendwelche Anstalten ihr sein Telefon zu überlassen.

»Wirscht bald!« Wütend funkelt sie die Männer an. Das die Frauen verschwunden sind, hat sie bisher noch nicht mitbekommen, dafür hat sie zu wenig auf sie geachtet.

»Sorry Kleine, du scheinst ja echt in Ordnung zu sein, aber ich habe keine Lust, dass meine Nummer morgen im Internet steht.« Abwehrend und entschuldigend hebt Terence seine Arme.

»Tampon! Wo isch dein Feschtnetsch!« Sie wirbelt zu Oliver herum, was sie wieder zum Schwanken bringt.

»Hab keins und außerdem hör auf mich so zu nennen!«

»Tampon? Alter, was soll das denn?«, fragt Jerry kichernd.

»Dasch ischt eine luschtige Geschi...« Da will sie gerade erzählen, was die Initialen von Oliver mit einem Tampon gemeinsam haben und da hält er ihr einfach den Mund zu.

»O, was machst du mit der armen Frau und außerdem wollte sie uns gerade etwas erzählen.«, protestiert Terence.

»Die Frau hat eindeutig zu viel intus und ich werde sie jetzt ins Bett stecken.«

»Vergiss es Alter, sie schläft nicht mit ihrer Arbeit. Ich habs probiert.«, nuschelt Double T unter dem Couchtisch, in dessen Körper so langsam wieder Leben kommt.

»Ich will sie garantiert nicht in meinem Bett haben! Eher lebe ich enthaltsam, als das ich Sex mit der hätte!« Oliver deutet auf Joni, die in seinen Armen zappelt. In seiner Hosentasche vibriert sein Handy und er kramt es hervor. Für die Tampongeschichte wird sie eindeutig noch büßen müssen. Die Jungs werden ihn die nächsten Wochen garantiert nicht mehr damit zufriedenlassen.

»Ja?«, meldet er sich, ohne auf das Display zu sehen.

»Coleman hier. Ich würde gerne mit Joni McLachlan sprechen.«, meldet sich eine tiefe männliche Stimme.

»Die ist gerade indisponiert.«

»Was ist mit ihr?« Der Mann, wer auch immer er sein mag, klingt argwöhnisch.

»Sie hat zu tief ins Glas geschaut.« Er hat nicht die geringste Lust, sich mit ihrem Lover auseinanderzusetzen.

»Hm ... Wein, Champagner oder Whiskey?«

»Säuft sie öfters?« Na toll, hat er jetzt eine Alkoholikerin in der Hütte oder was?

»Das nicht, aber an dem, was sie getrunken hat, kann man ablesen wie sie am nächsten Morgen rauf ist.«

»Sie hatte Whiskey. Jede Menge Whiskey und wie ist sie da am nächsten Morgen und wer sind sie überhaupt?«

»Mein Name ist Kevin Coleman. Ich gehöre zu Jonis Freunden und bin ihr Anwalt. Wenn sie Whiskey hatte, dann sollte sie jetzt nicht in die Nähe von Männern.«

»Warum?« Vorsichtig guckt Oliver in die Runde. In seiner Wohnung befinden sich gerade sechs Männern, einschließlich ihm selber.

»Ab einem gewissen Punkt wird sie scharf.«

»Was denn, kann sie ohne Alkohol nicht?«, lacht Oliver.

»Nicht dass ich wüsste. Aber morgen früh ist dann alles wieder in Ordnung. Sie sollten nur Unmengen an Speck, Eier, Toast, Würstchen, Pilzen und Porridge im Haus haben.«

»Warum das denn? Außerdem klingt das verdammt eklig. Wer isst schon Porridge zum Frühstück?«

»Sie ist Schottin. Außerdem wird sie morgen früh so ausgehungert sein, das sie fast alles essen würde.«

»Aha, na da wird sie Pech haben. Bis auf Eier habe ich von dem genannten nichts da.«

»Dann wird sie Ihnen an die Gurgel gehen. Sie kann sehr aggressiv werden, wenn sie Hunger hat und nichts zu beißen bekommt.«

»Ich bin Profisportler. Auf dem Feld habe ich es immer mit Aggressionen zu tun und was soll sie schon gegen mich ausrichten können?«

»Na wenn sie meinen, aber ich wünsche Ihnen dennoch viel Spaß und passen sie auf meine kleine Joni auf.«

»Hm«, brummt Oliver. Einen feuchten Dreck wird er tun.

»Ich will auch nicht länger stören. Ich wollte nur hören, ob sie bei Ihnen angekommen ist. Richten Sie ihr bitte aus, dass sie mich morgen, wegen der Versicherung, anrufen soll.«

»Woher haben sie eigentlich meine Nummer?«

»Connections.« Damit legt Kevin Coleman im entfernten Los Angeles auf. Er sitzt im Arbeitszimmer in seiner Wohnung und grinst vor sich hin. Dieser Oliver Brown gefällt ihm und es ist endlich mal ein Mann, der

Joni Feuer unterm Hintern machen könnte. Viele Männer sind von ihrer forschen und teilweise recht vorlauten Art und Weise eingeschüchtert. Aber dieser Brown scheint sich daraus nichts zu machen. Zufrieden verlässt er das Zimmer und geht endlich ins Bett.

»Laff mif lof!«, presst Joni gegen seine Hand, die immer noch auf ihrem Mund liegt und sie am Sprechen hindert.

»Komm, ich zeig dir deinen Schlafplatz.« Als wäre sie eine Feder, schlingt er einen Arm um ihre Taille, trägt sie aus dem Zimmer und nimmt gleich die nächste Tür rechts und wirft sie mit Schwung auf das Gästebett.

»Wasch soll dasch!?« Wütend funkelt sie ihn an und lässt sich aber dennoch leise seufzend in das weiche Kissen sinken.

»Du hast jetzt zwei Möglichkeiten, entweder gehst du jetzt noch Duschen, oder du beziehst morgen früh mein Gästebett neu.« Er deutet mit dem ausgestreckten Zeigefinger auf ihre schwarzen Füße.

»Hab nischt zum Anschien.« Eine Dusche hört sich für sie sehr verlockend an. Auch wenn ihr langsam die Augen zufallen, aber sie mag es nicht ungewaschen ins Bett zu gehen.

»Warte hier.«, bellt er ihr zu und verlässt den Raum. In seinem Schlafzimmer wühlt er nach einer Shorts und einem seiner T-Shirts. Er mag sie nicht, dennoch kann er sie nicht so schlafen lassen. Seine Mutter legt viel Wert auf höfliche Umgangsformen und die machen sich nun bemerkbar. Zurück im Gästezimmer wirft er ihr alles von der Tür aus zu und geht dann zurück zu seinen Freunden und Teamkollegen in das Wohnzimmer.

Double T hat sich wieder unter dem Couchtisch hervor gekämpft und hängt mehr oder weniger aufrecht auf der Couch.

»Ist einer von euch nüchtern?«, fragt er Terence und Jerry, aber sie schütteln nur die Köpfe. Fluchend holt er sein Handy hervor und beginnt damit für seine Kumpels die Heimfahrt zu organisieren. Danach ruft er noch schnell bei Tameka, der Verlobten von Jesus und Jessica, der Ehefrau von Jerry durch, um ihnen mitzuteilen, dass er ihnen jetzt ihre Männer besoffen nach Hause schickt.

Joni ist gerade eingeschlummert, als sie eine Ladung Klamotten mitten im Gesicht trifft. Erschrocken setzt sie sich auf und betrachtet die kurze schwarze Hose und das weiße T-Shirt. Ganz langsam wird ihr Kopf wieder etwas klarer und prüfend hält sie die Sachen hoch. *Wie in aller Welt, soll ich da rein passen? Da kann ich mich ja drei Mal drin einwickeln.* Nachdenklich kratz sie sich am Nacken. Mit einem Schulterzucken legt sie die frisch gewaschene Wäsche zur Seite. Der feine Duft von Waschmittel steigt ihr in die Nase. Kurz schließt sie die Augen und sieht sofort ihre Mutter vor sich, wie sie jeden Sommer im Garten steht und die Wäsche auf die Leine hängt, die ihr Vater Jahr für Jahr bei den ersten Sonnenstrahlen spannt. Jonis Mutter benutzt das gleiche Waschmittel. Wehmut steigt in ihr auf und Heimweh, sehr schlimmes Heimweh. Ohne dass sie es verhindern kann schluchzt sie auf.

Seit fast acht Jahren lebt sie jetzt schon in den Staaten und sie sieht ihre Familie nur zwei Mal im Jahr, wenn es hochkommt. Im Moment vermisst sie sie einfach nur schrecklich. Halt suchend presst sie das weiße T-Shirt an sich und zieht tief seinen Duft ein. Es riecht fast wie zu Hause, aber leider nur fast. Denn dem Baumwollstoff haftet noch ein anderer Duft an - männlich markant und noch nicht einmal schlecht. Leider kann sie den Besitzer dieses Duftes absolut nicht leiden. Sie gönnt sich noch einen letzten Schluchzer und quält sich dann vom Bett hoch.

Das helle Gästezimmer, mit der spartanischen Einrichtung aus Bett, Schrank, Kommode und Flatscreen beginnt sich zu drehen und zeigt keine Anzeichen, dass es in nächster Zeit damit aufhören will. *Wo ist das Bad?*

In dem Zimmer gibt es zwei Türen, also muss eine davon die vom Bad sein, hofft sie zumindest. Schwankend, wie auf einem Schiff bei schwerem Seegang, bewegt sie sich vorwärts.

Die erste Tür ist ein Reinfall. Da geht es auf den Flur hinaus. Also kann es nur die Andere sein. Als sie sie endlich erreicht, ohne größeren Schaden zu erleiden, beziehungsweise zu verursachen, findet sie tatsächlich ein Badezimmer, welches in Grau und dunklem Grün gehalten ist. Die riesige Badewanne ignoriert sie nur widerwillig und visiert die Dusche an, welche auch solche Ausmaße hat, als können darin zehn Menschen gleichzeitig Platz finden. So schnell wie sie kann, zieht sie sich ihre kurze Schlafhose und das Shirt aus und lässt es achtlos am Boden liegen. Sich an der gläsernen Duschwand festhaltend tapst sie hinein und dreht das Wasser auf.

Ein spitzer Schrei entfährt ihr, als sie das eisige Wasser trifft. Schnell springt sie einen Schritt zur Seite und rutscht auf dem nassen Boden weg. Schmerzhaft knallt sie mit der ohnehin schon lädierten Schulter gegen die Duschwand. Fluchend lehnt sie sich dagegen und sieht dem Dreck an ihren Füßen zu ,wie er sich in grau-braunen Schlieren Richtung Abfluss schlängelt.

Zufrieden verschränkt Oliver die Armen hinter dem Kopf, als aus dem Bad des Gästezimmers ein spitzer Schrei ertönt. Es ist schön, wenn ein Plan klappt. Immerhin konnte er sich ja nicht sicher sein, dass sie nicht auf die Temperatureinstellung des Wassers achtet bevor sie es aufdreht. Auch hätte sie erst morgen früh duschen gehen können. Aber so konnte er es mit anhören. Das war seine kleine Rache für den vernichteten Whiskey, auch wenn das Gesöff wirklich scheußlich war. Aber das muss sie nicht wissen. Morgen hat er seine Wohnung wieder für sich alleine. Da kann sie hoffentlich endlich wieder in ihr Hotel und wenn nicht, dann muss sie sich halt ein anderes Quartier suchen. Hier bei ihm hat sie nur diese eine Nacht und je eher sie wieder von hier verschwindet desto besser.

Oliver reicht es schon völlig, dass er sie jeden Tag bei der Arbeit sehen muss. Auch wenn er Profifootballer ist und diesen Sport mit Leib und Seele ausübt, so ist es doch nur ein Job. Er gehört zu dem verschwindend geringen Teil der Bevölkerung, der den Beruf ausüben darf, den er über alles liebt.

Er trinkt den letzten Schluck seines Bieres und lässt die Flasche sinken. Gedankenverloren starrt er durch die Fensterfront nach draußen auf das nächtliche Dallas. Die Lichter der Stadt erhellen den Nachthimmel. Wenn man unten auf den Straßen ist kann man nur ganz selten einen Stern entdecken, aber hier oben sieht man auch das funkelnde Himmelsfirmament.

Seiner Meinung nach sind die Jungs schon viel zu vertraut mit dieser Autorin und dabei haben sie sie heute Abend erst kennengelernt.

Sonst sind sie mit der Presse doch auch vorsichtig und halten lieber einmal mehr den Mund. Aber heute plaudern sie mit ihr, als würden sie sich schon seit

Jahren kennen. Die kleine Göre, er weigert sich ihren Namen auch nur zu denken, gehört zwar nicht direkt zur Regenbogenpresse, aber was hindert sie daran die Dinge, welche sie hier hört, in ihrem nächsten Buch zu verwursten? Er hat zwar noch nie eines ihrer Bücher in den Händen gehalten und denkt auch nicht einmal im Traum daran, eines in die Hände zu nehmen, aber er vermutet, das es sich dabei um irgendwelche Schnulzen-romane handeln wird, die ein normaler Mann nie ansehen würde.

Leider ist die Eignerin der Dallas Lions eine Frau. Sie hat sie von ihrem Mann, vor ein paar Jahren, zum Geburtstag bekommen und anscheinend liest sie solche Schmachtfetzen. Denn sonst würde in seinem Gästezimmer keine rothaarige Frau mit einer riesen Klappe schlafen.

Müde reibt er sich über die Augen und erhebt sich. Sein Bett ruft und er muss morgen früh um acht fit beim Training sein. Immerhin sitzt da ein Rookie namens Jason Connor auf der Bank und wartet darauf, dass er einknickt und seinen Platz als erster Quarterback einnehmen kann. Es ist schon schlimm genug, dass Oliver beim nächsten Spiel auf der Bank sitzen und dabei zusehen muss, wie der Grünschnabel den Einzug in die Play-offs vergeigen wird und das wird der Rookie, da ist sich Oliver sicher. Connor hat einfach noch nicht die Erfahrung, die nötig ist, um in einem vollbesetzen Stadion zu spielen. Auch wenn es von den Zuschauerrängen immer so einfach aussieht, gehört viel Erfahrung und auch Konzentration und Selbst-beherrschung dazu, vor mehreren zehntausend Menschen zu spielen, die alle gleichzeitig schreien und nur das eine von einem wollen – das man das Ding verdammt nochmal gewinnt.

Oliver verstaut noch die leere Flasche und begibt sich unter die Dusche und dann in sein Bett.

Nachdem Joni den ersten Schock des kalten Wassers verwunden hat, war die Dusche doch noch wunderbar erfrischend und belebend. Es schwankt zwar alles noch ein wenig um sie herum, aber nicht mehr so schlimm. Mit ein bisschen Schlaf und morgen früh einem ausgiebigen Frühstück, ist sie dann wieder die Alte. Hoffentlich hat der Tampon was ordentliches zu Essen da. Nicht dass Sie noch irgendwo was kaufen muss und dass, wo sie doch kein Geld hat.

GELD! Wie vom Donner gerührt bleibt sie mitten im Gästezimmer stehen, das Handtuch vor die Brust gedrückt. Hastig lässt sie es fallen und schlüpft in die bereitgelegten Sachen. Wie zu erwarten sind sie ihr viel zu groß. Die Shorts enden in der Mitte ihrer Unterschenkel und nur mit viel Geschick bekommt sie die Zugbändchen soweit heraus gezogen, dass ihr die Hose nicht mehr von den Hüften rutscht.

Das T-Shirt könnte bei Joni auch als Kleid durchgehen. Wie ein riesiger weißer Sack hängt es von ihren Schultern, die Ärmel enden am unteren Drittel der Unterarme und der Saum schwingt ihre um die Knie. Eigentlich hätte sie auf die Hose verzichten können, wenn sie Unterwäsche gehabt hätte. Bei dem Gedanken an Unterwäsche hofft sie, dass Oliver nicht zu dem Typ Mann gehört, der ganz gerne auf welche verzichtet. Schnell schiebt sie den Gedanken beiseite und macht sich auf den Weg.

Auf der Suche nach seinem Schlafzimmer durchstreift sie die Wohnung. Sie bleibt kurz an dem faszinierenden Ausblick auf Dallas hängen. Aber da die Müdigkeit an ihre zehrt, hält sie sich nicht lange auf und sucht weiter.

Die Küche und den Wohnbereich kennt sie schon und findet gegenüber dem Gästezimmer ein Arbeitszimmer. Der Raum wird von einem großen Schreibtisch dominiert. Ansonsten befinden sich nur noch ein Billardtisch und ein paar Bücherregale darin. Also geht die Suche weiter. Schon bei der nächsten Tür hat sie Glück. Ohne anzuklopfen, reißt sie diese auf.

Oliver liegt schon im Bett und als sie sie so voll Schwung öffnet, sitzt er vor Schreck aufrecht darin.

»RAUS«, brüllt er los und deutet auf die Tür.

»Gleich, aber erst muss du mir was versprechen.«

»Vergiss es und jetzt verschwinde!«, quetscht er, zwischen zusammengebissenen Zähnen, hervor.

»Nein«

»Doch«

»Nein!«, sie sagt es mir so viel Nachdruck wie möglich.

»Weib, du nervst!« Gequält stöhnt er auf und fährt sich mit der Hand durch die schwarzen Haare.

»Dann hör mir zu.«

»Was willst du?«, leiert er runter.

»Du musst mich morgen früh mitnehmen.«

»Ganz sicher nicht!« Entschieden schüttelt er den Kopf.

»Ganz sicher doch!«

»Was macht dich da so sicher?«

»Das Suzanna und Will nicht gefallen wird, wenn ich morgen um zehn Uhr nicht in eurem Tipi aufkreuze.«

»Tipi? Hast du dir den letzten Rest Verstand weggesoffen? Erstens sind wir Löwen und keine Indianer und Zweitens Tipi?!«

»Löwen, Indianer, ist doch alles das Selbe. Auf alle Fälle muss ich da morgen hin.«

»Tja Pech für dich Zuckerpuppe, ich muss um acht da sein.«

»Na da kannst du mich ja mitnehmen.«

»Nein, kann ich nicht. Nimm dir ein Taxi, oder fahr mit dem Bus. Ist mir doch egal wie du da hinkommst.«

»Fragt sich gerade, wer hier noch bei Verstand ist. Von was soll ich das bezahlen du Schlaumeier?!« Die Unterhaltung frustriert sie von Sekunde zu Sekunde mehr. Es ist schon schlimm genug, dass sie ihn um diesen Gefallen bitten muss. Kann er da nicht einfach klein begeben, anstatt mit ihr zu diskutieren?

Wütend vor sich hin grummelnd schwingt Oliver seine Beine aus dem Bett und stapft quer durch sein dunkles Schlafzimmer auf einen Sessel zu. Mit einem leisen Klicken schaltet er eine Stehlampe an, welche neben dem Sessel steht. Sein durchtrainierter Körper erstrahlt in einem weichen goldenen Licht.

Jonis Blick gleitet über ihn und sie genießt den Anblick des Spiels seiner Muskeln unter der gebräunten Haut, als er sich runter beugt um aus seiner Hose die Geldbörse zu fummeln. Auch wenn er einen miesen Charakter hat, er hat definitiv einen äußerst heißen Körper. Oliver kommt auf sie zu und nimmt ihre Hand.

»Hier und jetzt verschwinde!«, damit drückt er ihr fünfzig Dollar in die Hand und schiebt sie an der Schulter aus seinem Schlafzimmer heraus. Bevor sie etwas sagen kann, schlägt er ihr die Tür vor der Nase zu.

»So geht es auch.«, murmelt Joni zufrieden, schließt ihre Hand um die grünen Scheine und macht sich auf den Rückweg in das Gästezimmer, um endlich schlafen zu gehen.

Kapitel 5

Ein lautes Poltern weckt Joni am nächsten Morgen, und noch bevor sie sich richtig orientieren kann, wo sie sich befindet, wird die weiße Tür des Gästezimmers aufgerissen und Oliver lehnt sich an den Türrahmen.

»Mach, dass du aufstehst. Ich muss in einer Viertelstunde los und bis dahin bist du aus meiner Wohnung verschwunden.«, motzt er.

Stöhnend vergräbt sie ihren Kopf in die dunkelblauen Kissen und versucht diese nervtötende Person auszublenden. Sie hat gerade wieder die schmerzenden Augen geschlossen, als ihr mit einem kräftigen Ruck die Bettdecke weggerissen wird.

Oliver muss kurz schlucken, als sein Blick auf ihren nackten und äußerst wohlgeformten Hintern fällt. Die Bettdecke hält er vergessen in den Händen.

Als die Decke verschwindet, spürt Joni einen kalten Lufthauch an ihrer Kehrseite. Schlagartig wird ihr klar das Selbige gerade unbedeckt ist. Denn Olivers viel zu große Hose liegt neben dem Bett und Unterwäsche hatte sie ja nicht. Also könnte es gerade gut sein, dass er auch einen Blick auf eine ziemlich private Körperstelle werfen kann. Schnell drückt sie ihre Schenkel zusammen und zerrt das Shirt nach unten.

»Raus, du Spanner!«, schreit sie ihn an, lässt aber den Blick von ihm abgewendet.

»Das ist meine Wohnung, mein Gästezimmer und du hast hier gar nichts zu melden. Hab dich also nicht so. Ist schließlich nicht der erste Arsch den ich sehe und ich muss dir ehrlich sagen, dass ich schon hübschere als deinen gesehen habe.«, wirft er ihr abfällig entgegen. Sie hört seine schweren Schritte auf dem Parkettboden widerhallen und kurz darauf fällt die Tür ins Schloss.

Erleichtert atmet sie aus und drückt ihr erhitztes Gesicht in das weiche Kissen, das förmlich danach schreit, dass man seinen Kopf darauf bettet und noch ein paar Stündchen schläft. Murrend dreht sie sich auf den Rücken und starrt die Decke an. Sie versucht mit aller Macht wach zu werden. Joni hat keine Ahnung, wie spät es ist, aber auf alle Fälle ist es viel zu früh.

Sie ist eindeutig ein Nachtmensch und dem entsprechend schlecht kommt sie morgens immer aus den Federn. Sie kann nicht verstehen, wie es Menschen schaffen bei Tageslicht zu arbeiten. Sie braucht die Dunkelheit und manchmal auch ein paar Kerzen und ein Glas Wein, um sich voll und ganz auf die Figuren ihrer Bücher zu konzentrieren. Die nächsten Wochen wird sie sich dann, wohl oder übel, damit arrangieren müssen, auch am hellen Tag zu arbeiten.

Für manch einen eingefleischten Footballfan wäre es die Erfüllung eines Traumes, drei Wochen lang, jeden Tag mit der Lieblingsmannschaft zu verbringen. Für Joni ist es jetzt schon ein Knochenjob und sie wünscht sich das Ende bereits herbei. Dabei hat es noch nicht einmal richtig begonnen.

Stöhnend quält sie sich aus dem Bett und ein Blick auf die Uhr des BlueRay Players zeigt ihr, das es kurz nach sieben Uhr ist. Der Typ hat doch nicht mehr alle Tassen im Schrank! Wahrscheinlich hat er im Laufe seiner Karriere den einen oder anderen Tackle zu viel abbekommen.

Das Shirt bedenkt zwar ihre Blöße, aber Joni ist keine Britney Spears oder Paris Hilton. Darum ist es für sie ein absolutes No Go ohne Unterwäsche durch die Gegend zu laufen.

Also glaubt sie die Hose vom Boden auf und streift sie sich über. Nachdem das Ding halbwegs auf ihren Hüften bleibt und nicht jede Sekunde droht gen Erdboden zu rauschen, beschließt sie erst einmal zu frühstücken. Wenn Oliver in zwanzig Minuten los muss, dann soll er das tun. Davon lässt sie sich noch lange nicht drängen.

Wie nach jeder Alkohol geschwängerten Nacht, verspürt sie ein unbändiges Verlangen nach einem reichhaltigen und fetten Frühstück. Schließlich muss man dem Restalkohol etwas entgegensetzen.

Da sie nach wie vor keine Schuhe hat, tapst sie mit nackten Füßen durch die Wohnung. Auch wenn überall Parkett liegt, ist es doch recht kühl unter ihren Sohlen. Aus einem weit entfernten Winkel der Wohnung dringt das Rauschen einer Dusche an ihr Ohr. Ein diabolisches Grinsen schleicht sich auf ihr Gesicht und sie ist schon auf halbem Weg in Richtung Olivers Badezimmer, als sie ihren spontanen Einfall wieder verwirft. Eigentlich hatte sie vorgehabt, ins Bad zu platzen, während er unter der Dusche steht und einen dummen Spruch über seine Ausstattung los zulassen. Doch dann kommt ihr der Gedanke, dass es ihm nicht gefallen könnte, auch wenn ihr Spruch eventuell der Wahrheit entsprechen könnte. Er würde garantiert wütend werden und körperlich ist er ihr leider, leider stark überlegen. Dann muss halt eine andere Gelegenheit her. Am besten in Gesellschaft von seinen Teamkollegen. Was kratzt mehr am Ego eines Mannes, wenn man es ihm in Gegenwart seiner Freunde so richtig zeigt und sie ihn dann jahrelang damit aufziehen? Erfreut über ihre neue Idee klatscht sie in die Hände und geht mit beschwingtem Schritt in die große offene Küche.

Schon nach kurzer Zeit knallt Joni frustriert die Kühlschranktür zu. Der hat tatsächlich nichts zu Essen da! Wie soll sie denn so den Morgen überstehen? Ihre gute Laune ist wieder verflogen und sie verwandelt sich wieder in den mürrischen Morgenmuffel zurück. Hungrig schlurft sie zurück in das Gästezimmer und lässt sich auf das ungemachte Bett fallen. Bis sie ihren Termin mit Will hat, hat sie noch Zeit, die sie eigentlich mit frühstücken verbringen wollten. Außerdem muss sie noch Kevin anrufen und sie muss sich noch um eine neue Bleibe kümmern, denn hier will sie auf keinen Fall bleiben. Da schläft sie doch lieber unter einer Brücke oder auf einer Parkbank.

Joni rollt sich auf dem Bett zusammen und ihr Blick fällt auf die fünfzig Dollar, welche Oliver ihr gestern Nacht in die Hand gedrückt hat. *Davon kann man gut frühstücken gehen!* Sie springt auf und schnappt sich das Geld.

Kurz vor der Wohnungstür fällt ihr ein, dass sie immer noch Schuhlos ist. Suchend sieht sie sich um. Ihr Blick fällt auf einen unscheinbaren weißen Schrank. Schnell öffnet sie ihn und erblickt eine ganze Reihe Sport- und Businessschuhe. Sie pflückt sich ein Paar weiße Sneakers mit den berühmten drei schwarzen Streifen heraus und sieht sie sich skeptisch von allen Seiten an. Mit ein bisschen Glück passen ihre Füße zwei Mal in jeden Schuh. *Mist! Warum muss der Kerl eine Schuhgröße zum Waldbrand austreten haben?* Fieberhaft überlegt sie, wie sie die Schuhe passend bekommt. Da fällt ihr ein, wie ihre Mutter ihr immer Socken vorn in die Schuhe gestopft hat, damit diese besser passen. Polternd lässt Joni sie fallen und flitzt in Richtung von Olivers Schlafzimmer, immer auf die Geräusche aus dem angrenzenden Bad achtend.

So leise wie möglich öffnet sie seine Schlafzimmertür und schlüpft durch den entstandenen Spalt.

Mit einem schnellen Blick registriert sie das überdimensional große Doppelbett, welche in der Mitte des Raumes steht und diesen total dominiert. An der gegenüberliegenden Wand hängt der nicht minder überdimensionierte Flachbildfernseher und in der linken hinteren Ecke stehen ein einzelner beiger Sessel und eine Stehlampe. Anscheinend mag er es minimalistisch. Das Bett ist ungemacht und die Bettdecken und Kissen liegen in einem wilden Durcheinander darauf. Neben der Tür zum Flur gibt es noch zwei Weitere. Hinter einer davon vermutet Joni einen Kleiderschrank. Auch ein Oliver Brown muss irgendwo seine Klamotten deponieren.

Langsam schleicht sie durch den Raum und betet im Stillen, dass sie die richtige Tür erwischt. Sie entscheidet sich für die Rechte der Beiden. Aber bevor sie sie öffnet, hält sie lieber ihr Ohr prüfend an das weiße Holz. Als sie kein Rauschen hört, öffnet sie diese. Aber um einiges vorsichtiger als die Schlafzimmertür. Als sie die Tür fast zur Hälfte öffnet, schaltet sich automatisch das Licht in dem Raum dahinter an. Erleichtert atmet sie die angehaltene Luft aus, als sie einen begehbaren Kleiderschrank entdeckt. Für die vielen T-Shirts, Pullover, Hemden, Jeans, Sporthosen und Anzüge hat sie keinen Blick übrig. Hastig überfliegt sie die Regale und Schubladen.

Offen liegen keine Socken herum, also müssen sie irgendwo in einer Schublade liegen. Nach und nach durchforstet sie diese und wie soll es anders sein, erst in der Letzten findet sie sie. Schnell schnappt sie sich zwei Paar.

Sie will gerade die Tür des Schrankes wieder schließen, als die Duschgeräusche aus dem Bad verstummen. *Verdammt! Schnell weg hier!* Ohne weiter zu überlegen, huscht sie aus dem Schlafzimmer in Richtung Wohnungstür. So hastig wie möglich stopft sie eine Socke in jeden Schuh und zieht sich das andere Paar über die Füße. Als Joni dann in die Schuhe schlüpft, muss sie, sehr zu ihrem Leidwesen feststellen, dass die Sneakers immer noch zu groß sind. Also wieder raus aus den Schuhen und die Socken aus und mit rein gestopft. Mit einem leicht angeekelten Gesichtsausdruck zieht sie sie sich über die Füße. *Hoffentlich bekomme ich jetzt keinen Fußpilz.*

Noch ein letztes Mal zurrt sie die Hose um ihre Hüften fest und verlässt dann watschelnd, mit viel zu großen Klamotten und Schuhen, die Wohnung.

Oliver hält seinen Kopf unter den warmen Strahl seines Tropenduschkopfes. Wie bei einem Sommerregen prasselt das Wasser auf ihn nieder, während durch die Glasfront die Morgensonne scheint. Seufzend reibt er sich den verspannten Nacken. In der letzten Nacht hat er äußerst schlecht geschlafen und um seine Laune ist es heute nicht gut bestellt. Er hofft für sich selber, dass sein unfreiwilliger Übernachtungsgast verschwunden ist, wenn er fertig ist.

Innerlich verflucht er Will dafür, dass er sie hier hergeschleppt hat und auch Jesus kommt nicht gut weg. Denn wenn er nicht gewesen wäre, hätte er sie nicht zurückgeholt. Dieser Abend hatte seinem, ohnehin schon beschissenen Tag, die Krone aufgesetzt. *Was geht nur in Wills Hirn ab?* Immer wieder stellt er sich diese eine Frage. Ist es immer noch wegen der Fotos? Es war nicht gerade eine seiner schlausten Entscheidungen gewesen, am letzten Wochenende nach Colorado Springs zu fliegen und im Cheyenne Mountain State Park ein wenig zu klettern. Dass ihn dabei auch noch die Blutsauger von der Presse erwischt hatten, war einfach nur Pech. Denn ohne diese Kanalratten hätte es nie Bilder von ihm gegeben, wie er an einer Steilwand ohne Sicherung hängt. Will hätte es nie erfahren. Aber nun hat er den Salat und darf beim nächsten Spiel auf der Bank hocken. Die Geldstrafe ist ihm egal. Wozu verdient er gut fünfzig Millionen Dollar pro Jahr, ohne Boni und seinem Verdienst aus verschiedensten Werbeverträgen?

Die Verspannungen in seinem Nacken und in den Schultern lassen sich heute nicht mit warmem Wasser lösen. Da wird er wohl Dan, einem der leitenden Physiotherapeuten der Lions, nach dem Training einen Besuch abstatten, damit er ihm die harten Muskelstränge wieder weich knetet.

Von seinen kurzen schwarzen Haaren läuft ihm das Wasser in die Augen. Blind angelt er nach einem Handtuch und wischt sich über das Gesicht und die Haare. Ein zweites Handtuch schlingt er sich um die Hüften. Wäre er allein, würde er jetzt nackt in sein Schlafzimmer gehen. Meistens ist er einfach zu faul, um sich nach dem Duschen ein Handtuch umzubinden. Wozu auch, wenn er alleine hier wohnt? Aber heute ist es ein wenig anders. Gerade als er die Badzimmertür zum Schlafzimmer öffnet, fällt die Wohnungstür krachend ins Schloss und der Ton dringt dumpf zu ihm.

Erleichtert atmet er aus. Sie ist weg. Mit einem schnellen Griff fällt das steingraue Handtuch zu Boden und er schlendert zum Schrank rüber, um sich endlich anzuziehen. Mit gerunzelter Stirn und zusammen-gezogenen Augenbrauen betrachtet er die Tür, welche zu einem Viertel offen steht. Oliver ist sich sicher, dass sie zu war, bevor er unter die Dusche ist. *Sie wird doch nicht?*

Als er die Tür weiter öffnet und in den Schrank geht, bestätigt sich sein Verdacht. Seine Sockenschublade steht sperrangelweit offen. *Was hat sie hier gesucht?* Neue Wut kocht in ihm hoch. Er mag es nicht, wenn man in seinen Sachen wühlt. Schnell schnappt er sich wieder sein Handtuch und stapft wütend durch seine Wohnung, um sie zu suchen. Aber nirgends auf seinen einhundrtfünfzig Quadratmeter findet er sie. Also ist sie wirklich weg. Diese Tatsache tut seiner Wut aber keinen Abbruch. Niemand wühlt ungeschoren in den Sachen von Oliver Brown!

Da er von ihrem Termin mit Will im Headquarter, von den Spielern und Fans liebevoll als die Höhle der Löwen bezeichnet, weiß, wird er sie irgendwo zwischen die Finger bekommen und dann Gnade ihr Gott!

Freundlich grüßt Joni den Portier in der Eingangshalle, der ihr verdutzt hinterher sieht. Draußen vor der Tür atmet sie tief die Morgenluft ein. Auch wenn sie ein Morgenmuffel ist, mag sie dennoch die Luft, welche durch die Kühle der Nacht gereinigt wurde und einen neuen, jungfräulichen Tag ankündigt. Auf der Straße sind sehr wenige Menschen unterwegs. Na wenigstens wird sie jetzt nicht angestarrt, wie eine aus der Irrenanstalt entlaufene Durchgeknallte.

Joni sieht sich kurz um, um sich besser orientieren zu können. Als sie gestern hier draußen war, war es bereits dunkel und nur die Straßenlaternen warfen ein wenig Licht. Laut knurrt ihr Magen und verlangt nach der dringend benötigten Nahrung. Entschlossen geht sie auf den kleinen begrünten Platz zu und passiert dabei die Bank, auf der sie fast die letzte Nacht verbracht hätte. In der Ferne kann sie die hohen Wolkenkratzer entdecken und wo Hochhäuser sind, kann es nicht weit bis zum Essen sein.

Schon kurz hinter dem kleinen Platz entdeckt sie einen Diner, aus dessen geöffneter Eingangstür der verführerische Duft von Kaffee und gebratenen Eiern mit Speck dringt. Genüsslich schließt sie die Augen und ihr Magen meldet sich wieder.

Es ist noch recht leer, was wohl an der frühen Morgenstunde liegen könnte. Die junge Kellnerin betrachtet sie kurz, lächelt dann aber freundlich und kommt auf Joni zu.

»Guten Morgen. Du siehst aus als könntest du einen Kaffee gebrauchen.«

»Ja, das wäre nicht schlecht und Eier mit Speck.«, gibt Joni ihre Bestellung auf, während sie sich auf einen der Hocker an dem langen Tresen fallen lässt.

Die Kellnerin verschwindet hinter Selbigem und gießt, aus einer großen Glaskanne, eine Tasse voll schwarzem Gold ein und schiebt diese über den Tresen zu Joni.

»Harte Nacht?«, versucht sie ein Gespräch zu beginnen.

»Sehe ich so verpeilt aus?« Leise gluckst Joni vor sich hin. Nur gut das sie sich nie so viel aus ihrem Äußeren gemacht hat.

»Wie man es nimmt. Aber entweder hast du einen sehr fragwürdigen Kleidungsstil, oder du hast deinem Freund die Klamotten geklaut.«

»Weder noch. Wobei, wenn man es so nimmt, dann habe ich die Klamotten geklaut, aber nicht meinem Freund. Für ihn bin ich eine Persona non grata. Das Gleiche ich er übrigens auch für mich.«

»So schlimm?« Mitleidig sieht sie Joni an.

»Ja und noch viel schlimmer. Aber das tangiert mich nur peripher.«

»Peri... was?«

»Es geht mir am Arsch vorbei.«

»Ach so, wenn das so ist. Ich bin übrigens Amanda. Aber alle nennen mich Amy.«

»Ich bin Joni.«

»Du kommst nicht von hier, oder?«

»Nein. Ursprünglich komme ich aus Schottland, aber seit ein paar Jahren wohne ich in Los Angeles.«

»Und was hat dich jetzt nach Dallas verschlagen?« Amy stellt einen Teller voll wunderbaren Spiegeleiern mit Speck und Toast vor Joni und diese stürzt sich mit einem Freudenschrei auf das dargereichte Essen.

»Wie lange hast du nichts mehr gegessen?«

»Keine Ahnung, zehn Stunden vielleicht?«

»Dann lass es dir schmecken«, schmunzelt Amy.

»Kannst du mir sagen, wie spät es ist?«, fragt sie nuschelnd zwischen zwei Bissen.

»Es ist jetzt kurz vor acht Uhr.«

»Gut, da habe ich ja noch etwas Zeit.«

»Hast du einen Termin?«

»Ja und am liebsten würde ich ihn sausen lassen, aber das geht nicht.«

»Beruflich oder Privat?« Verdutzt über die Frage sieht Joni Amy an, welche sofort beschwichtigend die Hände hebt.

»Sorry, wenn ich einfach so frage. Ich bin schrecklich neugierig und leider kann ich nie meine Klappe halten, wenn mich etwas oder jemand interessiert.«

»Ich interessiere dich?« Joni sieht sie mit erhobenen Augenbrauen an.

»Ja, klinkt vielleicht komisch. Aber ich finde dich sympathisch und du bietest doch einen sehr merkwürdigen Anblick. Du hast eindeutige Männer-klamotten an, die dir um viele Nummern zu groß sind, von den Schuhen will ich erst gar nicht anfangen zu reden und ich weiß auch nicht. Manchmal begegnet man einem Menschen und ist vom ersten Augenblick an fasziniert und fragt sich, was wohl seine Geschichte ist und so geht mir das bei dir.«

Joni lächelt in sich hinein. Sie kann Amy voll verstehen, denn ihr geht es mit manchen Menschen auch so. Nach diesen Worten sieht sie sich die Kellnerin etwas genauer an. Sie hat lange schwarze Haare und im Unterhaar kann sie einzelne blaue Strähnen erkennen. Sie hat eine sehr weibliche Figur und ihre Haut hat einen leicht bronzenen Ton. Amys Augen sind grün und leuchten spitzbübisch.

»Mach dir keinen Kopf, ich weiß was du meinst. Ich habe einen beruflichen Termin.«

»Und da willst du so auftauchen?« Mit erhobenen Augenbrauen betrachtet Amy Jonis Erscheinungsbild.

»Ja, ganz genauso. Eigentlich wäre es besser, wenn ich noch ein wenig abgefuckter aussehen würde. Aber ich glaube auch dieses Outfit wird seine Wirkung nicht verfehlen.« Vorfreude macht sich in ihr breit und sie kann es kaum noch erwarten, bis es endlich zehn Uhr ist.

»Willst du einen Job verlieren?« Amy klingt immer skeptischer.

»Den kann ich nicht verlieren. Aber mit meinem Job hat der Typ zutun, dessen Klamotten ich gerade tragen und sein Boss wird gar nicht erfreut sein, wenn er mich so sieht und das fällt dann auf ihn zurück.«

»Du willst ihm eins auswischen?«

»Ja, ganz genau.Du hast es erfasst.«

»Was hat er denn Schlimmes gemacht? War er schlecht im Bett?«, kichert Amy.

»Das kann ich nicht beurteilen. Auf alle Fälle ist er der größte Macho, der jemals auf Gottes Erde wandeln durfte und er hat einen sehr schlechten Geschmack, wenn es um die Auswahl seines Whiskeys geht.«

»Sieht er wenigstens gut aus?« Amy stützt sich mit den Unterarmen auf dem Tresen ab.

»Wenn ich ehrlich bin, habe ich ihn mir bisher nicht so genau angesehen. Denn immer, wenn wir aufeinandertreffen, giften wir uns an.«

»Du kannst ihn nicht leider, oder?«

»Nein kann ich nicht.«

»Na, man kann ja nicht jeden mögen, oder?«

»Genau, aber dich kann ich leiden.« Joni deutet mit der Gabel auf sie.

»Danke, ich kann dich auch leiden.«, lacht Amy.

Die Beiden unterhalten sich in der nächsten Stunde noch über Gott und die Welt und finden sich immer sympathischer. Joni nimmt sich vor, dass sie Amy öfters im Diner besuchen wird, auch wenn dieses leider in der unmittelbaren Nähe zu Olivers Wohnung ist.

»Hast du nicht gesagt, dass du einen Termin hast? Es ist gleich dreiviertel zehn.«

»Ähm ja ... Mist, das hatte ich jetzt total vergessen ... Wie lange braucht man von hier aus bis zum Tipi?«

»Tipi?«

»Das Hauptquartier der Dallas Lions.«

»Du hast einen Termin bei den Lions? Wie hast du das denn geschafft?«

»Erzähl ich dir später, ist eine längere Geschichte.Auch wenn ich mich hier nicht auskenne, vermute ich mal, dass ich nicht in zehn Minuten dort sein kann?«

»Nein. Wenn du dir ein Taxi nimmst, dann vielleicht eine halbe Stunde, das kommt auf den Verkehr an. Mit dem Bus oder der U-Bahn brauchst du länger.«

»Kannst du mir ein Taxi rufen?«

»Klar, mach ich.« Amy verschwindet kurz durch eine Tür, um Joni das gewünschte Taxi zu bestellen.

»Was bekommst du für das Essen?«

»Lass mal, geht aufs Haus.«

»Wow danke.«

»Hm ... wenn du zu den Lions musst und dein Hassobjekt auch dort sein wird ... Ist es einer der Spieler?«

»Können wir das vertagen?« Auch wenn Joni Amy sympathisch findet, muss sie ihr ja nicht gleich auf die Nase binden, dass sie mit dem Starquarterback im Clinch liegt.

»Versprochen?«

»Versprochen.« In diesem Moment hält ein Taxi vor der Tür und Joni hüft vom Hocker.

»Warte!«, ruft ihr Amy hinter her und kommt mit einer kleinen weißen Karte auf sie zu geeilt.

»Hier, da steht meine Handynummer drauf. Wenn du mal Lust auf einen Mädelsabend hast, dann ruf mich an und du musst mir noch erzählen, wie es mit dem Mann deiner Albträume weiter geht.«

»Danke, werde ich machen. Bye.« Joni winkt ihr noch zu und steigt dann in das wartende Auto.

»Wo soll es denn hingehen?«, fragt sie der Fahrer und beobachtet sie durch seinen Rückspiegel.

»Ähm ... ich habe keine Ahnung.« Erst jetzt fällt ihr auf, dass sie keine Ahnung hat, wo genau sie hin muss.

»Na ein bisschen genauer brauche ich es schon.«, erwidert er genervt.

»Ich muss zum Hauptsitz der Dallas Lions, wissen Sie, wo das ist?«

»Ob ich weiß, wo das ist? Machen Sie Witze? Ich bin hier geboren und jeder in Dallas kennt den Weg, immerhin ist es gleich am Stadion.«

»Na da haben Sie ihre Adresse. Ich muss dahin.«

»In den Klamotten?«

»Ja, in den Klamotten, und wenn Sie Kohle verdienen wollen, dann sollten Sie jetzt wohl besser mal das Gaspedal durchtreten, denn ich hätte vor fünf Minuten dort sein müssen.«

»Können Sie auch bezahlen?«

Joni verdreht die Augen und zieht dann die fünfzig Dollar aus der Hosentasche. Mit einem knappen Nicken wendet sich der Fahrer um und fährt endlich los.

Ihr kommt es vor, als würden sie jede einzelne rote Ampel in ganz Dallas mitnehmen. Irgendeine höhere Macht scheint sich gegen sie verschworen zu haben.

Mit, fast einer Stunde, Verspätung kommt sie endlich am Stadion und damit am Headquarter der Lions an.

Das quadratische Gebäude versprüht denselben Charme wie alle modernen Gebäude. Es ist groß, besteht aus Stahl, Beton und Glas und hat keinerlei Charakter. Sie bezahlt den Taxifahrer und schlurft auf den Eingang zu. Die Socken, welche vorn in den Schuhen stecken, haben ihren angestammten Platz verlassen und Joni rutscht gnadenlos in den Booten für Füße herum.

Mit einem leisen Surren öffnen sich die Schiebetüren und sie betritt das klimatisierte Gebäude. Eine leichte Gänsehaut bildet sich auf ihrer Haut, als die kühle Luft sie trifft.

Das Foyer ist groß und luftig gestaltet. Auf der linken Seite befindet sich eine größere Sitzecke aus schwarzen Ledersofas und Sessel, auf denen das Teamlogo strahlt. An den schlichten Betonwänden hängen gerahmte Trikots und Fotos von gewonnenen Spielen. Der Boden ist mit schwarzem Marmor ausgelegt und in der Mitte wurde das Teamlogo, ebenfalls in rotem Marmor, eingelassen.

Auf der linken Seite steht ein schwarzer Tresen, hinter dem ein Mann mit deutlich grauen Haaren sitzt. Auf diesen steuert Joni jetzt zu.

»Guten Morgen.«

»Ihnen ebenfalls einen guten Morgen.«, lächelt er und legt das Buch, in welchem er gerade liest, zur Seite.

»Ich hatte vor einer guten Stunde einen Termin bei William Mitchell.«

»Dann müssen Sie die talentierte Schriftstellerin sein, von der mir Suzanna erzählt hat.«

»Ganz genau.«, lacht Joni. Der alte Mann, mit seiner dicken Nickelbrille auf der Nase und den vielen Lachfalten um seine Augen, gefällt ihr jetzt schon.

»Na dann kommen Sie. Ich bring Sie hoch.« Mit einem kleinen Ächzen stemmt er sich aus seinem Stuhl.

»Bleiben Sie ruhig sitzen! Es reicht aus, wenn Sie mir den Weg erklären.«, beeilt sie sich zu sagen, denn sie hat Angst, dass der arme alte Mann gleich zusammenklappt.

»Machen Sie sich mal keinen Kopf Mädchen. Es ist gut, wenn ich mal aufstehen kann und meine alten, eingerosteten Knochen ein wenig bewege.«, winkt er ab und wackelt in leicht gebeugter Haltung vor ihr her. Mit einer Handbewegung deutet er ihr, ihm zu folgen.

»Warum arbeiten Sie noch hier?«, fragt sie ihn, denn es erscheint ihr ein wenig ungewöhnlich, dass hier ein so alter Mann am Tresen im Foyer hockt.

»Ach wissen Sie, ich bin hier schon seit fast siebzig Jahren und das ist mein zweites zu Hause. Was soll ich denn den ganzen Tag daheim machen?«

»Siebzig Jahre?! Wie alt sind sie denn, wenn ich fragen darf?«

»Ich bin jetzt zweiundachtzig und solange wie ich mich bewegen kann und atme, werde ich jeden Tag hierherkommen.«

»Und warum?«

»Die Lions sind mein Leben. Seit meinem zwölften Lebensjahr komme ich jeden Tag hier her. Angefangen habe ich als Wasserträger für die Jungs und dann habe ich mich um die Ausrüstung gekümmert und jetzt sitze ich hier am Tresen. Ich habe hier meine Frau kennengelernt, wir haben unten auf dem Spielfeld geheiratet und unsere Kinder sind hier praktisch aufgewachsen.«

»Na Richard, erzählst du unserem Gast deine Lebensgeschichte?«, unterbricht eine weibliche Stimme die Erzählungen des alten Mannes.

»Ah, hallo Suzanna, ich wollte die junge Lady zu Will bringen. Sie ist ein bisschen spät dran.«

»Hallo, ich bin Suzanna Bosworth, die Eignerin der Lions, aber Sie können mich Suzanna nennen, das machen hier alle. Es freut mich, Sie in unseren bescheidenen Hallen zu begrüßen.« Die großgewachsene, schlanke Frau mit einem kurzen, blonden Bob und vielen Lachfältchen um die blau-grauen Augen herum, hält Joni ihre schlanke Hand hin.

»Hallo, Joni McLachlan. Freut mich Sie kennenzulernen.«

»Ganz meiner Seites, meine Liebe. Ich liebe Ihre Bücher und es macht mich ungemein Stolz, dass Sie bei uns ihre Recherchen durchführen. Unseren Richard haben Sie ja schon kennengelernt. Er ist eine Institution bei uns.« Liebevoll legt Suzanna einen Arm um die gebrechlichen Schultern des runzligen Mannes und drückt ihm einen Kuss auf die Wange.

Etwas verlegen zupft Joni an dem großen T-Shirt herum. In Gegenwart der Frau im schicken schwarzen Kostüm, fühlt sie sich schon etwas schäbig.

»Entschuldigen Sie bitte mein Outfit. Ich laufe normalerweise nicht so rum. Aber in meinem Hotel gab es letzte Nacht einen Brand und im Moment weiß ich noch nicht einmal, ob meine ganzen Sachen noch existieren.«

»Ach du liebe Güte! Wie schrecklich! Kommen Sie erst einmal rein, dann erzählen Sie mir alles und wir finden eine Lösung.« Suzanna, die so gar nicht in Jonis Bild der eingebildeten, reichen Tussi passt, packt ihren Ellenbogen und dirigiert sie den Flur herunter, von welchem in regelmäßigen Abständen verschiedene Türen abgehen, die alle mit Namensschildern versehen sind. Am Ende des Flures bleibt sie stehen und öffnet, ohne anzuklopfen, die Tür.

»Hallo Will, unser Gast ist da.«, flötet sie in den Raum und schließt hinter Joni die Tür. Wills Büro ist ein großzügig geschnittener Raum, mit einer riesigen Fensterfront, welche die komplette rechte Seite einnimmt. Auch hier hängen überall gerahmte Trikots, Fotos und Zeitungsausschnitte.

»Na endlich, ich habe mir schon Sorgen um Sie gemacht. Wie geht es Ihnen Miss McLachlan?« Lächelnd schüttelt er ihre Hand und deutet dann auf die kleine Sitzecke aus schwarzen Sesseln.

»Joni bitte. Bei Miss McLachlan fühle ich mich so alt.«

»Okay Joni, dann nenn mich Will.«

»Gerne.« Gemeinsam setzen sich die Drei.

»Ich hoffe Oliver war freundlich?«, erkundigt er sich.

»Zumindest hat er mir ein paar seiner Klamotten gegeben.«

»Oliver? Unser Oliver?«, fragt Suzanna verwirrt nach.

»Ja, in Jonis Hotel hat es letzte Nacht gebrannt und wir mussten uns schnell überlegen, wo sie die Nacht verbringen kann.«

»Und da hast du sie zu Oliver gebracht? Wie konntest du nur Will?«

»Was denn? Sämtliche Hotels der Stadt sind voll. Es findet irgendein internationaler Konkress statt. Außerdem ist meine Schwiegermutter zu Besuch und die alte Zehe wollte ich ihn nun wirklich nicht antun..«

»Oh, na dann habe ich nichts gesagt. Hat er sich schon zu den Bildern geäußert?«

»Welche Bilder?« Interessiert sieht Joni zwischen Will und Suzanna hin und her.

»Unser Quarterback wurde letztes Wochenende bei Freeclimbing in den Rocky Mountains erwischt und die Presse hat es als Titelstory rausgebracht.«

»Freeclimbing? Ich hatte ja geahnt, dass er einen Schuss hat, aber dass er so irre ist, hätte ich nicht vermutet.« Doch etwas fassungslos schüttelt sie ihren Kopf und die wirren roten Locken fliegen wild.

»Da könntest du recht haben. Aber jetzt müssen wir uns überlegen, wie es weiter gehen soll.«, verkündet Will.

»Ich sollte vielleicht mal bei meinem Anwalt anrufen. Er wollte sich heute Morgen erkundigen, ob ich zurück ins Hotel kann und ob etwas mit meinen Sachen passiert ist.«

»Na dann tu dir keinen Zwang an.« Will deutet auf das Telefon auf seinem Schreibtisch. »Einfach eine Null vorwählen.«

»Danke.« Joni steht auf, und da die Schuhe immer mehr schlappen, zieht sie sie kurzerhand aus. Lieber läuft sie hier barfuß herum, als sich weiter mit diesen Dingern abzumühen. Rasch wählt sie die Nummer von Kevins Handy.

»Coleman«, meldet er sich nach dem zweiten Klingeln. Im Hintergrund kann sie Fahrgeräusche hören. Anscheinend ist er gerade unterwegs.

»Hey Kev. Hier ist Joni.«

»Schätzchen, endlich meldest du dich mal. Ich hatte mir schon Sorgen gemacht.«

»Nein hast du nicht, aber trotzdem danke. Hast du schon was in Erfahrung bringen können?«

»Ja, hab ich. Die gute Nachricht, die Versicherung übernimmt alle entstandenen Schäden...«

»... und die Schlechte?«, fragt sie vorsichtig nach. Ein dicker Klumpen bildet sich in ihrem Magen.

»Das Löschwasser ist von oben nach unten gelaufen und hat auch dein Zimmer erwischt...«

»Wie schlimm ist es Kevin?« Gespannt hält sie den Atem an.

»Schlimm. Deine ganzen Sachen sind hin.«

»Meine Arbeit!«, keucht sie auf und fasst sich erschrocken mit der Hand an die zugeschnürte Kehle. Wenn all ihre Sachen hin sind, dann auch ihr Laptop und auf der Festplatte befanden sich die Vorarbeiten für ihr neues Buch.

»Dein Laptop wird zu einer Spezialfirma geschickt, welche sich auf die Rettung von Daten zerstörter Festplatten spezialisiert hat und mit ein bisschen Glück können sie alles retten.«

»Hoffentlich!« Innerlich beginnt sie jetzt schon zu beten.

»Wir haben auch noch ein anderes Problem.«

»Was denn noch? Was kann schlimmer sein, als meine kaputten Sachen?«

»Sämtliche Hotels in Dallas sind voll. Du kannst jetzt entweder wieder zurück nach Los Angeles kommen, oder wir müssen eine andere Lösung finden.«

»Das mit den Hotels habe ich bereits gehört.« Sie wirft Will einen schnellen Seitenblick zu. »Ich werde zurückkommen.«, sagt sie sofort. Da gibt es für sie gar keine Frage.

»Sicher? Du bist auf die Recherchen angewiesen und willst damit bis zur nächsten Saison warten wollen?«

»Ich such mir die benötigten Informationen aus dem Internet.«

»Da kannst du vielleicht irgendwelche Spielregeln nachlesen, aber das richtige Leben eines Spielers wirst du dort nicht finden. Das kannst du nur live und in Farbe herausfinden.«

»Du bist also der Meinung, ich sollte hier bleiben?«

»Ganz genau.«

»Aber Kev, ich habe nichts. Bis auf meine Schlafhose und ein Top habe ich nichts. Meine Kreditkarte, mein Geld, Ausweis ...« Während ihrer Ausführung wird ihre Stimme immer hysterischer.

»Jetzt beruhig dich. Ich mache bei der Versicherung Druck, dass dir das Geld so schnell wie möglich ersetzt wird. Ich werde mich auch mit deiner Bank in Verbindung setzten und dafür sorgen, dass du neue Kreditkarten bekommst, um deinen Führerschein kümmere ich mich auch. Das könnte aber alles ein bis zwei Tage dauern, und wenn ich alles zusammenhabe, schicke ich es dir mit einem Boten nach Dallas. Außerdem könnte es schwierig werden, ohne Ausweispapier zu fliegen.«

»Ich sitze hier also erst einmal fest. Trotzdem danke Kevin.«, seufzt sie.

»Kein Problem, wozu bin ich denn dein Anwalt?«

»Du bist auch ein Freund.«

»Danke für die Blumen. Mach dir jetzt einen schönen Tag und ich melde mich, sobald ich alles zusammen habe.«

»Okay. Bis dann.« Nach dem Auflegen schließt sie kurz die Augen und holt tief Luft. Hoffentlich bekommt Kevin das alles so schnell wie möglich geregelt.

»Alles in Ordnung?« Sanft legt sich eine Hand auf ihre Schulter, und als sich Joni umdreht, blickt sie in das besorgte Gesicht von Suzanna.

»Nicht wirklich. Meine ganzen Sachen sind zerstört.«

»Reist du wieder ab?«

»Nein. Ich mag reisen nicht so und ich habe mir das gestern nicht angetan, um mich jetzt gleich wieder in einen Klapperkasten zusetzen. Außerdem komme ich, ohne Ausweis, nicht weg von hier.«

»Das freut mich. Wir werden natürlich für deine zerstörten Sachen aufkommen.«

»Nicht nötig, das übernimmt schon die Versicherung des Hotels.«

»Dann lass mich wenigstens jetzt dafür sorgen, dass du ein paar Sachen bekommst die dir passen. Du kannst ja nicht ewig so rum laufen.«

»Danke, das wäre sehr nett.« Fürsorglich führt Suzanna die blasse Joni zurück zur Sitzecke. Will erhebt sich, um bei seiner Sekretärin Kristi ein paar Getränke zu ordern.

»Ich werde mich mal hinter das Telefon klemmen und ein neues Hotel organisieren. Irgednwo wird es ja wohl eines aufzutreiben sein.«, verkündet er.

»Das kannst du sein lassen. Das hat Kevin schon versucht. Es ist alles ausgebucht, wie du selber vorhin gesagt hast. Ich habe jetzt die Wahl zwischen Parkbank oder Brücke.«

»Nichts da! Soweit kommt es noch. Du wirst einfach weiter bei Oliver bleiben.«, bestimmt Suzanna und sieht äußerst zufrieden mit ihrem Plan aus.

»Ganz bestimmt nicht!« Abwehrend hebt Joni die Hände und schüttelt vehement den Kopf. »Alles, nur nicht bei Oliver.«

»Warum nicht? Hat er sich daneben benommen? Will, ruf ihn mir sofort hoch!«

Der Schweiß rinnt Oliver in Strömen das Gesicht herunter und seine Muskeln schreien nach einer Pause, doch diese wird ihnen nicht gegönnt. Immer und immer wieder lässt der Cotrainer sie die neuen Spielzüge durchgehen. Seine Schulterpolster reiben unangenehm und unter dem Helm staut sich die Hitze. Beim nichtöffentlichen Training verzichten sie meist auf die Trikots, aber die Schutzausrüstung muss sein. Diese ist leicht konzipiert, vor allem für ihn als Quarterback, aber dennoch hat sie ein ordentliches Gewicht.

»Brown!«, brüllt der Cotrainer quer über das Feld und unterbricht so den gerade begonnenen Spielzug.

»Was?«, ruft Oliver zurück. Statt eine Antwort zu bekommen, wird er herangewunken. Die anderen Spieler quittieren die Unterbrechung mit einem erleichterten Aufstöhnen und begeben sich zu den aufgestellten Getränken.

»Was ist los?«, fragt er noch einmal nach, als er an der Trainerbank ankommt.

»Du sollst zu Will hoch.«

»Warum das denn? Er hat mich doch schon wegen der Aufnahmen vom Klettern zusammengeschissen.«

»Keine Ahnung warum. Aber er klang nicht sehr erfreut, also solltest du besser deinen überbezahlten Arsch nach oben begeben.«

»Hm«, brummt Oliver und macht sich auf den Weg. Im Vorbeigehen schnappt er sich eine Flasche des Fitnessgetränkes, welche ihm einer der Assistenten hinhält. Mit nicht gerade großer Eile schlendert er nach oben. Will soll sich mal nicht so haben, welche Laus auch immer ihm wieder über die Leber gekrochen ist.

Die Tür des Büros, das sich neben dem vom Will befindet, steht offen. Hinter einem Schreibtisch hockt Kristi und sieht ihn missbilligend an.

»Was habe ich jetzt wieder verbrochen?«, fragt er sie und lehnt sich mit der Schulter an den Türrahmen, wobei seine Schulterprotektoren leicht knarren.

»Ich habe keine Ahnung, aber auf alle Fälle sind Will und Suzanna mächtig sauer auf dich. Reicht es dir nicht, das du deine Kariere schon mit deiner Klettertour aufs Spiel gesetzt hast?«

»Ich habe doch gar nichts gemacht!«, verteidigt er sich mit der Trotzigkeit eines kleinen Jungens.

»Sicher?«

»Jaaa?« Ein Kribbeln breitet sich in seinem Nacken aus. Irgendetwas ist ganz kräftig im Busch und er ist sich sicher, dass es ihm nicht gefallen wird.

»Ich werde mal rein gehen.«, fügt er hinzu und deutete mit dem Kopf auf die Bürotür.

»Mach das.«, murmelt Kristi und wendet sich dann wieder ihrem Bildschirm zu.

Kurz klopft Oliver an der Tür an und öffnet sie. Als er die drei Gestalten in der Besprechungsecke entdeckt und registriert, dass eine dieser wilde rote Locken hat und seine Klamotten trägt. Das Kribbeln verstärkt sich. *Hätte ich mir ja gleich denken können.*

Kapitel 6

»Oliver! Was hast du dem armen Mädchen angetan!«, donnert Suzanna los, sobald er den Raum betritt. Ganz leicht zuckt Joni dabei zusammen. Aber wirklich nur ganz leicht. Wenn es sich hier um einen anderen Spieler der Lions handeln würde, dann würde sie wiedersprechen, aber bei diesem Quarterback hält sie lieber den Mund.

»Was? Sorry Suzanna, aber ich habe keine Ahnung, wovon du gerade redest.« Mit zusammengezogenen Augenbrauen sieht er an der Teameignerin vorbei auf die Person, welche am wahrscheinlichsten gerade für dieses bizarre Anfahren verantwortlich ist.
»Rede dich nicht raus du miese ...!«
»Hey! WOW, jetzt mach mal halblang! Was soll das?«, unterbricht er sie. Aus weit aufgerissenen Augen sieht er Suzanna an. Er kann sich beim besten Willen nicht ausmalen, wie sie auf den Trichter kommt. Zumal er ja noch nicht einmal eine leise Ahnung davon hat, was sie ihm gerade damit sagen will.
»Was hast du erzählt?«, fährt er Joni an, die betont lässig in dem schwarzen Sessel sitzt und ihre Fingernägel, welche in Grün lackiert sind, inspiziert.
»Sprich sie nicht an! Du kannst deinen Spind räumen! Die Saison ist für dich gelaufen und ab der Nächsten kannst du den Wasserträger bei einem Regionalverein spielen!«
»WAS?! Was soll der Mist? Ich habe überhaupt nichts getan! Ich habe keine Ahnung, was die da ...« Wutentbrannt deutet er auf Joni und am liebsten hätte er seine Flasche nach ihr geschmissen. Begnügt sich aber

damit, sie voller Wucht, gegen das Fenster zu donnern
»... erzählt hat. Aber ich habe nichts gemacht! Ich
habe sie bei mir schlafen lassen, habe ihr meine
Klamotten gegeben, damit sie was zum Anziehen hat
und wie ich gerade sehe, hat sie mir ein paar meiner
Turnschuhe geklaut und jetzt zitiert ihr mich hier hoch
und du gehst mir an die Gurkel? Unterstellst mir Dinge,
von denen ich keinen Ahnung habe. Du willst mich
verkaufen?! Bitte, dann tu das. Aber wundere dich nicht,
wenn am Montag die Klage meines Anwaltes einflattert
und ich dich bis auf dein letztes Hemd ausnehmen
werde!« Mit einer unwirschen Handbewegung wischt er
sich den Schweiß aus den Augen.

Sein Herz pumpt in einem schnellen und gnadenlosen
Rhythmus das Blut durch seine Arterien und Venen.
Auch wenn er nach außen hin so wirkt, als wäre ihm ein
Verkauf völlig egal, so sieht es in ihm drinnen ganz
anders aus. Die nackte Panik hat von ihm Besitz
genommen und sein Magen zieht sich schmerzhaft
zusammen, wenn er nur daran denkt, dass er nicht mehr
für die Lions spielen könnte.

Er hat Geld wie Heu und all die Kohle könnte er nie im
Leben ausgeben, aber das Team, der Football, dieser
Sport, sind sein Leben und er würde alles dafür geben,
wenn er ewig auf dem Spielfeld stehen dürfte. Mit seinen
achtundzwanzig Jahren ist das Ende seiner aktiven
Karriere auch nicht mehr so weit entfernt. Eigentlich hatte
er gehofft, noch zehn Jahre spielen zu können. Aber so
wie es im Moment aussieht, könnte es schneller vorbei
sein, als er es sich je erträumt hat. Wenn es durch eine
Verletzung wäre, wäre es vielleicht weniger
beängstigend. Doch das ein dahergelaufenes Weibsbild
für sein Ende verantwortlich sein könnte, wäre der Gipfel
des Unmöglichen.

Joni zuckt erschrocken zusammen, als etwas sehr laut hinter ihr gegen die Glasscheibe knallt. Sie spürt die Vibrationen des Glases im Boden. Erschrocken wendet sie sich zu dem Geräusch um und sieht eine halbvolle Plastikflasche mit blauer Flüssigkeit über das Parkett rollen. Mit vor Schreck geweiteten Augen sieht sie zu Oliver herüber. All seine Muskeln sind angespannt. Auch wenn der Großteil seines Oberkörpers durch die Schulterprotektoren verdeckt ist, kann sie das Zittern seiner Oberarmmuskulatur erkennen. Seine Hände sind so fest zu Fäusten geballt, dass die Knöchel deutlich weiß hervortreten.

»Kann ich auch etwas dazu sagen?«, beginnt sie vorsichtig. Olivers funkensprühender Blick trifft ihren und schnell wendet sie die Augen ab. Seine Erscheinung schüchtert sie gerade sehr ein. Aber wer wäre sie denn, wenn sie es zeigen würde? Entschlossen strafft sie die Schultern und erhebt sich. Suzanna wirbelt herum und blickt sie voller Mitleid an.

»Aber Joni ...«, beginnt sie, wird aber rüde von Oliver unterbrochen.

»Nein, lass sie reden! Ich kann es gar nicht erwarten zu erfahren, was sie zu sagen hat.« Mit einer wedelnden Handbewegung deutet er ihr an, dass sie fortfahren soll.

»Also, Suzanna, ich glaube du hast da irgendetwas falsch verstanden.«

»Etwas falsch verstanden? Du willst doch nicht bei ihm bleiben. Da muss ja schon etwas sehr Gravierendes vorgefallen sein, das eine Frau nicht bei dem Charmeur Nummer Eins bleiben will.«

»Okay, jetzt bin ich mir sicher, dass du auf den verkehrten Weg unterwegs bist. Oliver und ich, wir ... wie soll ich das ausdrücken ... wir können uns nicht leiden und das ist alles. Das ist der Grund, warum ich nicht weiter bei ihm bleiben kann und will. Ich bin mir sicher, dass wir uns spätestens nach vierundzwanzig Stunden gegenseitig den Hals umdrehen würden.«

»Was?« Fassungslos sieht Suzanna zwischen ihrem Starquarterback und ihrer Lieblingsautorin hin und her. Oliver nickt zustimmend.

»Ähm ... Okay«, stammelt sie und streicht sich den blonden Bob nach hinten. Eine intensive Röte überzieht ihr Gesicht und sie atmete tief durch.

»Also?«, fragt Oliver nach und zieht in einer so arroganten Art und Weise die Augenbrauen nach oben, dass in Joni schon wieder die Wut hochkocht.

»Ganz einfach ...« Suzanna klatscht in die Hände und scheint ihre Unsicherheit und Verlegenheit überwunden zu haben »... Joni wird für drei Wochen bei dir wohnen.«, bestimmt sie und sieht ihm dabei fest in die dunklen Augen.

»WAS?!«, rufen Joni und Oliver gemeinsam entsetzt aus.

»Auf keinen Fall!«, poltert er weiter.

»Auch wenn es mir nicht gefällt, was ich gleich sagen werde, aber der Macho hat recht!«

»Macho?! Sag mal, du abgebrochener Zwerg, mit einer Frisur, als würdest du jeden Morgen in eine Starkstromsteckdose fassen - wer hat dir heute Morgen ins Hirn gespuckt?!«

»Abgebrochener Zwerg?! Es können nun mal nicht alle Menschen durch die Gegend rennen, als wären sie als kleines Kind in Miraculix´s Zaubertrank gefallen!« Schnaubend stemmt sie die Hände in die Hüften und hält damit auch gleichzeitig die Hose fest, die gerade wieder einmal am Rutschen ist.

»Hach... Ihr Beiden seid zu köstlich! Ich bin mir sicher, dass ihr zusammen eine tolle Zeit haben werdet.«

Suzanna kann es gar nicht richtig fassen. Das ist einfach zu perfekt. Endlich mal eine Frau, die Oliver gehörig Feuer unterm Hintern macht und nicht bei jedem Schnips, seinerseits, aufspringt, um ihm zu gefallen.

»Suzanna, ich halte das für keine gute Idee. Willst du dafür verantwortlich sein, dass man morgen früh in seiner Wohnung zwei Leichen findet?«, schaltet sich Will ein, der bis jetzt schweigend das Szenario beobachtet hat.

»Aber Will! Siehst du das denn nicht?! Joni ist endlich mal eine Frau, die ihm keinen Honig ums Maul schmiert und ihm Paroli bietet. Du musst mir doch Recht geben, in den letzten Wochen hat er auf dem Spielfeld eindeutig an Biss verloren, oder warum gab es beim letzten Spiel nur ein Unentschieden und bei dem davor haben wir verloren. Verloren! Will! Wir können es uns verdammt nochmal nicht leisten zu verlieren.«

»Jetzt fängt das wieder an.«, murmelt Oliver und schüttelt missbilligend den Kopf.

»Ja genau, jetzt fängt das wieder an! Ich weiß nicht was mit dir in letzter Zeit los ist Oliver. Aber eines ist sicher, du bist alles andere als in Topform. Körperlich standst du nie besser da. Aber dennoch scheinst du irgendwie gehemmt zu sein oder der Football gibt dir nicht mehr den Kick, den du sonst immer verspürt hast. Oder was sollte das am Wochenende?«

»Meine Fresse! Das war nur ein Freizeitspaß, wenn auch ein Dummer, aber mehr auch nicht und ich war ganz sicher nicht auf der Suche nach einem Kick.«, verteidigt er sich.

»Freizeitspaß?! Das ich nicht lache! Dein Freizeitspaß, wie du es so blumig ausdrückst, hätte dich das Leben kosten können. Mal ganz zu schweigen davon, dass die Beiträge für deine Versicherung rapide angestiegen sind und wie wir Beide wissen, bin ich diejenige, die für diese Kosten aufkommt.«

»Es geht doch immer nur um die Kohle.«, murmelt er.

»Dreh es nicht schon wieder so, wie du es gerade brauchst. Du weißt ganz genau, dass mir alle Spieler und Mitarbeiter der Lions am Herzen liegen. Aber es geht nun einmal auch ums Geschäft. So sehr wie ich dich als Menschen schätze, als Spieler bist du nicht mehr als eine Ware, so hart wie das jetzt auch klingen mag.«

»Schon klar, wenn ich nicht spure und das mache, was du willst, dann verkaufst du mich.«

»Ganz so würde ich es nicht ausdrücken, aber ja, so sieht es aus. Also was ist nun, nimmst du Joni bei dir auf oder nicht?« Sie verschränkt die Arme vor der Brust und sieht ihn unnachgiebig an. Er kennt diesen Blick nur zu gut. Er sagt eindeutig aus, dass sie keinen einzigen Millimeter, von ihrem Vorhaben, abrücken wird. Nicht umsonst gilt sie als harte Verhandlungspartnerin.

Oliver muss einsehen, dass er soeben verloren hat. Suzanna hat einfach die größere Macht.

»Was ist mit deinem Haus?«, startet er einen letzten Versuch.

»Mein hat sich eingebildet, das es doch eine gute Idee wäre die obere Etage komplett umbauen zu lassen. Er will endlich sein Männerzimmer. Zum Schreiben braucht man Ruhe und keinen Baulärm, von morgens bis abends. Glaubst du, ich bin bis spät im Büro, weil ich das Team so liebe?«, schnaubt sie.

»Was springt denn für dich dabei raus, wenn Carson endlich einen Raum hat, in dem er seelenruhig Zigarre rauchen kann?«

»Ganz bestimmt werden in diesem Haus keine Zigarren geraucht.«

»Trotzdem bekommst du was.«

»Ein Ankleidezimmer. Die Jungs sind aus dem Haus und kommen nur noch zu Besuch. Der ganze Platz muss doch sinnvoll genutzt werden.«

»Mit einem Kleiderschrank.«, stellt Oliver trocken fest.

»Ganz genau. Aber lenk nicht vom Thema ab. Ich warte noch auf deine Antwort.«

»Okay, wenn es sein muss. Du hast gewonnen. Aber bilde dir bloß nicht ein, das ich es freiwillig mache.«, gibt er resigniert nach und weiß schon jetzt, dass die nächsten Wochen die Stressigsten und Anstrengendsten in seinem Leben sein werden.

Joni hört dem Schlagabtausch zwischen Suzanna und Oliver fasziniert zu, aber dass er jetzt so einfach nachgibt und einlenkt, macht sie doch für einen ganz klitzekleinen Moment sprachlos. Da dachte sie, dass sie Beide Mal kurz an einem Strang ziehen und dann das. Aber was hat sie von einem Typen wie ihm auch erwartet? Früher, oder später fallen sie einem alle in den Rücken.

»Schön für euch. Aber ohne mich. Entweder fliege ich zurück nach Hause, oder schlafe sonst wo und wenn ich da unten auf der Tribüne auf den harten Plastiksitzen nächtigen muss. In seine ...« Sie deutet auf Oliver, der scheinbar gedankenverloren aus dem Fenster starrt »... Wohnung werde ich garantiert keinen einzigen Fuß mehr setzten. Meine Güte, der Typ hat ja noch nicht einmal was zu Essen im Kühlschrank!«, wehrt sie sich.

»Aber Joni, jetzt überlege doch einmal. Wenn du die drei Wochen bei Oliver verbringst, hast du ständig einen Profispieler an deiner Seite, der all deine Fragen beantworten wird. Habe ich recht, O?« Mit erhobenen Augenbrauen sieht Suzanna zu ihm hinüber, dessen Blick sich immer weiter verfinstert, aber dann doch etwas zögerlich nickt.

Innerlich flucht Joni lautstark vor sich hin. Diese Frau ist gut, wirklich gut und verdammt gerissen. Sie weiß, wie sie einen an den Eiern, oder Eierstöcken packen muss, damit man nach ihrer Pfeife tanzt. Eigentlich hat sie sich ganz fest vorgenommen nicht einzuknicken. Doch plötzlich merkt sie, wie sich ihr Kopf ganz selbständig nach unten und wieder nach oben bewegt.

Suzanna grinst zufrieden und klatscht mal wieder in die Hände.

Verdammt! Wie hat sie das geschafft?! Joni ist von sich selber enttäuscht. Aber sie ist eine Frau, die zu ihrem Wort steht.

»Fein, fein. Da wir das ja jetzt endlich geklärt haben, schlage ich vor, dass Oliver jetzt schnell unter die Dusche hüpft. Joni und ich werden mal fix im Fanshop vorbei schauen. Mal sehen, ob wir ein paar Sachen finden, die ihr besser passen. Die kann sie dann gleich am Sonntag anziehen, denn schließlich sitzt sie beim Spiel mit auf der Bank. Wir treffen uns dann in einer halben Stunde unten im Foyer und dann zeigt Oliver Joni schnell noch unseren kleinen Bau und anschließend werdet ihr shoppen gehen. Immerhin müssen die zerstörten Sachen ersetzt werden.«, rattert Suzanna ihren kleinen Monolog herunter. Noch während sie spricht, packt sie Jonis Handgelenk und schleift sie einfach hinter sich her. Alles, was ihr übrig bleibt, ist Will einen Hilfe suchenden Blick zuzuwerfen und erschrocken aufzuquietschen, als Suzanna ihren Schritt beschleunigt.

»Ich weiß schon, warum ich die Vertragsverhandlungen mit ihr immer meinem Agenten überlasse.«, murmelt Oliver und sieht den beiden Frauen hinter her.

»Da hat sie uns mal wieder ein Paradebeispiel geboten.«

»Mmh ... du kannst ihr aber gleich sagen, dass ich zwar Duschen gehen werde, aber ich werde auf keinen Fall den Fremdenführer für dieses verrückte Weib spielen. Es reicht schon, dass sie bei mir wohnen wird.«

»Vergiss es Brown. Wenn, dann sagst du es ihr schön selber. Ich hänge mich da jetzt nicht rein. Solange wie deine Leistungen nicht leiden ist es mir egal was Suzanna mit dir anstellt und leider muss ich ihr Recht geben, du hast an Biss verloren. Aber ich habe dich heute beim Training beobachtet. Du hast wieder mit dem Elan gespielt, den wir in den letzten Spielen schmerzlich vermisst haben. Es ist schon erstaunlich, dass du wieder fast wie der Alte spielst, nachdem ich Joni bei dir einquartiert habe. Es ist mir egal, ob du sie leiden kannst, oder nicht. Fakt ist nun einmal, dass sie dich anscheinend so sehr auf die Palme bringt, dass du deine Wut und Aggression auf dem Feld auslebst. Am Sonntag sitzt du, wie vereinbart, auf der Bank und in einer Woche will ich wieder den Oliver Brown sehen, den wir vor acht Jahren von den UConn Huskies abgeworben haben.«

»Hey, moment mal! Du hast gestern gesagt, das ich wieder im Spiel bin, wenn ich sie bei mir übernachten lasse.« Aufgebracht ballt er seine Hände zu Fäusten.

»Nein, ich sagte, das ich es mir überlegen werde und das habe ich. Du bleibst auf der Bank. Conner braucht auch Spielzeit und dir wird es mal gut tun zuzusehen.«

»Ihr könnt mich alle mal!«, knurrt Oliver und stiefelt aus dem Büro, natürlich nicht ohne ordentlich die Tür zu knallen.

Unerbittlich schleift Suzanna Joni durch die Gänge und achtet überhaupt nicht auf deren wütenden Protest.

Schon nach kurzer Zeit verliert Joni die Orientierung und ist recht erstaunt, als sie plötzlich im Foyer landen. Richard sitzt wieder an seinem Platz hinter dem Tresen und schmökert in seinem Buch. Nur kurz hebt er seinen Blick und lächelt den Frauen milde entgegen.

In der hinteren rechten Ecke befindet sich eine unscheinbare Tür. Suzanna zieht kurz eine Plastikkarte durch den Schlitz eines Lesegerätes und mit einem kleinen Klicken wird das Schloss entriegelt. Entschlossen schiebt sie Joni durch die Tür und sie kommen im hinteren Teil eines Ladens zum Stehen, in dem sich momentan fünf Personen aufhalten. Ein Verkäufer und vier Kunden. Der komplette Raum ist vollgestellt mit Kleiderständern und Regalen. Überall sieht man schwarz und blutrot. Es gibt Fantrikots der einzelnen Spieler, Schuhe, Footballs, Basecaps, Tassen, Wimpel, T-Shirts, Pullover, Strampler, Lätzchen, Helme, Aufkleber und weiß der Geier was noch. Aber all diese Dinge haben Eines gemeinsam. Sie sind schwarz wie die Nacht und tragen den brüllenden Löwen in blutrot.

»Hallo Mitch! Das ist Joni und sie braucht dringend eine komplette Ausstattung.«, flötet Suzanne und Mitch, der Verkäufer, kommt sofort herüber und betrachtet Joni aufmerksam. Ohne ein Wort gesagt zu haben, beginnt er damit, durch den Laden zu schwirren und alles Mögliche von den Ständern zu zerren. Hier und da kramt er etwas aus einem Regal hervor. Dann trägt er alles zu einer der Umkleidekabinen, deren Vorhänge ebenfalls, wie soll es auch anders sein, in Schwarz mit dem Löwenkopf designt sind.

»Komm, Zeit zum Anprobieren!« Noch ehe sich Joni richtig versieht, wird sie in die Kabine geschubst und der Vorhang wird zugezogen. Auch ohne nachzusehen, ist sie sich ziemlich sicher, dass Suzanne gerade in

Bodyguard-Manier vor der Kabine steht und darauf aufpasst, dass sie auch ja alles anprobiert.

Seufzend fügt sie sich in ihr unvermeidliches Schicksal und sieht sich die Sachen näher an. Mit einem zweifelnden Blick hält sie einen Bügel nach oben, auf den ein Hauch von Nichts hängt, der wohl einen BH und ein Höschen darstellen soll.

»Wer stehen denn bitte schön auf so etwas?«, fragt sie sich murmelnd und dreht die schwarze Spitze im Licht hin und her. Der obligatorische brüllende Löwe darf natürlich auch da nicht fehlen und prangt auf den Cups des BHs und auf der Vorderseite des Tangas.

Kopfschüttelnd legt sie die Unterwäsche zur Seite. Als Nächstes wühlt sie eine Joga-Hose, mit einem Löwen auf dem Hintern, hervor und dann ein tailliertes Poloshirt, auf dem das Vereinslogo nicht ganz so groß ausfällt. Des Weiteren findet sie ein Paar Socken, Sneakers, ein Basecap und eine Jacke.

Ein schneller Blick auf die Größen verrät ihr, dass Mitch ein gutes Augenmaß haben muss, denn die Sachen haben ihre Größe. Eigentlich hatte sie nicht vor, sich die Sachen anzuziehen, doch dann sieht sie sich in dem großen Spiegel und leider muss sie zugeben, dass sie wie ein Penner durch die Gegend rennt. Also schlüpft sie aus Olivers Klamotten und zieht sich die Passenderen an. Bei der Unterwäsche stockt sie kurz, zieht sie dann aber doch an. Besser die, als gar keine.

Als sie sich fertig umgezogen hat, sammelt sie Olivers Sachen ein und verlässt die Kabine. Zufrieden wird sie von Suzanna und Mitch gemustert.

»Du hast wie immer ein wunderbares Augenmaß. Die Sachen passen wie angegossen.«, sagt Suzanna zu dem Verkäufer.

»Ich weiß.«, grinst er zufrieden und verschwindet dann, nur um kurz darauf mit einer Papiertüte in Schwarz und rot wieder aufzutauchen. Er nimmt Joni die anderen Sachen ab und packt sie ein, nicht ohne sie vorher fein säuberlich zusammenzulegen.

»Danke«, murmelt sie, als er ihr die Tüte reicht.

»Na los, wir müssen uns sputen. Oliver wartet bestimmt schon.« Damit packt Suzanna wieder ihren Arm und zerrt sie hinter sich her.

»Warte! Was ist mit bezahlen? Wir können doch nicht so einfach abhauen!«, protestiert Joni, aber Suzanna lacht nur.

»Wir müssen nicht bezahlen. Es hat schon seine Vorteile, dass mir das hier alles gehört.«

Wieder im Foyer angekommen, entdeckt sie Oliver, der missmutig am Tresen von Richard lehnt und sich mit dem alten runzligen Männlein unterhält.

»So, da wären wir. O, sei nett zu ihr.« Suzanna gibt Joni einen Schubs und da sie nicht darauf gefasst ist, fliegt sie regelrecht auf ihn zu. Wohl oder übel muss er sie auffangen, damit sie nicht auf dem harten Marmorboden landet.

»Lass mich los!«, faucht sie sofort, als sie seine Hände an ihrer Taille spürt. Er kommt ihrer Aufforderung nach und lässt seine großen Hände fallen, als hätte er sie sich verbrannt.

»Du zeigst ihr hier alles und dann kauft ihr noch ein paar Sachen.«

»Wenn es sein muss.«, murrt Oliver und sieht Suzanna finster an. Es stört ihn gewaltig, dass sie ihn so dermaßen in der Hand hat. Leider sieht er momentan keinen Ausweg.

»Ja muss es und jetzt hör auf dich wie ein kleines Kind zu benehmen, das keine Süßigkeiten essen darf!«

»Wie sieht es mit der Bezahlung aus?«

»Wie? Was?« Verwirrt sieht sie ihn an.

»Dass ich den Fremdenführer und Shoppingberater spiele soll, schön und gut, aber ich werde garantiert nicht dafür meine Kreditkarte zücken.«

»Ach das! Mach dir keine Gedanken, lass die Rechnungen einfach an mich schicken und wenn es Probleme geben sollte - du hast ja meine Telefonnummer. So ihr Lieben, ich muss wieder an die Arbeit.«, flötet Suzanna und verabschiedet sich von Joni und Oliver mit einem Kuss auf die Wange, um dann in den wartenden Aufzug zuspringen.

»Bevor wir hier anfangen, wird es Zeit, dass wir ein paar Regeln aufstellen.«, setzt er Joni in Kenntnis und zieht sie hinter sich her zu der Sitzgruppe. Unsanft drückt er sie in einen der Sessel, während er sich selber auf die Couch fläzt. Mit nicht gerade unbändiger Spannung wartet Joni auf die Dinge, die da kommen mögen.

Kapitel 7

»Erstens. Du lässt die Finger von meinen Sachen. Bekomme ich auch nur ein einziges Mal mit, wie du dich an meinem Dingen vergreifst, lege ich dich übers Knie und versohle dir den Hintern und danach kannst du sonst wo schlafen.«, beginnt er. Unwirsch atmet er aus. Vor seinem inneren Auge tauchen Bilder auf wie er ihren nackten Hintern, der verdammt lecker aussieht, tätschelt. Sein Körper reagiert darauf, was ihm ganz und gar nicht gefällt.

»An Selbstüberschätzung leidest du gar nicht, oder?« Joni hebt die Augenbrauen und sieht ihn an.

»Ich überschätze mich nicht, ich stecke hier nur ab, was du zu lassen hast.«

»Gut, dann musst du mit meinen Regeln auch leben. Meine Nummer Eins wäre: Fasst du mich auch nur ein einziges Mal an, dann werde ich dich, während du schläfst, kastrieren und hänge deine Eier am Torpfosten unten auf dem Spielfeld auf.«

»Träum weiter. Ich bin dir körperlich weit überlegen. Selbst wenn du es in meine Nähe schaffen solltest, würdest du trotzdem nicht an dein Ziel kommen.« Oliver verschränkt die Arme vor der Brust und legt den Knöchel des rechten Beines auf das Knie des Linken.

»Eines solltest du dir merken, ich bin die Jüngste von drei Kindern und meine Brüder waren nie zimperlich mit ihrer kleinen Schwester und ich weiß wie ich mich zu wehren habe.« Sie beugt sich ein wenig nach vorn. »Du magst mir körperlich überlegen sein, aber geistig bist und bleibst du nur ein dämlicher Footballspieler, der sich durch seine Schulzeit gemogelt hat und das College auch nur geschafft hat, weil alle Professoren die Spieler der Heimmannschaft unterstützen.«

»Wenn das deine Meinung ist, bitte. Ich werde zu dem Thema nichts sagen.«

»Fein, es würde ja eh nur Mist dabei herausgekommen.«

»Kommen wir zur zweiten Regel. Wenn ich mit einer Frau in meine Wohnung komme, dann schnappst du dir, ohne zu Murren, deine Sachen und verschwindest und bleibst so lange weg, bis ich dich anrufe und dir sage, dass du wieder aufkreuzen kannst.«

»Hast du Angst, dass deine Klappergestelle umfallen, wenn sie mal eine Frau sehen die sich gesund ernährt und sich nicht nach jeder Mahlzeit den Finger in den Hals stecken?«

»Das geht dich nichts an. Fakt ist, du verschwindest und Punkt.«

»Also doch. Da wäre dann mein Punkt Zwei. Wenn ich einen Mann mitbringe, dann verschwindest du und kommst erst wieder, wenn ich dich kontaktiere.«

»Aber sonst fehlt dich nichts, oder?« Oliver tippt sich mit dem Zeigefinger gegen die Stirn. »Es gibt da ein ganz winziges Detail, welches dir wahrscheinlich entfallen sein sollte – das ist meine Wohnung und da hast du überhaupt niemanden mitzubringen. Wenn du durch die Gegend vögeln willst, dann mach das bei den Kerlen, aber nicht in meinen vier Wänden.« *Die ist noch durchgeknallter, als ich gedacht habe.* Es wäre ja noch schön, dass er sich, in seiner Wohnung, Vorschriften machen lässt.

»Ach, aber du darfst, oder was?!«

»Es ist ja auch meine Wohnung. Ich habe die Kohle dafür auf den Tisch gelegt und nicht du. Du bist nur eine geduldete Person. Wenn dir meine Regeln nicht passen, dann steht es dir jederzeit frei dir eine andere Bleibe zu suchen.« Mit ausgestrecktem Arm deutet Oliver auf den Ausgang des Headquarters.

Nachdenklich runzelt Joni die Stirn. Leider muss sie ihm recht geben. Es ist seine Wohnung und so hat sie sich an seine Regeln und Vorgaben zu halten. Aber sie ist viel zu stur jetzt nachzugeben. Also entscheidet sie sich für schweigen und böse starren.

»Noch was?!«, fragt sie ihn frostig, nachdem Oliver keine weiteren Reden schwingt.

»Eine Regel hätte ich noch.« Ein listiges Grinsen umspielt seine Lippen und sie hat die böse Vorahnung, das ihr diese letzte Regel am wenigsten gefallen wird.

»Die da wäre?« Argwöhnisch sieht sie zu ihm hinüber und gerade in diesem Moment fallen Sonnenstrahlen durch die riesigen Fenster. Sie bringen seine schwarzen Haare zum Glänzen und die lieblichen Strahlen verleihen ihm etwas Dämonisches. Kann etwas so schönes, wie Sonnenstrahlen, etwas Düsteres noch düsterer machen? Anscheinend schon. Leider sieht dieses Böse auch sehr anziehend aus.

»Du wirst mich höflich und zuvorkommend behandeln, egal wo wir uns über dem Weg laufen und egal wer gerade dabei ist.«

Sie hat es geahnt! Diese Regel gefällt ihr am wenigsten und alles in ihr sträubt sich dagegen, in dieses Arrangement einzuwilligen. Doch was bleibt ihr für eine andere Option übrig? Zurück nach Hause will sie zwar, kann aber nicht. Nicht nur, dass Luise ihr die Hölle heißmachen würde, sie könnte es auch nicht vor sich selber verantworten. Was wäre sie für eine Frau, eine Autorin, die schon bei den kleinsten Problemen bei der Recherche den Schwanz einzieht und abhaut?

Joni atmet tief durch und strafft die Schultern und blickt betont gelassen zu Oliver rüber.

»Wenn es sein muss, aber nur wenn du dich von mir fernhältst.«

»Nichts lieber als das. Ich würde dich noch nicht mal mit einer Kneifzange anfassen. Dann lass uns schnell den Rundgang hier hinter uns bringen. Wir werden dann zusammen das Gebäude verlassen. Ich anschließend werde meiner Wege gehen und du deiner.«

»Was ist mit den Klamotten einkaufen?«

»Du bist ein großes Mädchen, das kannst du sicher auch alleine. Ich habe noch etwas vor.« Oliver schaut auf seine Uhr und steht auf. Ohne weiter auf Joni zu achten, geht er los. Ihm ist es egal, ob sie ihm folgt oder nicht. Aber besser wäre es für sie. Nicht dass sie irgendwann in der Umkleide landet und einem Haufen nackter Männern gegenübersteht. Nicht das die Jungs da etwas dagegen hätten. Aber ob sie das so toll fände? Ein Grinsen huscht über sein Gesicht, da ihm gerade eine Idee kommt, der er irgendwann mal nachgehen muss, vorzugsweise in den nächsten drei Wochen.

Irgendetwas sagt Joni gerade, dass es besser wäre, schleunigst die Beine in die Hände zunehmen und von hier zu verschwinden. Da ist etwas an seiner Haltung, das ihr einen kalten Schauer über den Rücken läuft. Auch wenn sie ihn nicht kennt – eines ist sicher, vor ihm muss sie sich in Acht nehmen.

Da Oliver sich immer weiter von ihr entfernt und keinerlei Anstalten macht, auf sie zu warten, steht sie schließlich seufzend auf und trottet hinter ihm her, immer darauf bedacht ihm ja nicht zu nah zu kommen.

»Den Fanshop kennst du ja schon.«, erklärt er ihr, als sie auf Hörweite ist. Er wirft ihr einen abschätzigen Blick über die Schulter zu. Stolz hebt Joni den Kopf und reckt ihre Brüste heraus. *Auf in den Kampf!*

Er öffnet eine schwarze Doppeltür und hält sie natürlich nicht für sie auf. Sie muss schnell ihre Hände dagegen pressen, um sie aufzustemmen.

»Du hättest die Tür ja mal aufhalten können. Noch nie etwas davon gehört, wie sich ein Gentleman verhält?«, murrt sie.

»Ich weiß was man zutun hat, aber nur bei Ladies und nicht bei schottischen Schluckspechten.«

»Ich bin kein Schluckspecht!«, empört sie sich.

»Na klar und ich bin ein Mann, der in völliger Monogamie lebt. Du hast meinen Whiskey leer gesoffen.«

»Sei froh, da musst du das nicht mehr machen! Das Zeug hat wie die alten Schlüpfer meiner Oma geschmeckt!«

»Ich will jetzt lieber nicht wissen woher du das weißt.« Erst jetzt, bei seiner Erwiderung, wird Joni klar, was sie da gerade von sich gegeben hat. Beim nächsten Mal sollte sie vielleicht einen besseren Vergleich finden.

»Wo sind wir hier?«, versucht sie ihn wieder auf das eigentliche Thema, den Rundgang, zurückzubringen.

»Das ist der Durchgang zur Umkleide, den Fitnessräumen, in den Wellnessbereich und auf das Spielfeld. Durch diese Tür kommt man in alle spielrelevanten Bereiche. Die Büroetage hast du ja schon gesehen, die brauche ich dir nicht mehr zu zeigen.«, leiert er seinen Text herunter.

»Wellnessbereich?« Sie ist hellhörig geworden.

»Ja, da entspannen wir Spieler uns nach dem Training oder nach Heimspielen. Da befinden sich auch die

Behandlungsräume des Teamarztes und unseres Physiotherapieteams.«

»Aha und das braucht ihr alles?«

»Ja. Hast du schon mal über vier Stunden eine komplette Protektorenausrüstung getragen, hast auf dem Feld gestanden und gegen elf andere Männer angekämpft?«

»Nein.«, antwortet sie ihm schlicht.

»Dann halt deine Klappe, wenn du davon keine Ahnung hast.«

»He! Ich bin hier um zu lernen!«

»Dann such dir einen anderen Lehrer. Ich habe wichtigere Dinge zu tun, als einer daher gelaufenen Göre zu erklären, warum wir nach dem Training und einem Spiel die Lockerung und Entspannung der Muskeln nötig haben.«

»Werde ich machen! Ich finde garantiert Jemanden, der mir das alles weitaus besser erklären kann als du.«

»Na dann viel Glück.«

»Eingebildete Blödmann.«, flüstert sie zu sich selber.

»Das habe ich gehört.«

Sie streckt ihm die Zunge raus.

»Hör auf hinter meinem Rücken die Zunge raus zu strecken. Denk an meine Bedingungen.«

Du kannst mich mal! Da begnügt sie sich halt mit Augenverdrehen. Aber sie fragt sich auch, wie er das sehen konnte. In dem Gang ist es dämmrig und vielleicht sollte sie mal ganz unauffällig seinen Hinterkopf untersuchen. Nicht das er ein, aus einem Labor entlaufenes, Forschungsprojekt ist und ihm wurden am Hinterkopf ein paar Augen implantiert. Angewidert schüttelt sie den Kopf.

Schweigend läuft sie hinter Oliver den dunklen Gang entlang und langsam fragt sie sich, ob er vor hat, sie um die Ecke zu bringen. Denn sie bezweifelt nicht im Geringsten, dass niemand ihre Schreie hören würde. Aber bevor sie ihre Überlegungen weiter fortführen kann, reißt er eine weitere Tür auf.

Sie blickt an ihm vorbei in einen großen Raum, in dem sich an den Wänden jede Menge Spinde, teils mit Türen, teils ohne und davor eine Reihe einfache Holzbänke befinden. In den Spinden ohne Tür hängen Trikots und Ausrüstung.

»Was das hier ist, kannst du ja selber sehen.«

»Mmh.«

Oliver versucht, mit kreisenden Bewegungen, seine Nackenmuskulatur zu lockern. Er muss unbedingt zu Dan, denn auch wenn er am Sonntag nicht auf dem Feld stehen wird, kann er so eine fiese Verspannung nicht gebrauchen. Den Schmerz hält er aus, da hatte er schon weitaus schlimmere Dinge. Aber dieses ständige Stechen geht ihm gehörig auf die Nerven. Es nervt ihn fast so sehr, wie die Anwesenheit dieser Frau, die ihm am, sprichwörtlichen, Rockzipfel hängt. Leider kann er sie noch nicht loswerden, Suzanna würde es erfahren.

Zum Glück muss er ihr nur noch die Fitnessräume und den Wellnessbereich zeigen und dann hat er es hinter sich und kann sich endlich wieder den Dingen widmen, die er sich für den heutigen Tag vorgenommen hat. *Mal sehen, vielleicht hat heute Melissa noch ein wenig Zeit für mich.* Beim Gedanken an die schlanke Blondine, mit den großen Brüsten, regt es sich in seiner Hose. Kurz muss er am Schritt der dunkelblauen Jeans herum-zupfen, um sich ein wenig Platz und Erleichterung zu verschaffen. Er nimmt sich vor, dass er heute auf alle Fälle noch eine willige Frau flach legen wird. Seine erste Wahl bleibt bei Melissa, aber für den Fall, dass sie keine

Zeit haben sollte, ist seine Kontaktliste sehr ergiebig. Oliver muss sich keine Gedanken darüber machen, dass er keine Frau für den Abend findet. Doch Vorher muss er diesen Lockenkopf loswerden und das am besten so schnell wie möglich. Darum beschleunigt er seine Schritte.

Joni hat ihr liebe Mühe hinter ihm her zukommen. Da seine Beine ein gutes Stück länger sind als ihre, muss sie ihm hinter herrennen, wobei er nochschneller läuft.

Als sie mal wieder an einer Tür ankommen, kommt ihr Atem rasseln und sie muss kurz die Hände auf den Knien abstützen, um durch zu schnaufen.

»Du solltest mehr Sport treiben, dann hast du auch keine Probleme mehr ein wenig schneller zu gehen.«, lässt Oliver auch gleich einen Kommentar ab.

»Fick dich!«, stößt sie ungehalten hervor und richtet sich wieder auf. Feine Schweißperlen rinnen zwischen ihren Brüsten nach unten und verursachen ein unangenehm juckendes Gefühl.

»Na, na, na! Jetzt werde mal nicht frech! Muss ich dich erst wieder an unsere Abmachung erinnern?«, tadelt er sie und wedelt, lehrermäßig, mit erhobenem Zeigefinger vor ihrer Nase herum. Wütend funkelt sie ihn an. Am liebsten würde sie ihm jetzt diesen bescheuerten Finger brechen. Aber da bekäme sie ganz sicher jede Menge Ärger mit Will und Suzanna, wenn sie ihren Star kaputt macht. Kevin würde sie wahrscheinlich auch nicht herausboxen, wenn er erfährt, dass sie einem seiner Lieblingsspieler einen Finger gebrochen hat. Auch wenn sie die Tat nicht ausführen kann, so kann sie sie doch immer wieder und wieder in ihren Gedanken abspielen. Früher oder später wird sie schon einen Weg finden, um ihm all die Gemeinheiten heimzuzahlen. Sollten ihr doch einmal die Ideen ausgehen, dann ruft sie einfach ihre Brüder Callum und Logan an. Die Beiden haben garantiert ein Füllhorn neuer Streiche für sie parat. Auch wenn Callum dreiunddreißig und Logan dreißig Jahre alt sind, sind sie im Herzen doch noch ganz kleine Jungs und von Zeit zu Zeit bricht es aus ihnen heraus. Sie spielen selbst heute noch der alten Mrs. McArcher, ihrer ehemaligen Lehrerin, Streiche. Zum Glück kennt die alte Dame die McLachlan Bengel nur zu gut und belächelt diese immer milde. Sie ist der Meinung, dass den Beiden irgendwann einmal die Frauen fürs Leben über den Weg laufen und den Brüdern den richtigen Weg aufzeigen werden.

Joni kann sich ein kleines Lächeln nicht verkneifen, als sie gerade an eine der vielen Reden von Mrs. McArcher denkt. Wenn die alte Lady wüsste, dass Callum ganz gerne am eigenen Ufer fischt und nichts mit dem weiblichen Körper anfangen kann, würde sie wahrscheinlich einen Herzinfarkt bekommen.

Bis auf Joni, Logan und ihre Eltern, weiß niemand in dem kleinen schottischen Örtchen, dass Callum McLachlan schwul ist. Aber das ist auch nur so, weil er es, nach seinem Outing, von seiner Familie verlangte.

»Das ist unser Wellness- und Fitnessbereich.«, verkündet er und Joni betritt hinter ihm einen hellen Gang mit vielen Türen und Fenstern. Durch diese kann man in die einzelnen Räume blicken. Auf der rechten Seite befindet sich eine Art Schwimmhalle. Das blaue Wasser in dem Becken glitzert im Sonnenlicht, welches durch die Fensterfront gegenüber fällt. Im Becken zieht ein einzelner Schwimmer seiner Bahnen. Sie kann sein Gesicht nicht sehen, da es sich größten Teils unter Wasser befindet, während er durch das nasse Element pflügt. Aber das was sie vom ihm sieht, ist gesund gebräunt und die Muskeln zeigen ein ansehnliches Spiel.

Gerne würde sie dem einsamen Schwimmer weiter zugesehen, aber Oliver scheint andere Pläne zu haben und wendet sich ab, um in den Raum, welchen man ebenfalls durch eine Glasfront sehen kann, zu gehen. Bedauernd seufzend folgt sie ihm. Auch dieser große Raum hat eine große Fensterfront, die das Tageslicht hereinlässt. Überall stehen die verschiedensten Fitnessgeräte herum, an denen große Männer trainieren, die nur aus Muskeln zu bestehen scheinen. An den Wänden hängen überall riesige Fernseher, die stumm vor sich hin flimmern. Von irgendwoher dringen die harten Beats eines Rocksongs an ihr Ohr und wo gerade noch Gelächter und Frotzeleien waren, ist plötzlich schlagartige Stille und nur noch die Musik ist zu vernehmen.

»Hey O! Wieso schleppst du eine deiner Schnitten hier an?«, fragt ein großer Kerl mit einem wirklich ausufernden Afro.

»Halt! Bevor hier irgendetwas weiter gesagt wird, ich bin garantiert keine Schnitte der Hohlbirne.« Dabei zeigt sie, mit dem Daumen, auf Oliver, der mit verschränken Armen hinter ihr steht.

»Ja klar.«, schnaubt der Afro und sein Blick gleitet an ihr herab und wieder hinauf, wobei er etwas länger an ihren Brüsten verweilt.

»Halt die Klappe, Darnell!«, ertönt eine tiefe Stimme, die Joni bekannt vorkommt. Sie kann sie erst zuordnen, als sie die glänzende Glatze von Jesus entdeckt.

»Hey Kleine!«, begrüßt er sie und zieht sie in eine feste, verschwitzte Umarmung, was Joni erstaunt. Doch sie erwidert die herzliche Begrüßung.

»Hey Jesus, wie geht´s dir?«

»Du hast dir meinen Namen gemerkt?« Erstaunt sieht er sie an.

»Klar. Warum sollte ich nicht?«

»So wie mir Jerry heute Morgen erzählt hat, hast du gestern ordentlich gebechert.«

»Na nicht nur ich. Wenn ich mich richtig erinnere, warst du der Erste, der schlafend auf dem Tresen hing und vor sich hin schnarchte.«, lacht sie.

»Da könntest du recht haben. Aber ich hätte echt nicht gedacht, dass du so viel verträgst.«

»Was hast du denn gedacht? Ich bin Schottin und mein Vater brennt seinen eigenen Whiskey.«

»Ist das nicht nur ein Klischee, das ihr Schotten trinkfest seid?«

»Klar ist das eins. Aber bei den meisten stimmt das nun einmal. Wenn es regnet und stürmt trifft man sich im Pub und feiert. Wir Schotten finden immer einen Grund dafür.«

»Hast mich überzeugt, Kleine.«

Während ihres Gespräches haben Joni und Jesus nicht gemerkt, dass sie aufmerksame Zuhörer haben, wobei Oliver wahrscheinlich der Einzige ist, der genervt die Augen verdreht.

»Höre ich da nicht die Stimme meiner Lieblingstrinkpartnerin?«, ertönt wieder eine Stimme und kurz darauf schlängelt sich Lucas an Laufbändern und Hantelbänken vorbei.

»Lucas!«, ruft Joni erfreut und auch von ihm wird sie mit einer verschwitzten Umarmung begrüßt. Nur gut, dass sie nicht zimperlich ist.

»Kann uns mal jemand aufklären? Wer ist sie und warum wart ihr alle mit ihr im Bett?«, meldet sich ein weiterer Spieler, den Joni nicht kennt. Er ist extrem bullig und seine Nase sieht so aus, als wäre sie schon des Öfteren gebrochen gewesen.

»Vergiss es, sie schläft nicht mit ihrer Arbeit.«, verkündet Lucas und zwinkert Joni zu.

»Ist sie eine der neuen Cheerleader? Dafür hat sie aber zu viel auf den Rippen.«, fragt der Typ weiter.

»Nein, ist sie nicht. Sie ist die Jenige, die euch in den nächsten drei Wochen auf die Finger gucken wird und jede Kleinigkeit aus eurem Privatleben in ihren sogenannten Roman packt.«, antwortet Oliver, bevor sie dem Typen eine safte Erwiderung entgegenschleudern kann.

»Scheiße, das ist die Schreibtante?«, ruft er entsetzt aus.

»Was heißt hier Schreibtante?«, empört sich Joni. Sie hält ja viel aus. Aber wenn jemand ihre Arbeit beleidigt, dann reicht es ihr. »Und du...« Sie wirbelt zu Oliver herum und piekt ihm drohend mit dem Finger in die Brust »... hältst besser ganz schnell die Klappe, oder ist erzähle deinen Kameraden eine kleine Geschichte.«

»Was willst du den schon erzählen?« Spöttisch zieht er eine Augenbraue zusammen.

»Willst du es wirklich darauf ankommen lassen, OB?«

»OB? Wolltest du uns nicht gestern schon die Story erzählen?«, fragt Lucas nach.

»Mach es und du schläfst schneller unter der Brücke, als du bis Drei zählen kannst.«, flüstert er ihr ins Ohr. Wütend funkeln sie sich an.

»Na das kann spaßig werden! Endlich eine Frau, die O nicht um den Bart streicht!« Vergnügt klatscht Jesus in die Hände und schreckt Joni damit aus dem Starrduell mit Oliver auf.

»Komm Kleine, ich stell dir alle vor. Oder zumindest den Teil der Mannschaft, der sich gerade hier aufhält. Du musst mir unbedingt erklären, warum du wie eine wandelnde Werbetafel für das Team herumläufst.« Brüderlich legt Jesus seinen schweren Arm um ihre Schulter und zieht sie mit sich.

Nach und nach stellt er ihr all die anwesenden Spieler vor. Sie gibt schon nach kurzer Zeit auf sich die Namen und Positionen merken zu wollen. Nur bei ein paar kann sie sich wenige Informationen merken. So spielt zum Beispiel der massige Typ als Tackle und der mit dem Afro als Wide Reciver.

Von den einzelnen Spielern wird sie recht unterschiedlich begrüßt. Es gibt welche, die sind freundlich, aber reserviert, dann gibt es die Machos, die gleich mit einer Flirtoffensive beginnen und eine Handvoll scheint nicht so begeistert von ihrer Anwesenheit zu sein. Aber damit hat sie schon gerechnet. Solange nicht das ganze Team gegen sie ist, kann sie ganz gut damit leben.

In ihrem Kopf schwirren die ganzen Informationen und sie ist froh, dass Oliver sie nicht auf der Shoppingtour begleiten wird. Aber allein muss sie auch nicht losziehen. Denn überraschenderweise erklärt sich Lucas bereit, sie zu begleiten.

Etwas gelangweilt hockt sie nun im Foyer und wartet auf ihn, da er nach dem Training erst einmal duschen gehen muss.

»So meine Hübsche, wir können los.«, ertönt es neben ihr und lächelnd sieht sie zu dem großen blonden Mann auf.

»Na dann mein Hübscher, lass uns shoppen gehen.« Joni springt auf und hakt sich bei dem jungen Mann ein, der eine modisch abgewetzte Jeans und ein schwarzes Hemd trägt, dessen Ärmel er bis zu den Ellenbogen aufgerollt sind. Seine Haare sind akkurat mit Gel in Form gebracht.

Voller Vorfreude verlässt sie mit ihm das Gebäude. Sie gehen zu seinem Mercedes, welcher unweit des Einganges auf dem Spielerparkplatz in der Sonne glänzt.

Kapitel 8

Da die morgendliche Rush Hour schon längst vorüber ist, kommen Joni und Lucas ganz gut voran. Er lenkt den Wagen in eine der unzähligen Parkbuchten eines Parkhauses.

»Bereit?«, fragt er sie grinsend und packt seine Sonnenbrille, die er, während der Fahrt, getragen hat, in ein Ablagefach in der Mittelkonsole.

»Na klar. Lass uns gehen, je schneller ich normale Sachen anhabe, desto besser. Die Leute werden ganz schön blöd gucken. Immerhin renne ich wie eine Werbetafel durch die Gegend. Selbst auf der Unterwäsche, die ich gerade trage, sind Löwenköpfe aufgedruckt.«

»Echt? Darf ich mal sehen?« Anzüglich wackelt er mit den Augenbrauen und grinst sie frech an. Auch wenn sein Spruch wirklich unter aller Sau ist, kann sie nicht anderes und lacht ebenfalls.

»Mal sehen, wenn du lieb bist.«, neckt sie ihn und geht auf sein kleines Spielchen ein.

»Ich werde ganz brav sein, versprochen.«

»Da bin ich ja beruhigt.«

Sie steigen aus und nachdem Lucas sein Auto per Fernbedienung verriegelt hat, betreten sie das Galleria Dallas, ein riesiger Shoppingtempel, der für jedes Herz das richtige Geschäft birgt.

Joni ist von Los Angeles einiges gewöhnt. Doch diese Mall verschlägt ihr den Atem. Es ist ein großer Komplex, welcher sich über vier Etagen erstreckt und in der Mitte, einer Art Atrium, befindet sich eine ovale Eislaufbahn.

»Wow!«, haucht sie ehrfürchtig und dankt im Stillen den Shoppinggöttern und Investoren. Zum Glück ist sie mit Lucas hier. Er ist eindeutig eine angenehmere Gesellschaft als Oliver.

»Gefällt´s dir?«, fragt er neben ihr und lehnt sich mit dem Rücken an die Brüstung, über welche Joni gerade, aus der dritten Etage, nach unten auf die Schlittschuhbahn sieht.

»Machst du Witze? Ich bin gerade im siebten Himmel.«

»Wo wollen wir anfangen?«

«Keine Ahnung, lass uns einfach mal da lang gehen.« Joni deutet nach links und ganz Gentleman, hält Lucas ihr wieder seinen Arm hin. Sie nimmt ihm mit einem kleinen Lächeln an. Von ihm könnte sich ein gewisser Quarterback ruhig noch eine dicke Scheibe abschneiden.

Leider kommen sie nicht weit. Denn schon nach ein paar Metern wird Lucas erkannt und er muss erst einmal Autogramme geben und sich mit seinen kleinen und großen Fans fotografieren lassen. In der Zwischenzeit schlendert Joni an den naheliegenden Schaufenstern auf und ab. Als Lucas dann endlich wieder zu ihr kommt, bemerkt sie so manch einen neugierigen Blick seiner Anhänger.

»Sorry, aber ab und zu muss ich mich um meine Fans kümmern.« Damit legt er ihr einen Arm auf die Schultern und zieht sie mit sich. Weitere Blicke folgen ihnen.

»Schon gut. Das gehört doch dazu, außerdem war es sehr aufschlussreich.«

»In wie fern?«, hakt er nach.

»Na in Bezug darauf, wie sich so ein Footballspieler in der Öffentlichkeit gibt.«

»Das macht aber jeder anders.«, gibt er zu bedenken.

»Mag sein, aber du warst schon mal ein guter Anfang. Sag mal, du hast die Handynummer von Suzanna dabei, oder?«

»Klar, warum?«

»Sie hat mir eingebläut, dass sämtliche Rechnungen an sie gehen sollen und wenn es Probleme gibt, dann soll ich sie anrufen. Aber ich habe, erstens ihre Nummer nicht und zweitens, habe ich im Moment noch nicht einmal ein Handy.«

»Hast du überhaupt was?«

»In L.A. habe ich schon noch jede Menge Klamotten. Aber hier in Dallas habe ich nur die Sache, welche ich gerade am Leib trage und die von gestern Nacht. Mein ganzen Zeug wurde vom Löschwasser dahin gerafft.«

»Wenn es nach mir ginge, bräuchtest du auch gar nichts tragen.« Wieder wackelt er mit den Augenbrauen.

»Bei dir läuft aber auch was ganz schön verkehrt.« Über so viel Gehabe kann sie nur die Augen verdrehen.

»Warum?« Aufmerksam beobachtet er sie von der Seite. Ein wachsamer Ausdruck ist in seine Augen getreten.

»Du kannst so charmant sein und dann haust du wieder so einen bekloppten Spruch raus.«

»Was erwartest du? Ich bin ein Mann.« Fehlt noch, dass er sich mit der Faust gegen die Brust trommelt.

»Oha, du gehörst also auch zu der Kategorie: Ich bin ein Mann, also muss das so sein.«

»Gehören nicht alle Männer dazu?«

»Nicht alle.«, antwortet sie ihm.

»Ich will Beispiele.«, fordert er. Sie stoppen vor einem Klamottenladen, aber Lucas scheint erst den Laden betreten zu wollen, wenn er eine Antwort auf seine Frage hat.

»Mein Bruder Callum.«

»Sicher? Schwestern sehen ihre Brüder doch ganz gerne anders, als sie in Wirklichkeit sind.«

»Sicher nicht! Ich bin mit zwei großen Brüdern aufgewachsen und ich weiß ganz genau, wie sie sind. Callum ist sehr respektvoll. Er respektiert seine weiblichen Mitmenschen. Auch mein anderer Bruder Logan, er liebt die Frauen und viele erliegen seinem Charme, trotzdem kommen von ihm keine Höhlenmenschensprüche.«

»Was hast du denn für Brüder? Denen sind wohl noch nie richtige Frauen begegnet?«

»Natürlich sind ihnen schon welche begegnet und sie werden umschwärmt wie Fliegen einen frischen Kuhhaufen. Logan hat auch seinen Spaß, aber für Callum ist das nichts.«

»Und warum nicht?« Joni scheint es, als würde sie so etwas wie Vorsicht aus seiner Stimme heraushören. Prüfend sieht sie ihn an. Aber in seinen Augen blitzt nur der Schalk.

»Er steht nicht auf Frauen. Ihm ist da ein männlicher Körper weitaus lieber, als ein weiblicher.«

»Aha.«, kommt es monoton von Lucas. Plötzlich ist der Schalk aus seinen Augen verschwunden. Jetzt kann sie auch ganz deutlich Argwohn und Vorsicht erkennen.

»Wollen wir?«, fragt sie, nachdem er keine Anstalten macht, den Laden betreten zu wollen. Gedankenverloren starrt er auf die Puppen im Schaufenster und sie fragt sich, was plötzlich mit ihm los ist.

Zaghaft berührt sie seinen Oberarm. Erschrocken zuckt er zusammen, als hätte er einen Stromschlag bekommen.

»Alles in Ordnung?« Besorgt sieht sie ihn an.

»Ähm ... ja, lass uns rein gehen. Du sollst echt alle Rechnungen an Suzanna schicken lassen?«, wechselt er das Thema.

»Ja, soll ich.«

»Dann lass uns das mal ausnutzen.«

»Und wie findest du es?« Joni tritt aus der Umkleidekabine und dreht sich, mit ausgestreckten Armen, im Kreis. Sie trägt eine Röhrenjeans und ein graues Top, welches einen Wasserfallausschnitt hat.

»Ich finde es genauso gut, wie die fünfzig verschiedenen Outfits davor.«, murmelt Lucas, der mehr in dem Sessel hängt, als das er sitzt. Hin und wieder gähnt er hinter vorgehaltener Hand.

»Du bereust es.«, stellt sie fest.

»Was? Nein, ich bin nur ein wenig vom Training geschafft und gestern bin ich ja nun auch nicht gerade zeitig ins Bett gekommen.« Schnell richtet er sich auf und versucht ein wenig wacher auszusehen.

In den letzten drei Stunden hat Joni ihn durch alle möglichen Geschäfte geschleift und wenn sie etwas kaufte, durfte er die Tüten schleppen.

Neben seinem Sessel stapeln sich diese, mal mehr, mal weniger prall gefüllt.

»Ist schon gut. Du bist halt ein Mann.«

»Du darfst den Spruch also verwenden, aber ich nicht?«

»Ähm ... ja und zwar, weil ich eine Frau bin.« Entschuldigend lächelt sie ihn an. Satt etwas darauf zu sagen schüttelt er nur mit dem Kopf.

»Ich werde euch Frauen wohl nie verstehen.«

»Das sollt ihr Männer ja auch nicht. Wo bliebe denn da der ganze Spaß?«

»Oh ja, ich bekomm mich gar nicht ein vor lauter Spaß.«, stößt er sarkastisch hervor.

»Okay, Friedensangebot. Ich ziehe mich schnell wieder um und dann suchen wir uns was zu futtern.«

»Klingt gut.« Joni nickt ihm noch einmal kurz zu und verschwindet dann wieder in der Umkleide. Schnell zieht sie die Jeans und das Top aus und schlüpft in einen blauen Sommerrock, der ihr bis zu den Knien reicht und ein weißes T-Shirt. Beides hat sie im ersten Laden gekauft und die Fanklamotten in einer Tüte verstaut. Im zweiten Laden verschwand dann auch die schwarze Unterwäsche, mit dem aufgedruckten roten Löwen und in Laden Nummer Drei hat sie, neben einem Paar wunderbaren glitzernden Pumps, ein passendes Paar Sandalen gefunden.

»Fertig!«, ruft sie fröhlich und zieht den Vorhang zur Seite. Lucas lächelt sie erleichtert an.

»Endlich können wir was essen gehen. Ich habe schon angefangen mich selber zu verdauen.« Zur Bestätigung gibt sein Magen ein lautes Grummeln von sich.

»Oh du Armer. Ich muss nur noch schnell an die Kasse und dann können wir.«

»Danke lieber Gott.«, murmelt er leise. Ein kleines Bisschen tut er ihr schon leid und normalerweise ist es gar nicht ihre Art, so lange einkaufen zu gehen. Aber da sie ihre komplette mitgebrachte Garderobe und Kosmetikartikel, sowie Laptop und Handy ersetzten musste wurde es dieses Mal ein kleines Bisschen länger.

An der Kasse steht eine blonde Frau, deren Figur darauf schließen lässt, dass sie dem aktuellen Magerwahn verfallen ist. Sie treten näher und Lucas wird sofort von ihrem Blick verschlungen, als wäre er ein Stück leckere

Sahnetorte. Nur bezweifelt Joni, dass sie jemals ein leckeres Stück Kuchen essen würde. Leider vergisst sie über ihr Starren die Kundschaft. Laut räuspert sich Joni und wartet darauf, dass die Kassiererin ihr ihre Aufmerksamkeit schenkt.

»Hallo?« Wild wedelt sie mit ihrer Hand herum, nachdem sie immer noch nur Augen für den Runningback hat.

»Was wollen Sie?«, kommt es sofort und äußerst unfreundlich.

»Ich will die Sachen hier mitnehmen.« Sie deutet auf Kleiddungsstücke, die über ihrem Arm hängen.

»Ich bezweifle, dass sie sich die Sachen leisten können.« Abschätzig lässt die Kassiererin ihren Blick über Jonis wilden roten Locken, den üppigen Busen, den Bauch und die Hüften gleiten, welche keine Modelmaße haben. Sie ist nicht dick, aber in eine Size Zero passt sie garantiert nicht.

»Ich bezahl sie ja auch nicht. Die ...«

»Sie wollen sie stehlen! Ich werde sofort den Sicherheitsdienst rufen!«, wird Joni rüde unterbrochen mit einer völlig falschen Annahme unterbrochen.

»He du Schnepfe! Schon mal was von Höflichkeit gehört? Denn da wo ich her komme, lässt man die Leute aussprechen. Die Rechnung geht an Suzanna Bosworth.« *Aber nun reicht es echt langsam mal.*

»Sie sind nicht Suzanna Bosworth! Ich kenne Mrs. Bosworth und es ist unverschämt, sich für jemanden auszugeben, der man nicht ist.« Die Kassierin scheint nicht gerade die hellste Leuchte am Tannenbaum zu sein.

»Lucas, rede ich Chinesisch oder irgendeinen Dialekt, derer sie nicht mächtig ist?« Genervt schaut sie zu Lucas herüber, der breit grinsend das Ganze beobachtet.

»Also, ich habe dich verstanden.«

»Danke! Also Schätzchen, einpacken und zwar zack, zack!« Mit Jonis Geduld ist langsam, aber sicher, am Ende.

»Na hören Sie mal, was glauben Sie, wer Sie sind?!«, schnaubt das Blondchen aufgebracht und streicht sich hektisch eine Strähne aus dem Gesicht.

Joni atmet betont tief durch, stützt dann ihre Hände auf dem Verkaufstresen ab und beugt sich zu der Kassiererin hinüber.

»Du hörst mir jetzt ganz genau zu. Du wirst jetzt eine dieser Tüten nehmen und die Hose und das Top hinein packen und die Rechnung dafür wirst du an Suzanna Bosworth schicken und zwar ohne zu murren. Solltest du es nicht tun, dann...« Sie ist kurz davon über den Tresen zu hüpfen.

»Hey Baby, komm beruhig dich. Was bringt es, sich wegen so einer aufzuregen? Wenn sie keinen Umsatz machen will, bitte. Aber dann muss sie auch damit rechnen, dass du nicht wieder hier her einkaufen kommst.« Lucas schlingt von hinten seine Arme um Jonis Bauch und zieht sie sanft mit dem Rücken an seine Brust.

»Sag mal! Ha...«, will sie los poltern.

»Spiel mit.«, raunt er ihr ins Ohr und drückt ihr einen Kuss auf die Wange. Die blonde Kassiererin starrt die Beiden an, als würde sie gerade das achte Weltwunder bestaunen.

»Also? Mein süßer Schnubbelhase und ich habe heute noch viel vor.«

»Schnubbelhase?«, fragt er sie geschockt ganz leise, so dass nur sie ihn verstehen kann.

»Ähm ... ja ... ich... einen Moment...«, stottert die Kassiererin und kramt hektisch eine Tüte hervor und hackt mit ihren langen künstlichen Fingernägeln auf dem Touchscreen der Kasse herum.

»Weißt du was? Ich habe vorhin bei Victoria´s Secret eine kleine Überraschung für dich gekauft.«, raunt Joni ihm so laut zu, dass die Kassierein es hört. Vor Schreck lässt sie die Tüte fallen.

»Victoria´s Secret? Baby, glaubst du wirklich, dass du das lange genug am Körper tragen wirst, damit ich es gebührend betrachten kann?«

»Da wirst du dich wohl mal in Geduld üben müssen.«

»Geduld? Baby, bei dir kann ich nicht geduldig sein. Am liebsten hätte ich dich den ganzen Tag nackt unter mir.«

»Nur unter dir? Da wird es aber schnell langweilig.«, schnurrt sie. Diese kleine Vorstellung macht ihr einen Heidenspaß.

»Von mir aus, können wir das ganze Kamasutra durch testen.«

»Das haben wir lange nicht mehr gemacht.«, kichert Joni und sie muss sich auf die Innenseite ihrer Wange beißen, um nicht in schallendes Gelächter auszubrechen.

»Stimmt, es ist schon wieder drei Tage her. Schande über uns.«

»Wir sind ja so schlecht.«

»Ganz richtig.«, lacht Lucas und küsst ihre Schläfe.

»Ihr ... ihre Sachen. Die Rechnung schicken wir selbstverständlich gerne an Mrs. Bosworth.« Unterbricht die Kassieren das Schauspiel. Inzwischen ist sie hoch rot geworden. Ihre Hand zittert leicht, als sie die Tüte über den Tresen reicht und Lucas sie an sich nimmt.

»Danke. Warum nicht gleich so?«, kann sich Joni nicht verkneifen. Lucas legt seinen Arm um ihre Taille und sie tut es ihm gleich. Gemeinsam verlassen sie den Laden.

Als sie sich ein paar Meter von dem Geschäft entfernt haben, können sie nicht mehr an sich halten und lachen laut los. Einige Shoppinggänger sehen sie verwundert an, vor allem, als sie schon fast am Boden liegen und ihnen die Tränen über die Gesichter laufen.

»Oh Mann, das war echt gut.«, stößt Joni hervor.

»Ich konnte doch nicht zulassen, dass du jeden Moment über den Tresen springst und ihr die schlechten Extensions ausreißt.«

»Vielleicht hätte sie dann besser ausgesehen.«

»Vielleicht, vielleicht auch nicht.«

»Also Schnubbelhäschen, wollen wir uns was zu essen suchen?«

»Nenn mich nicht so!«, verlangt er.

»Du hast es doch provoziert.«

»Du bist unvergleichlich.«

»Ich weiß. Ich bin ein schottisches Unikat.«

»Los komm. Ich kenne da einen kleinen Burgerladen, der wird dir gefallen.« Lucas schnappt sich die Tüten und gemeinsam gehen sie einmal quer durch die Mall.

Erleichtert atmen sie durch, als sie sich an einen der Tische setzen. Die Einkaufstüten stapeln sich, wie der Mount Everest, auf der Bank neben Lucas.

»Hallo, ich bin Paul. Ich werde Sie bedienen. Hier sind die Karten. Wissen Sie schon, was Sie gern trinken möchten?« Ein junger, gutaussehender Kellner kommt an ihren Tisch und reicht jedem eine Speisekarte. Er zückt seinen Block, um die Getränkebestellung aufzunehmen.

»Ich nehme eine Cola.«, antwortet ihm Joni und dann blickt sie rüber zu Lucas und sie traut ihren Augen kaum. Eine zarte Röte ziert seine gebräunten Wangen. Auch scheint er ihr plötzlich verlegen und nervös, denn seine Finger trommeln unruhig auf der Speisekarte herum.

»Lucas?«, fragt sie ihn, da er immer noch nichts sagt. Damit reißt sie ihn aus seiner Starre.

»Ähm ... ich .... nehme ein Wasser.«, bestellt er schließlich und schließt gequält die Augen, als der Kellner sich abwendet, um die bestellten Getränke zu holen.

»Oh ... mein ... Gott!«, stößt Joni ungläubig hervor. Aus großen Augen sieht sie ihren Gegenüber an.

»Was?«, fragend er nervös. Sie lehnt sich über den Tisch zu ihm hinüber, bevor sie zu sprechen beginnt.

»Du bist schwul und du stehst auf den Kellner! Deshalb hast du mich hier her geschleift.« Sie macht eine ausufernde Handbewegung.

»Was? ... Wie kommst du darauf?« Er ist sichtlich blasser und ringt nach Atem.

»Du bist schwul, eindeutig. Kein Hetero-Mann hätte dem Kellner auf den Arsch geguckt und ich muss dir Recht geben – der ist echt heiß!«

»Was? Also du bist echt durchgeknallt.Ich bin nicht schwul. Warum sollte ich mit dir flirten?«

»Du flirtest nicht mit mir. Du reißt nur dumme Sprüche. Aber hey, es ist doch nichts Schlimmes dabei, wenn du schwul bist. Meine Fresse, mein Bruder ist es schließlich auch.«

Lucas Gesichtsfarbe wird noch um einige Nuancen blasser und ihm bricht der Schweiß auf der Stirn aus. Auch trommeln seine Finger immer hektischer auf der Speisekarte herum.

»Hab ich Recht?«, fragt sie ihn leise und registriert seinen panischen Gesichtsausdruck.

»Bitte sag es niemanden.«, fleht er sie leise an und schaut ihr dabei eindringlich in die Augen.

Kapitel 9

»Mach dir da keine Sorgen. Dein Geheimnis ist bei mir sicher. Wie viele wissen davon?«, antwortet Joni Lucas genauso leise, wie er mit ihr gesprochen hat.

»Nur du, ich und meine Eltern.«

»Mehr nicht?« Erstaunt sieht sie ihn an.

«Du weißt, welchen Beruf ich ausübe. Da ist es absolut unmöglich sich zu outen. Es sei denn ich will meine Karriere von einem Moment auf den Nächsten beenden. Seien wir mal ehrlich, Football ist ein Machosport und der Großteil der Männer, egal welche Gesellschaftsschicht du nimmst, hat ein Problem damit, dass es Schwule gibt. Ihr Frauen seid da toleranter und ich kann gerade echt nicht glauben, dass ich mit dir darüber rede. Ich kenne dich noch nicht einmal vierundzwanzig Stunden und du hast mich sofort durchschaut. Mit manchen der Jungs spiele ich seit Jahren in einem Team und bei ihnen kam nie der kleinste Verdacht auf. Wenn sie etwas ahnen würden, dann würden sie mich darauf ansprechen oder mich fertig machen.«

»Dass bei euch nur Machos im Team sind, habe ich schon bemerkt.«

»Oliver?«

»Auch, ja. Aber ich will mich mit dem jetzt nicht befassen. Ich glaube wir Frauen haben Antennen dafür und erkennen einen schwulen Mann, wenn er vor uns steht. Wobei ich zugeben muss, dass du mich anfangs auch hinters Licht geführt hast. So schlecht ist deine Tarnung nicht. Mein Bruder steht auch auf Männer und da bin ich wohl etwas sensibler darauf eingestellt, als vielleicht andere Frauen. Darf ich mal etwas fragen?«

»Klar. Du kennst mein am besten gehütetes Geheimnis, da wird mich deine Frage wohl nicht vom Hocker reißen.« In diesem Moment kommt der Kellner zurück und stellt die bestellten Getränke vor sie hin. Joni beobachtet wieder, wie Lucas leicht errötet und als die Essenbestellungen aufgenommen werden, lächeln sich Lucas und der Kellner schüchtern an.

»Schieß los.«, fordert er sie auf, als sie wieder allein sind.

»Wie ist es so, mit all den anderen Männern in der Umkleide zu sein?«

»Das interessiert dich?«, lacht er. Seine Schultern entspannen sich merklich.

»Ja klar. Wir stehen Beide auf Männer und auch wenn sie alle Machos sind und man ihre Egos kaum aushalten kann, sind sie doch mehr als gut gebaut.«

»Stellst du dir das gerade so vor, das ich sabbernd auf der Bank hocke und die Jungs anhimmle?«, fragt er amüsiert. Es tut ihm gut, mit jemanden über seine sexuelle Ausrichtung zu reden. Dass Joni das alles so gut aufnimmt, macht es ihm noch leichter. Er hatte schon vom ersten Augenblick an das Gefühl, das sie ein ganz besonderer Mensch ist, das man sich mit ihr gut unterhalten und auch lachen kann. Dieser Tag, hier im Einkaufszentrum, zeigt ihm, dass ihn sein Gefühl nicht getäuscht hat.

»So in etwa, ja.« Wissend grinst sie ihn an und Lucas kann nicht anders, als es zu erwidern.

»Ganz so ist es aber nicht. Es stimmt schon, manche Spieler sind echt sexy. Aber ich spiele seit der High School und da gewöhnt man sich einfach an den Anblick.

Der Charakter meines Partners ist mir wichtiger und er muss mich so akzeptieren, wie ich bin. Bei den Jungs ist es ein Ding der Unmöglichkeit einen Mann zu finden der mich liebt und akzeptiert. Da sehe ich mich lieber anderweitig um.«

»In Burgerläden zum Beispiel?« Vielsagend wackelt sie mit den Augenbrauen, da gerade ihre Essen gebracht werden.

»Zum Beispiel, ja.«, antwortet er. »Danke.«, fügt er hinzu. Joni will gerade von ihrem Burger abbeißen und hält überrascht in der Bewegung inne.

»Wofür?«, fragt sie nach.

»Ich glaube so richtig sagen kann ich es nicht. Aber ich bin froh, dass du es erkannt hast und mir keinen Vorwurf machst.«

»Wofür denn? Man kann doch nichts dafür wen man liebt und wen nicht. Außerdem mag ich dich und wenn ich mich nicht irre, habe ich in dir einen Freund hier in Dallas gefunden.«

»Leider denken nicht sehr viele Menschen so wie du. Ich mag dich übrigens auch und das mit uns könnte echt was werden.«

»Wenn du mal eine Alibifreundin brauchst, dann weißt du ja, wo und wie du mich finden kannst.«, bietet sie ihm an. Denn Joni hat bei Callum gesehen wie es ist, wenn man gegen sich ankämpfen muss. Lucas ist seine Karriere als Profi wichtig und da passt seine Homosexualität leider dazu. Ehe er sich irgendeine anlachen muss, der er dann gezwungener Maßen etwas vorspielen muss, da macht sie lieber den Job und hilft ihm.

»Danke. Ich werde auf dein Angebot zurück kommen und das wahrscheinlich schneller, als dir lieb ist.« Mit dem Kinn deutet er auf den Bereich vor dem Restaurant. Als sie sich umdreht, sieht sie mehrere Personen mit ihren Handys stehen.

»Oh.«

»Das ist der große Nachteil am Berühmt sein. Man wird immer und überall erkannt und hat keine Privatsphäre mehr. Ständig verkaufen irgendwelche Leute irgendwelche Storys und Fotos von einem an die Klatschblätter.«

»Da zählt Blondie doch bestimmt auch dazu.«

»Blondie?« Fragend sieht er sie an.

»Na die Kassierein vorhin, der wir vorgespielt haben, wir wären ein sexhungriges Pärchen. Sie hat dich ja wohl eindeutig erkannt, so wie sie dich mit ihren Blicken ausgezogen hat.«

»Das werden wir spätestens morgen Früh sehen. Aber du hast vermutlich Recht. Wäre es schlimm für dich?«

»Nein. Da ich Single bin bekomme ich keine Probleme mit einem eifersüchtigen Kerl. IAußerdem wollte ich schon immer mal eine heiße Affäre mit einem sexy Mann.«

»Die wäre aber nur angedichtet, dass weißt du schon?«

»Klar weiß ich das. Aber ich habe eine blühende Fantasie und das reicht mir fürs Erste.«

»Vielleicht sollte ich mir mal eines deiner Bücher ansehen.«

»Mach das, wenn du auf Herzschmerz stehst.« Theatralisch drückt sie sich die Hand aufs Herz.

«Sei ehrlich, da geht es doch im Prinzip auch nur um Sex.«, neckt er sie. Joni kann den Schalk in seinen Augen aufblitzen sehen.

»Natürlich. Was hast du denn gedacht? Wir Frauen sind genauso gierig danach wie ihr Männer. Nur das wir es nicht so offen zeigen und auch länger mal ohne auskommen.«

»Wow, mach mal halblang. Jetzt verallgemeinerst du das aber ganz schön. Ich für meinen Teil hatte seit einem Jahr keinen mehr.«

»Bei dir ist es etwas anderes. Du läufst außer Konkurrenz.«

»Warum? Kommt jetzt das Vorurteil, das wir Schwulen weich und ihm Grunde Frauen sind?«

»Nein. Es mag schwule Männer geben die schon sehr weiblich sind, aber noch lange nicht alle. Du bist nicht so und Callum auch nicht. Wenn man es nicht weiß, sieht man es meinem Bruder nicht an. Aber du bist anders als diese hormongesteuerten Muskelprotze.«

»Spielst du da jetzt auf einen im Besonderen an?« Wissend sieht er sie an.

»Ich weiß nicht was du meinst.« Sie wischt sich mit der Serviette über den Mund und zerknüllt sie anschließend.

»Komm schon Joni. Wir haben vor fünf Minuten beschlossen, dass wir Freunde sind. Zwischen dir und Oliver knallt es ganz schön.«

»Das wundert dich? Der Typ ist so unendlich überheblich und denkt ihm gehört die Welt und das alle Frauen sofort die Beine breitmachen, wenn er den Raum betritt.«

»Das liegt wahrscheinlich daran, dass alle Frauen bisher die Beine breit gemacht haben, wenn er den Raum betreten hat. Aber gib ihm eine Chance. Normalerweise ist O nicht so.«

»Ihm eine Chance geben? Ganz bestimmt nicht! Es ist schon schlimm genug, dass ich jetzt drei Wochen bei ihm

wohnen soll. Kann ich nicht bei dir schlafen?«
Hoffnungsvoll sieht sie ihn an.

»Sorry, meine Bude ist zu klein dafür.«

»Ja klar! Du verdienst schweineviel Kohle und willst
mir erzählen deine Wohnung ist zu klein für zwei Leute?«

»Ich verdiene viel, da hast du Recht. Aber trotzdem
lebe ich in einer Ein-Raum-Wohnung.«

»Warum?« Sie kann es nicht richtig glauben.
Irgendwie passen Millionen auf dem Konto und eine
kleine Wohnung nicht zusammen. Zumindest, wenn es
nach ihr geht. Aber vielleicht ist das eines der vielen
Klischees.

»Ich mag die Bude. Das war meine erste eigene
Wohnung. Ich bin direkt nach dem College hierher
gekommen. Als Rookie verdient man nur einen Bruchteil
von dem, was die gestanden Spieler bekommen.«

»Und du hast nie darüber nachgedacht, dir eine
Größere zu suchen?«

»Nein, warum auch? Für mich ist es vollkommen
ausreichend.«

»Okay«, murmelt sie.

»Hey, sei nicht traurig. Außerdem kann O Feuer
unterm Hintern gebrauchen, sonst hebt er irgendwann
noch ab. Wollen wir los?« Lucas wartet erst gar nicht ihre
Antwort ab, sondern wirft ein paar Geldscheine auf den
Tisch und zieht sie an den Händen hoch. »Bereit meine
Pseudofreundin zu spielen?« Er zieht sie ganz nah an
sich heran und neigt den Kopf leicht zu ihr herunter. Joni
kann förmlich spüren, wie sie von Blicken durchbohrt
werden.

»Immer doch.«, flüstert sie.

»Na dann.«,lacht er und nimmt ihre Hand in seine. Sie
verschränken ihre Finger miteinander. Lucas haucht
einen zarten Kuss auf ihre Knöchel.

Vor dem Restaurant ist die Menschenmenge inzwischen beachtlich angewachsen. Alle starren auf ihre miteinander verschlungenen Hände.

Als sie nach draußen treten, wird Lucas sofort bestürmt und nach Autogrammen und Fotos gefragt. Einige wollen mit ihm über das kommende Spiel philosophieren.

Joni bemerkt, dass er dazu gerade keine Lust hat und sie beschließt, ihm da raus zu helfen.

»Schnubbelhase?«

»Ja Baby?«

»Mir geht es nicht so gut. Können wir nach Hause?«, bittet sie ihn und setzt dabei einen müden und kränkelnden Gesichtsausdruck auf.

»Na klar, Süße.«, sagt er und küsst ihre Locken.

»Leute, es tut mir echt leid, aber meiner Kleinen geht es nicht gut. Habt bitte Verständnis. Das nächste Mal nehme ich mir dann extra lange Zeit für euch.«, wendet er sich an die Menge und legt ihr seinen Arm um die Schulter. Kurz herrscht völlige Stille, denn gerade eben hat der Runningback der Dallas Lions, Lucas Farr, zugegeben, dass er eine Freundin hat. Etwas, das bisher noch nie vorkam. Bevor die Masse wieder zur Besinnung kommen, schiebt er sie durch die Menschen. So schnell sie können, gehen sie zum Auto.

»Danke« seufzt er, als sie wieder in seinem Wagen sitzen.

»Gern geschehen, dafür sind Freunde schließlich da.« Er lächelt sie noch einmal dankbar an und startet dann den Motor. Schweigend fahren sie zu Olivers Wohnung und Jonis vorübergehender Bleibe.

Während der Fahrt merkt sie, wie müde sie eigentlich ist und sie lehnt ihre Stirn an die kühle Scheibe der Beifahrertür.

Die Straßen von Dallas ziehen an ihnen vorbei und ihre Augenlider werden immer schwerer, aber bevor sie zufallen können hält Lucas vor dem Gebäude, in dem sich ihre persönliche Hölle befindet.

»Soll ich dich noch hoch bringen?«, bietet er ihr an.

»Das wäre echt lieb. Da könntest du mir auch gleich beim Schleppen der Tüten helfen."

»Das habe ich mir schon gedacht. Auch wenn ich auf Männer stehe, weiß ich doch wie ihr Frauen tickt.«, grinst er und steigt dann aus um ihr die Autotür zu öffnen.

Gemeinsam betreten sie das Gebäude. Der Pförtner blickt nur kurz auf und beachtet sie nicht weiter.

Schweigend fahren sie mit dem Fahrstuhl nach oben, wobei sie ihren Kopf an seine Schulter lehnt.

»Hier.« Er hält ihr seine offene Hand hin. Darin liegt ein einzelner Schlüssel.

»Was ist das?«

»Ein Schlüssel.«, antwortet er ihr so, als wäre sie ein begriffsstutziges Kleinkind.

»Schon klar, aber wofür?«

»Für die Tür, vor der wir stehen.«

»Woher hast du den?"

»Von O. Von wem den sonst? Ich soll ihn dir geben und dir sagen, das er dir den Arsch aufreißt, wenn du ihn verlierst.«

»Typisch. Gibt her.« Sie schnappt ihn sich und öffnet damit die Wohnungstür. Kaum sind sie drinnen, vernehmen sie das Stöhnen einer Frau und nach kurzer Zeit auch das eines Mannes.

Kapitel 10

Kurz sehen sich Joni und Lucas mit weit aufgerissenen Augen an, bevor, fast gleichzeitig ein verschlagenes Grinsen auf ihren Gesichtern erscheint.

»Hilfst du mir?«, fragt sie ihn flüsternd. Das hier ist gerade eine der wunderbar wenigen Zufälle im Leben und die man nutzen muss.

»Klar, was hast du vor?« Er ist sowieso für fast jeden Spaß zu haben.

»Erst einmal müssen wir heraus bekommen, wo sie es treiben.«, sinniert sie und geht nicht auf Lucas Frage ein.

»Das dürfte schwer werden, seine Wohnung ist riesig.«

»Wir werden sie schon finden. Nur sollten sie uns nicht sehen.«

»Okay und wo willst du mit deiner Suche beginnen?«

»Keine Ahnung. Oliver scheint mir nicht unbedingt der Typ Mann der Sex in einem Bett hat. Er ist eher der Typ, der auf ungewöhnlichen Orten steht.« Nachdenklich kratzt sie sich am Kinn.

»Ich dachte du kannst ihn nicht leiden?«, fragt er grinsend und bekommt von ihr einen giftigen Blick zugeworfen.

»Tue ich auch.«

»Warum machst du dir dann Gedanken darüber, wo er es am liebsten treibt?«

»Schätzchen, ich bin Schriftstellerin. Es ist wichtig, dass ich Menschen und deren Handlungen analysiere. Ich muss nun einmal auch wissen wo sie am liebsten Sex haben. Du hast noch nie eines meiner Bücher gelesen?«

»Schätzchen? Das übergehe ich jetzt einfach mal. Ich mag zwar schwul sein, aber dennoch bin ich ein Mann und ich lese ganz bestimmt keine Frauenromane.«

»Also steckt da doch ein kleiner Macho in dir. Das Argument, dass du durch meine Bücher mehr über den weiblichen Körper und seine Bedürfnisse lernen würdest, zieht ja bei dir nicht.« Sie tippt ihm ihren Zeigenfinger gegen die Brust.

»Sorry, das zieht nicht.«, meint er leise auf. Die Sexgeräusche werden immer lauter. Wenn sie sich nicht ein wenig beeilen, dann ist alles vorbei und Joni kommt gar nicht zu ihrem Spaß.

»Los komm jetzt.« Heftig winkt sie ihn hinter sich her. Auf möglichst leisen Sohlen schleichen sie durch die Wohnung. Wie Joni schon vermutet hatte, ist Olivers Schlafzimmer verwaist. Aber allzu weit können sie nicht vom Ort des Geschehens entfernt sein, denn das Gestöhne wird immer lauter. Nach ein paar weiteren Metern können sie auch das Klatschen von Haut auf Haut hören.

»Das kommt von der Dachterrasse.«, raunt Lucas ihr zu und deutet den Flur weiter runter.

»Dachterrasse?«

»Ja, die ist da hinten.«

»Wow, ich dachte, die Wohnung hätte nur einen Balkon.«

»Tja, für über neun Millionen kann man schon auch eine Dachterrasse erwarten, oder nicht?«

»Neun Millionen? Ich wüsste Besseres mit dem Geld anzufangen, als eine Wohnung zu kaufen.«

»Ganz deiner Meinung.«

Kurz vor der Tür zur Dachterrasse, welche weit offen steht, verharren sie und lugen vorsichtig um die Ecke.

Tatsächlich, da steht Oliver, nackt, wie Gott ihn schuf, und bearbeitet eine dünne Brünette, deren aufgepumpten Brüste im Takt der Stöße wippen. Sie hatte schon vermutet, dass er auf Plastikpüppchen steht und diese bestätigt ihre Theorie erneut. Ihr Blick huscht kurz über seine Rückseite. Sie muss sich eigestehen, das er einen fantastischen Körper hat. *Wie er wohl von vorne aussieht?*, fragt sie sich. Verscheucht den Gedanken jedoch sofort. Sie will nicht so über Oliver nachdenken.

»Was jetzt?«, flüstert Lucas so leise wie möglich.

»Jetzt verpassen wir ihnen den Schreck ihres Lebens.«

»Und wie willst du das machen?«

»Siehst du den Eimer da?« Sie deutet auf einen Eimer aus Kupfer, der wohl mehr der Dekoration dient.

»Ja, tu ich« Lucas ist es immer noch völlig schleierhaft, was Joni vor hat. Etwas argwöhnisch beobachtet er, wie sie sich den Eimer angelt und schnell wieder in den Flur schlüpft. Er beobachtet, wie sie in Olivers Schlafzimmer verschwindet. In der Zwischenzeit bleibt in er an der Terrassentür stehen und schiebt Wache. Denn er möchte auf keinen Fall, dass sie von Oliver erwischt wird. Wenn es ihn trifft, ist es nicht ganz so schlimm. Er weiß ganz genau, das O nicht besonders gut auf die freche Schriftstellerin zu sprechen ist.

Als Joni wieder neben ihm auftaucht, wirft er einen Blick auf den Eimer. Dieser ist voll mit Wasser. Ihm dämmert, was sie im Schilde führt und er hofft inständig, dass Oliver keinen Herzstillstand erleidet. Auch wenn O am Sonntag auf der Bank hocken muss, brauchen sie ihren Quarterback noch. Denn nur er kann sie so durch ein Spiel führen, das am Ende auch das gewünschte Ergebnis heraus kommt. Für das Play Off

Qualifikationsspiel sieht Lucas jetzt schon schwarz. Der kleiner Jason Connor kann sie nicht durch das Spiel bringen. Keiner respektiert ihn und er hat einfach nicht den Schneid und die Erfahrung eines Oliver Brown. Warum er ins Team geholt wurde, ist so ziemlich allen ein Rätsel. Weiß der Himmel was an diesem Jungen so besonders sein soll, dass er schon als der Nachfolger von Oliver gehandelt wird. Dabei ist O gerade in der Zeit seines Lebens.

Lucas bemerkt, wie seine Gedanken immer weiter abschweifen und dabei sollte er jetzt besonders aufmerksam sein, denn Joni steht, samt vollem Eimer, direkt hinter Oliver. Mit Faszination und Entsetzen beobachtet er, wie sie die Arme hebt und das Wasser mit Schwung über das liebestolle Pärchen schüttet. Laut platschend landet es auf Olivers Rücken. Einiges schwappt auch über ihn hinweg und landet auf der Frau direkt vor ihm.

Immer schneller vergräbt sich Oliver in der willigen Frau vor ihm und er spürt, wie sich sein Orgasmus anbahnt.

Ganz plötzlich trifft ihn Wasser und er hat das Gefühl, als würde ihm das Herz stehen bleiben. Vor Schreck entweicht seinen Lungen sämtliche Luft. Krampfhaft drückt er seine Finger in die Hüften der Frau, dessen Name er sich nicht gemerkt hat. Er ist nicht in der Lage auch nur einen vernünftigen Gedanken zu fassen.

Erschrocken kreischt sie auf und macht einen Satz nach vorne, zumindest soweit wie es die Terrassenbrüstung, vor ihnen, zulässt. Er gleitet aus ihr heraus. Was auch nicht weiter tragisch ist, denn durch den Wasserschock hat sich alles in und an seinem Körper zusammen gezogen.

Als er, erst langsam und dann immer schneller, registriert, was passiert ist, wirbelt er herum. Polternd landet ein Eimer hinter ihm auf dem warmen Holzboden. Er sieht nur noch, wie ein roter Lockenschopf in der Terrassentür verschwindet und kurz dahinter ein großer blonder Mann, der sehr verdächtig nach Lucas aussieht.

Oliver sieht rot. Kochend vor Wut stapft hinter den Flüchtigen hinterher. Um die Tatsache, dass er völlig nackt ist, kümmert er sich nicht und auch sein kleiner Zeitvertreib gehört der Vergangenheit an. Ihm ist völlig gleich, was aus ihr wird und wie es ihr geht. Hauptsache, sie ist nachher verschwunden.

Das Wasser tropft ihm aus den Haaren und läuft über seinen Körper. Laut krachend fällt eine Tür ins Schloss und er rät einfach mal ins Blaue hinein, dass es sich dabei um die zu seinem Gästezimmer handelt. Dass es seine Wohnungstür wäre, ist wohl eher ein Wunschgedanke.

Mit geballten Fäusten schliddert er um die Ecke des Flures. Durch das Wasser sind auch seine Füße nass und so verwandelt sich der Parkettboden in eine glatte Rutschbahn.

Joni rennt breit grinsend durch die Wohnung. Ihr Herz schlägt zum Zerspringen schnell. Das Adrenalin pulsiert durch ihre Adern. Es ist ein wunderbarer Nervenkitzel. Denn sie ist sich ziemlich sicher, dass Oliver äußerst wütend sein wird. Aber das war es ihr wert. Es war einfach herrlich zu sehen, wie er plötzlich in seinen Bewegungen innehält und er völlig erstarrt zu sein scheint. Sein kleines Püppchen hat wie am Spieß geschrien.

Mit einem lauten Knall schließt sie die Tür des Gästezimmers und lehnt sich, völlig außer Atem, dagegen.

Doch plötzlich fällt ihr ein, dass Lucas nicht bei ihr ist und er noch draußen im Feindgebiet ist. Leider kommt für ihn jede Rettung zu spät. Oliver hat wohl den richtigen Riecher gehabt, denn er steht ebenfalls vor der Tür. Sie kann ihn brüllen hören, ohne dass sie ihr Ohr gegen die Tür pressen müsse.

»Geh mir aus dem Weg!«, fordert er. Anscheinend hat sich Lucas schützend davor gestellt.

»Zieh dir erst einmal was an.«, fordert Lucas ihn auf. Joni denkt ein wenig mitfühlend an ihren neuen Kumpel. Denn er steht gerade einem nackten und gut gebauten Mann gegenüber.

»Das kann ich immer noch machen, wenn ich der da drinnen den Hals umgedreht habe! Komm raus du feiges Huhn!«, fordert er sie auf und hämmert gegen die Tür.

»Das kannst du dann auch machen, wenn du dir was angezogen hast.« Sie hört ihm mit offenem Mund zu und kann es nicht glauben - er will sie doch jetzt nicht dem Wolf zum Fraß vorwerfen? Na der kann was erleben.

»Wehe du bewegst dich weg! Mit dir habe ich auch noch ein Hühnchen zu rupfen!«, droht Oliver und sie kann sich entfernende Schritte hören. Kurz darauf klopft es leise und Lucas flüstert ihren Namen. Einen Augenblick lang überlegt sie, ihn da draußen zu lassen. Aber sie kann nicht einfach einen Freund in sein Verderben schicken.

Schnell öffnet sie die Tür und er schlüpft herein. Hastig drücken sie die Tür wieder zu und drehen den Schlüssel im Schloss, denn sie hören nahenden Schritte.

»Farr, du Hurensohn!«, flucht Oliver und donnert wieder mit der Faust gegen die Tür. Aber da abgeschlossen ist, juckt es weder Lucas, noch Joni. Irgendwann wird er genug haben und von dannen ziehen.

»Du wolltest mich ihm ausliefern?!«, fragt sie und sieht ihn böse an, wobei sie ihre Hände in die Hüften stemmt.

»Wollte ich nicht. Aber nur so habe ich ihn dazubekommen dass er sich etwas anzieht.«, verteidigt er sich.

»Ach, ich dachte du findest ihn nicht scharf?«, zieht sie ihn auf. Denn böse ist sie ihm nicht wirklich.

»Er ist sexy. Punkt. Ich habe ihn eben nicht zu ersten Mal nackt gesehen. Den Anblick habe ich, in der Saison, mindestens fünf Mal in der Woche und mit der Zeit gewöhnt man sich daran. Aber vielleicht wolltest du ihm nicht unbedingt nackt sehen, während du ihm erklärst, warum du ihm, mitten beim Sex, zehn Liter Wasser über den Rücken kippst.« Er lässt sich auf das ungemachte Bett fallen und stützt sich auf den Knien ab.

»Ich werde ihm gar nichts erklären.« Trotzig stemmt sie die Hände in die Hüften und sieht zu ihm herunter.

»Du wohnst aber vorübergehend hier und spätestens morgen, beim Training, wirst du ihm über den Weg laufen. Du kannst von Glück reden, dass er noch am Leben ist.«

»Wieso ich? Er hat doch Glück gehabt.«

»Sicher? Es hätte dich ganz schön viel gekostet, wenn er das Zeitliche gesegnet hätte und da meine ich nicht nur den finanziellen Aspekt.«

»Hast Recht, okay. Aber lustig war es trotzdem.«, gluckst sie und Lucas stimmt mit ein.

Während sie sich unterhalten, poltert Oliver weiter vor der Tür herum und stößt äußerst wüste Flüche und Beschimpfungen gegen Joni und Lucas aus. Wobei die

Meisten ihr gelten. Was aber wohl eher daran liegt, dass Oliver sie so schon nicht leiden kann.

Die Beiden beschließen, sich erst einmal in dem Gästezimmer zu verschanzen und abzuwarten. Da sie sich auf eine längere Wartephase einstellen, machen sie es sich gemütlich. Lucas liegt auf dem Rücken und Joni kuschelt sich an ihn heran.

»Also, jetzt sag mal. Was läuft das zwischen dir und dem Kellner?«, bricht sie die kurze Phase des Schweigens. Diese Frage brennt ihr eigentlich schon seit dem gemeinsamen Essen unter den Fingernägeln.

»Da läuft gar nichts.«, seufzt er und legt seinen Arm um ihre Schultern, sodass ihr Kopf jetzt halb auf seiner Brust liegt. Sie kann seinen langsamen Herzschlag hören. Irgendwo hat sie einmal gelesen, dass Sportler einen niedrigeren Ruhepuls haben.

»Willst du, dass da etwas läuft?«

»Das ist doch unerheblich.«

»Nein, ist es nicht. Bitte beantworte meine Frage.«

»Ich kenne ihn ja gar nicht.«, seufzt Lucas.

»Willst du ihn denn kennenlernen?«

»Joni, du nervst und zwar tierisch. Aber ja, ich würde ihn schon gerne kennenlernen.«

»Dann sprich ihn doch einfach an und bitte ihn um ein Date. Er hat ja heute eindeutig Interesse an dir gezeigt.«

»So einfach ist das nicht. Er könnte schon schwul sein. Doch da ist immer noch das Problem, dass ich eine Person bin die im öffentlichen Fokus steht und ich muss tierisch aufpassen. Ich weiß halt nie, wer mich an die Presse verpfeift und wer nicht.«

»Warum hast du es mir dann erzählt?«

»Ich weiß auch nicht. Aber irgendwie habe ich das Gefühl, dass ich dir vertrauen kann und das du mich verstehst.«

»Du kannst mir vertrauen.… Warte! Hörst du das?« Sie richtet sich etwas auf, um besser lauschen zu können.

»Was? Ich höre nichts.« Irritiert sieht er sie an.

»Ja eben. Oliver poltert nicht mehr. Ich dachte, er hätte mehr Durchhaltevermögen.« Joni ist fast schon ein wenig enttäuscht.

»Das hat er sonst auch und ich finde das gerade ein wenig merkwürdig.«

»Ich nicht. Er hat eingesehen, dass er in mir seine Meisterin gefunden hat.«, lacht sie und stößt triumphierend die geballte Faust in die Luft.

Genau in diesem Moment kracht die Tür gegen die Wand. Erschrocken setzten sich Joni und Lucas auf. Im Türrahmen steht Oliver, nur mit einer schwarzen Boxershorts bekleidet und seine Augen schießen Wutblitze in ihre Richtung.

»Du solltest auf deinen Mittäter hören!« Seine Stimme ist gefährlich ruhig und beherrscht. Oliver geht in das Zimmer und schließt die Tür hinter sich. Klirrend wirft er einen Schlüssel auf die Kommode. »Alle meine Schlösser funktionieren auch bei steckendem Schlüssel.«, informiert er sie.

Kapitel 11

Joni schluckt schwer, als sie sein Gesicht betrachtet, dass einer ausdruckslosen Maske gleicht. Wie Oliver da so drohend mitten im Raum steht, lässt ihr schlagartig klar werden, dass sie es mit dem Wasser eventuell übertrieben haben könnte. Aber manchmal gehen die Pferde mit ihr durch und heute waren kein Callum und kein Logan da, um sie zu bremsen. Lucas kann sie keinen Vorwurf machen, schließlich kennt er sie noch nicht so gut.

Mit, zu Schlitzen, verengten Augen betrachtet Oliver das Bild auf seinem Gästebett. Da liegt einer seiner besten Freunde und hält die rothaarige Teufelin im Arm. Die Beiden scheinen schon ziemlich dicke miteinander zu sein.

Augenscheinlich gelassen verschränkt er die Arme vor der nackten Brust, aber in ihm, nicht weit unter der Oberfläche, brodelt es gewaltig. Abwartend sehen Lucas und Joni ihn an. Er könnte jetzt rum brüllen, doch er begnügt sich damit sie einfach nur anzusehen. Denn die Unsicherheit, die er damit in ihnen hervorruft, wird ihnen viel mehr zusetzen, als wenn er seiner Wut freien Lauf lassen würde. Den Unmut kann er auch nachher im Fitnessstudio noch loswerden.

Es fühlt sich für sie wie eine halbe Ewigkeit an, die er einfach nur da steht und zu ihnen hinüber sieht. Warum sagt er nichts? Sie hat arge Probleme mit seinem Verhalten, denn sie kann es nicht einordnen. Wenn er brüllen würde, wüsste sie, wie sie mit ihm umzugehen hätte. Aber das jetzt, das ist nicht ihr Ding.

»Was ist mit ihm?«, fragt sie Lucas leise. Er scheint auch ratlos zu sein, denn er zuckt nur mit den Schultern.

Plötzlich dreht sich Oliver um und verlässt den Raum. Die Tür zieht er.

Eigentlich hätte sie jetzt erleichtert sein sollen, aber das ist sie nicht. Das ungute Gefühl verstärkt sich nur noch. Denn Oliver wird garantiert einen Plan aushecken, wie er sich an ihr, für diese reichlich kindische Aktion, rächen kann.

»Du solltest jetzt jede einzelne Sekunde aufpassen.«, bricht Lucas das Schweigen.

»Das fürchte ich auch.«, pflichtet sie ihm bei und starrt weiterhin auf die geschlossene Tür. Sie erwartet fast, dass diese jeden Moment wieder aufgerissen wird und Oliver endlich zu brüllen beginnt. Aber nichts geschieht. Alles bleibt ruhig.

»Der Drecksack hat es immer noch drauf.«, murmelt Lucas mehr zu sich selber.

»Was hat er drauf?«, will Joni wissen und dreht sich zu ihm um.

»Hä?«

»Du meintest gerade, dass er es immer noch drauf hätte.«

»Ach das. Das wirst du noch merken.«

»Das kannst du nicht machen! Sag mir jetzt, was du damit gemeint hast.«

»Schätzchen, wenn du es herausgefunden hast, dann wirst du es wissen.«, antwortet er ihr nur kryptisch und steht auf, um sich mit einem Kuss auf ihre Stirn von ihr zu verabschieden.

Nachdem Oliver sein Gästezimmer verlassen hat, verschwindet er in seinem Schlafzimmer. Seine Sporttasche steht, wie immer fertig gepackt neben der Tür und er muss sie sich nur noch schnappen. Doch bevor es losgehen kann, muss er sich etwas mehr anziehen. Schnell schlüpft er in ein paar blaue Shorts, mit einem dicken gelben Streifen an den Seiten und zieht sich ein schwarzes T-Shirt mit dem Vereinslogo über.

Es brodelt immer noch gewaltig in ihm. Der verwirrte Blick von Joni hat ihm etwas Genugtuung verschafft. Er weiß ganz genau, was sie von ihm erwartet hat, aber ein Oliver Brown tut nie das, was man von ihm erwartet, denn nur dadurch kann er sein Team zum Sieg führen. Außerdem wird er einen Teufel tun sich auf die gleiche Stufe wie eine Joni McLachlan hinab zu begeben.

Im Vorbeigehen greift er sich die Sporttasche und macht sich auf den Weg in sein Fitnessstudio. Er könnte auch im Fitnessbereich der Lions trainieren, doch da würde er immer wieder die gleichen Gesichter sehen.

Grübelnd liegt Joni auf dem Bett und betrachtet sehr ausgiebig die weiße Decke. Durch das geöffnete Fenster dringen Straßengeräusche zu ihr hinauf und der Wind lässt die weißen Voilévorhänge sacht wehen.

Es will ihr beim besten Willen nicht in den Kopf, warum Oliver so reagiert hat, wie er es getan hat. Egal wie sie es dreht und wendet, aber sie kommt einfach nicht dahinter.

Sauer auf sich selber, weil sie sich über so etwas Gedanken macht, springt sie auf und läuft in den Flur. Da stehen immer noch die ganzen Tüten und ihre neuen Sachen wollen gewaschen werden, damit sie sie morgen anziehen kann.

Sie braucht ein bisschen, bis sie die Waschmaschine findet und noch viel länger benötigt sie, bis für das Waschmittel hat. Ein kleines Lächeln huscht über ihr Gesicht, denn sie hätte Oliver jetzt nicht für einen Mann gehalten, der seine Wäsche selber wäscht. Eigentlich hatte sie gedacht, dass er seine Klamotten in eine Reinigung bringt.

Schnell schüttelt sie den Gedanken ab und stopft die Wäsche in die Maschine. Sie schüttet das Waschpulver und eine gute Portion Weichspüler dazu und schaltet sie die Maschine an.

Bewaffnet mit ihrem neuen Laptop setzt sie sich im Schneidersitz auf den Boden vor das Bett und schaltet ihn ein. Auch wenn sie noch nicht so viele Informationen gesammelt hat, beginnt sie damit, sie aufzuschreiben. Anschließen macht sie sich daran, die einzelnen Personen und Charaktere anzulegen.

Während sie vor sich hin arbeitet, bemerkt sie nicht, dass es immer dunkler wird. Erst als nur noch der Monitor ein wenig Licht spendet, blickt sie von ihrer Arbeit auf. Ihr Nacken ist verspannt und ihre Beine sind eingeschlafen.

Ächzend steht sie vom Boden auf. Ihr Magen beginnt zu grummeln und erinnert Joni daran, dass sie eventuell etwas essen sollte.

Steifbeinig geht sie in die Küche, aber auf halben Weg fällt ihr ein, dass ihre Wäsche noch in der Maschine ist. In nächster Zeit will sie sich nicht mit Oliver anlegen, also macht sie kehrt und holt ihre Klamotten aus der Waschmaschine.

In der Ecke, hinter der Tür des Wirtschaftsraumes, entdeckt sie einen Turmwäscheständer und da sie den Großteil der Sachen nicht in den Trockner packen darf, macht sie sich daran, sie zum Trocknen aufzuhängen.

Als sie endlich damit fertig ist, hat sie das Gefühl, dass ihr der Magen in den Kniekehlen hängt und so schnell, wie ihre Füße sie tragen können, geht sie in die Küche, aus der ihr ein sanftes Licht entgegen scheint.

Es überrascht sie Oliver an der Theke sitzen sieht zusehen. Vor ihm steht ein Teller mit frischer Pasta und der Flatscreen zeigt ein Baseballspiel.

Unschlüssig bleibt sie stehen. Unbewusst knetet sie ihre Finger.

Kurz blickt Oliver in ihre Richtung, als er aus dem Augenwinkel eine Bewegung wahrnimmt. Es kostet ihn verdammt vie,l sich den Triumph nicht ansehen zu lassen. Wie ein verschreckter Hase steht sie da und sieht ihn an, wobei sie seinem direkten Blick nicht standhalten kann.

Wortlos steht er auf, geht rüber zum Herd, auf dem immer noch der Topf mit seinem Abendessen steht und macht ihr einen Teller voll. Er kann ihren Blick in seinem Rücken spüren. Wer hätte gedacht, dass es ihm so viel Befriedigung verschaffen würde?

»Hier, lass es dir schmecken.« Er stellt den Teller neben seinen auf den Tresen und setzt sich wieder, um sich weiter seinem Abendessen und dem Baseballspiel zu widmen.

Jonis Argwohn ist sofort hellwach, als er tatsächlich aufsteht und ihr einen Teller mit Nudeln hinstellt. Sie ist dadurch, noch sehr viel verwirrter und sie hasst es ratlos zu sein. Fast so sehr wie zu verreisen.

»Komm schon, ich beiße nicht.« Lächelnd klopft er auf den Barhocker neben seinem.

»Da bin ich mir nicht so sicher.«, murmelt sie, setzt sich dann aber doch zu ihm. Die Nudeln duften köstlich und die halbierten Cocktailtomaten und das frische Basilikum bilden einen schönen Kontrast zu der sämigen Parmesansauce.

Ihr Magen knurrt vor Hunger und am liebsten würde sie richtig kräftig zulangen. Doch sie traut dem Braten noch nicht. Was ist, wenn er ihr etwas rein gemischt hat? Vielleicht kein Gift, aber Abführmittel. Ja, Abführmittel! Das würde zu ihm passen.

»Du kannst ruhig essen, da ist nichts drin.« Es ist fast so, als hätte Oliver ihre Gedanken gelesen. Das ist Joni schon ein wenig unheimlich. Ihr Magen knurrt immer lauter und der Duft lässt ihr das Wasser im Mund zusammenlaufen.

Zaghaft greift sie nach der Gabel und spießt eine der kurzen Makkaroni auf. Nach einem letzten ängstlichen Blick auf die gekochte Teigware, schiebt sie sie sich in den Mund. Sofort erleben ihre Geschmacksknospen eine pure Explosion.

Genüsslich schließt sie die Augen und schon spießt sie die nächsten Nudeln auf.

Oliver muss sich eingestehen, dass es sexy ist, wie sie hier neben ihm sitzt und genüsslich die Pasta in sich hinein schaufelt.

Es ist das erste Mal seit Jahren, dass er eine Frau sieh,t die mit Genuss isst. Selbst Suzanna ist beim Essen recht zurückhaltend, was sonst nicht ihre Art ist..

»Wer hat das gekocht? Ich brauche unbedingt das Rezept.«, nuschelt sie mit geschlossenen Augen. Ihre Zunge leckt einen kleinen Tropfen Sauce von ihrer vollen Unterlippe. Er muss schwer schlucken. Irgendwie macht ihn der Anblick, wie sie isst, total an und das gefällt ihm überhaupt nicht. Schnell schüttelt er den Kopf, um diese

Gedanken loszuwerden. Er kann sie ja noch nicht einmal leiden. Warum reagiert sein Körper dann so auf sie?

Bei Joni ist das anders. In der kurzen Zeit, die sie sich jetzt kennen, hat sie ihn schon mehr als einmal bis aufs Blut gereizt. Ihre vorlaute Klappe und die Tatsache, dass sie immer das letzte Wort haben muss, machen es auch nicht besser. Er kann sie schlicht und ergreifend nicht leiden.

Joni schiebt sich die letzte Nudel in den Mund. Am liebsten würde sie den Teller ablecken, beherrscht sich aber gerade noch.

»Das habe ich gekocht.«, kommt endlich seine Antwort und sie muss kurz überlegen, was er denn jetzt genau meint.

»Guter Witz!«, entgegnet sie ihm, als es endlich bei ihr klingelt.

»Glaub was du willst. Ist mir gleich.« Er zuckt nur mit den Schultern und räumt das schmutzige Geschirr in die Spülmaschine, schaltet den Fernseher aus und lässt Joni, ohne ein weiteres Wort, allein in der Küche zurück.

Kapitel 12

Joni weiß nicht, wie lange sie in der halbdunklen Küche sitzt. Der Geschirrspüler surrt im Hintergrund.

Oliver verwirrt sie immer mehr und sie wird den Verdacht nicht los, dass er etwas plant, was ihr ganz und gar nicht gefällt.

Müde reibt sie sich über die Augen. Der Tag war wieder sehr anstrengend und morgen wird sie das erste Mal beim Training zusehen. Bevor sie zu Bett geht, sieht sie sicherheitshalber noch einmal nach ihrer Wäsche. Bei Oliver kann man nie vorsichtig genug sein. Als sie ihre neu erworbene Kleidung schutzlos ihrem Schicksal überlassen hat, war das mehr als unvorsichtig.

Der Weg durch den Flur ist dunkel und sie zu faul sich Licht zumachen. Da ist es nicht verwunderlich, dass sie mehrmals gegen irgendwelche Gegenstände und Möbelstücke stolpert. Als sie sich ihren Fuß stößt entschlüpft ihr ein derber irischer Fluch.

Auf einem Bein hopsend hält sie sich die schmerzende Zehe und prallt plötzlich gegen etwas hartes, gleichzeitig auch sehr weich ist und verführerisch duftet.

Zwei starke Hände umfangen ihre Oberarme und helfen ihr dabei das Gleichgewicht wieder zu finden. Joni stockt der Atem, einmal, weil sie erkennt, wer da hinter ihr steht und im Rhythmus seiner Atmung seine gestählte Brust an sie drückt und zum Anderen, weil augenblicklich Hitze durch ihre Adern strömt und sich in ihrem Schoß sammelt.

Oliver kann nicht begreifen, was er hier gerade tut. Es ist reiner Zufall, dass er ihr im Flur begegnet ist. Denn eigentlich wollte er nur in die Küche, um sich eine kühle Flasche Bier zu holen und sich dann auf seiner Dachterrasse ein wenig zu entspannen.

Plötzlich ist sie gegen ihn getaumelt und reflexartig haben sich seine Hände erhoben und ihre Oberarme umfangen, die sich zart und doch stark anfühlen. Ihr wohlgeformter Rücken drückt sich gegen seinen Oberkörper und kurz fragt er sich, ob er eventuell über ihren Charakter hinweg sehen könnte. Schnell verwirft er den Gedanken wieder. Ihr Duft spricht ihn an, da braucht er sich nichts vormachen.

Er spürt. wie ihr der Atem stockt und ein diabolisches Grinsen ziert sein Gesicht. Oliver ist für die Dunkelheit dankbar, denn wenn sie es sehen würde, würde sie versuchen ihm die Augen auszukratzen.

In seiner Hose regt es sich und er entfernt seine Lendenregion von ihrem appetitlichen, runden und festen Hintern. Er schiebt die Erregung auf den Fakt, dass er den Sex von heute Nachmittag nicht zu seiner vollen Befriedigung zu Ende führen konnte. Da dieses Weibsbild ihm Wasser über den Rücken gegossen hat und ihm nicht nur halb zu Tode erschreckte, sondern ihm auch noch den ganzen Spaß verdorben hat. Aber seine Rache wird kommen und sie wird Joni genau dann treffen, wenn sie es am wenigsten erwartet. Jetzt ist sie noch vorsichtig und rechnet jeden Moment damit. Doch in ein paar Tagen, wenn nichts weiter passiert, wird sie unvorsichtig werden und dann ist seine Zeit gekommen.

Seine Handinnenflächen sind ein wenig rau und schwielig. Als er sie sacht über ihre Oberarme gleiten lässt, bildet sich sofort eine verräterische Gänsehaut.

Die Hitze lodert immer mehr und brennt sich unaufhörlich ihren Weg in ihren Schoß. *Verdammt! Ich hatte in letzter Zeit eindeutig zu wenig Sex!* Joni sammelt all ihre Selbstbeherrschung, denn ihr Geist muss gegen ihren mehr als verräterischen Körper ankämpfen. Er sendet sehr eindeutige Signale an den Mann hinter ihr.

Gerade will sie sich ihm entreißen, als sein heißer Atem über die zarte Haut an ihrem Hals weht und sie stocken lässt. Sie muss kurz die Augen schließen, dieses Gefühl und das Wissen, das seine sinnlichen Lippen nur wenige Millimeter von ihrer Haut entfernt sind, die so sehr nach seiner Berührung bettelt, lässt sie zittern. Immer höher wandert sein Kopf und sie kann spüren, wie seine Nasenspitze ihr Ohr streift und kurz an ihrem Haar verweilt. Ihre Atmung kommt schneller und abgehackter. Joni hofft inständig, dass Oliver nicht ihr wild pochendes Herz hört. Es schlägt so schnell und laut, dass es alle anderen Geräusche übertönt und sie Angst hat, dass es ihr jeden Moment aus der Brust springt.

Sie kann seine Atmung hören, welche völlig ruhig und gleichmäßig ist. Seine Hände sind an ihren Schlüsselbeinen angelangt und scheinen ihre Haut, durch das T-Shirt hindurch, zu verbrennen.

Spielerisch zupft er am Halsausschnitt des Shirts.

»Heiße Wäsche.«, raunt er an ihrem Ohr und seine Stimme ist dabei so verdammt tief und sexy.

»Es … ist … dunkel.«, bringt sie mühsam hervor und Joni spürt, wie sich ihre Wangen röten.

»Ich weiß und ich rede nicht von der hier …« er zupft am Träger ihres BHs »… sondern von der, die auf meinem Wäschetrockner hängt.« Diese Worte wirken wie ein Guss kaltes Wasser. Welche Ironie. Schlagartig wird sich Joni der Situation bewusst und sie macht einen schnellen Schritt nach vorne um ihm so zu entkommen.

»Du ... du ... Perversling!«, schleudert sie Oliver entgegen und ihr ganzer Körper beginnt zu zittern. Sie ist enttäuscht und erschüttert.

»Perversling? Mehr fällt dir nicht dazu ein?«, fragt er amüsiert.

»Lass die Finger von meiner Unterwäsche! Die geht dich einen Scheißdreck an!«

»Dann häng sie nicht in aller Öffentlichkeit zum Trocken auf.«

»Öffentlichkeit?! Ich habe sie in deinem verdammten Wirtschaftsraum aufgehangen.«

»Genau, in *meinem*. Da sie dort hängt muss ich davon ausgehen, dass du auch meine Waschmaschine verwendet hast und da wären wir bei Verletzung von Regel Nummer eins.«

»Soll das jetzt heißen, ich darf meine Wäsche nicht waschen?«, fragt sie ihn perplex.

»Waschen kannst du sie schon, nur nicht hier.«

»Du hast doch einen Schaden! Wo soll ich sie denn sonst waschen?«

»Ist mir doch egal! Geh in einen Waschsalon, bring sie in eine Wäscherei, oder geh an den Fluss. Mach was du willst, aber lass die Finger von meinen Sachen!«

»Dir haben sie echt einen Football zu viel an die Birne geknallt.« Aufgebracht zeigt sie ihm den Vogel, erinnert sich aber dann doch noch daran das es dunkel ist und er es wahrscheinlich nicht sehen kann.

»Ich sage es dir jetzt ein aller letztes Mal. Halte dich an meine Regeln! Oder ...« Oliver lässt den Satz unbeendet, tritt aber näher an Joni heran, so nah, dass sich ihre Körper fast berühren.

»Oder was? Hm? Willst du mich raus werfen?! Bitte, tu es, aber wundere dich nicht wenn Suzanna dich verkauft.«, schleudert sie ihm entgegen.

»Du kleines Biest glaubst wirklich, dass du mir drohen kannst?«, fragt er sie mit leiser und beherrschter Stimme. Er hört ihre schnelle Atmung und sieht praktisch vor sich, wie sie wütend die Augenbrauen zusammenzieht und ihn anfunkelt. Irgendwie macht ihn diese Vorstellung total an und er wird noch härter.

»Das war keine Drohung, sondern ein Versprechen!«

»Vielleicht sollte dir jemand mal Manieren beibringen.«, knurrt er und Joni macht einen Schritt zurück. Sie spürt die unnachgiebige Wand in ihrem Rücken.

»Du willst mir Manieren beibringen?« Eigentlich sollte das schlagfertig und tough klingen, aber es klingt eher nach Spannung und einem Hauch Vorfreude.

Ihr Herz beschleunigt wieder seinen Rhythmus, als sie merkt wie Oliver sich links und rechts neben ihrem Kopf an der Wand abstützt und sein Gesicht dem ihrem gefährlich nahe kommt. Sie kann die Entfernung schlecht einschätzen, aber auf alle Fälle kann es nicht viel sein, denn sein Atem weht ihr ins Gesicht und sie kann nur allzu gut sein Aftershave riechen. Es hat sich mit seinem natürlichen Geruch verbunden und so eine berauschende Mischung gebildet.

»Das hättest du wohl gerne.«, flüstert er und seine Lippen streifen ihre Wange. Zitternd hält Joni den Atem an. Auch wenn sie ihn nicht ausstehen kann, doch dieses kleine Spielchen findet sie ungemein erotisch und hasst sie sich selber dafür.

»N ... Nein«, stottert sie.

»Sicher?«, fragt er nach und streift ihren rechten Mundwinkel. Eine seiner wirren Strähnen streift ihre Stirn und kitzelt sie leicht.

»Ja«, haucht sie und klingt alles andere als überzeugend.

»Das glaube ich dir nicht.« Er streift ihren linken Mundwinkel.

»Es ... ist aber ... die Wahrheit.« Sie klingt atemlos und ihre pochende Mitte bettelt nach mehr. Zur Sicherheit presst sie ihre Handflächen mit aller Kraft gegen die Wand in ihrem Rücken.

»Weißt du, ich mag zwar ein Mann sein, aber ich verstehe dennoch die Signale, die ein weiblicher und williger Körper aussendet und du bist mehr als willig.« Seine linke Hand gleitet in ihren Nacken und umschließt diesen.

»Ich ... Lass mich.«, fordert Joni schwach.

»Kleines, du willst mich gerade mehr als alles andere.« Nur wenige Millimeter von ihren Lippen entfernt verharrt er und Joni würde ihn am liebsten anbetteln, dass er endlich die letzte Distanz überwindet und sie küsst.

Gerade als sie die Initiative ergreifen will und ihren Kopf ein wenig nach vorne beugt, macht Oliver einen Schritt zurück.

»Pech nur, dass du mich nicht bekommen wirst.«, sagt er kühl und verschwindet.

Geschockt über das eben erlebte, lehnt sie mit zitternden Knien an der Flurwand. Nur bruchstückhaft beginnt sie zu begreifen, was da gerade passiert ist. Er hat mit ihr gespielt und sie ist voll darauf hereingefallen. Eigentlich kann sie es ihm noch nicht einmal verübeln, das war ein gelungener und guter Schachzug und hat ihnen Beiden aufgezeigt, wer im Moment der Stärkere ist. Sie ist so unendlich wütend und enttäuscht von sich selber. Sie hätte es besser wissen müssen.

Langsam stößt sie sich von der Wand ab. Auf Licht verzichtet sie weiterhin und schleicht in den Wirtschaftsraum, in dem friedlich ihre Wäsche trocknet.

Nach einer genauen Inspektion stellt sie erleichtert fest, dass kein einziges Stück fehlt. Zur Sicherheit nimmt sie sie aber von dem Trockenständer und verteilt sie anschließend in ihrem Zimmer. Hier hat sie wenigstens die Kontrolle.

Nachdem Oliver sich von Joni gelöst hat, ist sein Bier vergessen und stattdessen muss er unter die Dusche. Das kalte Wasser prasselt hart auf ihn herunter, aber es bringt nicht den gewünschten Effekt. Sein Penis ist immer noch steinhart und sehnt sich nach einer Frau. Es passt ihm ganz und gar nicht, dass er sich anscheinend nach einer ganz Bestimmten verlangt und zwar nach der, die in seinem Gästezimmer wohnt. Wie kann seiner Körper ihn nur so dermaßen hintergehen?

Um endlich den unangenehmen Druck loszuwerden, wird er sich wohl selber helfen müssen. Auch wenn er nicht der Freund vom guten alten Handbetrieb ist. Aber was soll er jetzt machen? Klar, er könnte in das Gästezimmer stürmen, Joni küssen und sie würde wieder Wachs in seinen Händen werden und er bekäme dass, wonach sich seine Lendenregion so schmerzlich sehnt. Aber er wird den Teufel tun!

Oliver umfasst seinen harten Schaft und beginnt seine Hand auf und ab zu bewegen, dabei steigert er sein Tempo und seine Atmung wird schneller und abgehackter. Er spürt wie sich langsam, aber sicher der ersehnte Orgasmus anbahnt. Schließlich muss er sich,

mit der anderen Hand an der gläsernen Duschwand
abstützen, als er stöhnend seine Erlösung findet.

Kapitel 13

Die Nacht verbringt Joni sehr unruhig. Erst kann sie ewig nicht einschlafen und wenn, dann fiel sie nur in einen leichten Schlaf, aus dem sie immer wieder aufschreckte.

Immer, wenn sie die Augen schließt, zucken Bilder des Erlebten auf. Mühsam hat sie die Erregung nieder gekämpft und dann kommen all die Träume. Sie spürt wieder seine Hände an ihrem Körper, seinen warmen Atem und seinen Mund. Oh Gott, seine wunderbar weichen Lippen, die sie nur sacht berührten und dieses Feuer in ihr noch mehr entfachten.

Unruhig rutscht ihr Po über das hoffnungslos zerwühlte Laken. Ihre Mitte pocht so verlangend und lechzt nach einem ganz bestimmten Mann. Doch das darf nicht sein!

Fluchend haut sie ihre Fäuste in das Kopfkissen. Sie könnte schreien vor Frustration. Zu Hause in Los Angeles würde sie jetzt ihren kleinen, ganz speziellen Freund, aus dem Nachtschrank holen und sich selber das gegeben, wonach sie verlangt. Vielleicht sollte sie doch noch einmal losziehen und sich einen Ersatz besorgen. Oder sie sucht sich einen Mann der einer kurzen, heißen Affäre nicht abgeneigt wäre.

Langsam steigt die Sonne über den Horizont und ihr warmes Morgenlicht erhellt das Zimmer. Zögernd dreht sie ihren Kopf zur Seite und starrt auf den Wecker, dessen roten Zahlen kurz vor sieben Uhr anzeigen. In drei Minuten wird das gute Teil einen nervtötenden Ton von sich geben und ihr zeigen, dass es Zeit zum Aufstehen ist. Als ob sie das nicht selbst wüsste.

Schließlich verbietet sie sich selber, seit ein paar Stunden, einzuschlafen.

Kaum erklingt der erste Weckton, donnert ihre Faust auf das arme, hilflose Gerät und es verstummt augenblicklich.

Total erledigt und gerädert schwingt sie ihre Beine aus dem Bett und tapst in das angrenzende Badezimmer, um sich mit einer kalten Morgendusche in Gang zu bringen.

Leise quietscht sie auf, als sie der eisige Strahl trifft. Aber sie beißt die klappernden Zähne fest zusammen und hält ganze zwei Minuten durch.

Bibbernd stellt sie das Wasser ab und wickelt sich schnell in ein flauschiges Handtuch. Dass es nach Oliver duftet ignoriert sie gekonnt, auch wenn ihr hinterhältiger Körper es sehr wohl bemerkt. *Ich sollte mir Eigene kaufen!*

Da sie heute am Training teilnehmen wird, nur als Zuschauerin versteht sich, entscheidet sie sich für die neue Röhrenjeans, ein Poloshirt, bei dem sie bewusst die drei Knöpfe offen lässt und Ballerinas. In der Dusche hat sie beschlossen, es Oliver mit gleicher Münze heimzuzahlen. Auch wenn er, bei ihrer abendlichen Begegnung, penibel darauf geachtet hatte, dass ihre Unterleiber sich nicht berühren, hat sie dennoch seine Erregung gespürt, als sie sich kurz aber verlangend an ihren Po gedrückt hatte, bevor er einen kleinen Schritt zurückmachte. Er will sie und diesem Umstand wird sie jetzt voll ausnutzen. Jeder Mann ist in gewisser Weise ein Gefangener seiner Triebe und Oliver macht den Eindruck, dass er sehr oft von diesen gesteuert wird.

Da hilft der sexy Push-up-BH sicherlich, denn so kann er, den sich wölbenden Ansatz ihrer vollen Brüste erkennen.

Da es jetzt halb acht ist, das Training in einer Stunde beginnt und sie noch keinen Happen zum Frühstück hatte, sprintet sie schnell zurück ins Bad, bändigt ihre wilden Locken in einem Zopf und tuscht ihre Wimpern. Sie schnappt sich schnell ihren neuen Laptop, der bereits in seiner Tasche wartet und ihre Handtasche und verlässt das Zimmer, um rüber zu Amy zu gehen. Dort wird sie sich ein richtiges und köstliches Frühstück gönnen..

Auf dem Weg zur Wohnungstür kommt sie an der Küche vorbei, in der Oliver am Tresen hockt, eine Schüssel Müsli mit Joghurt und Obst, eine Tasse mit dampfendem Kaffee und der Morgenzeitung vor sich.

»Morgen.«, murmelt Joni und eilt an ihm vorbei, ohne großartig auf ihn zu achten.

»Gerade etwas mehr als einen Tag hier und schon auf der Titelseite.«, ruft er ihr hinterher und sie bleibt wie angewurzelt stehen.

»Was?«, fragt sie ihn ungläubig und dreht sich langsam zu ihm um.

»Du bist auf der Titelseite. Aber alle Achtung, bisher konnte keine Frau Lucas so sehr um den Finger wickeln, dass er sich mit ihr in der Öffentlichkeit zeigte.« Täuscht sie sich oder hört sie da so etwas wie Groll in seiner Stimme? Aber sicher hat sie sich geirrt.

Oliver hat den Schock noch nicht ganz überwunden, den das große Bild auf der Titelseite der Dallas News in ihm hervorgerufen hat. Er hatte schon den Eindruck gehabt, dass da etwas zwischen Joni und Lucas läuft. Immerhin lag sie gestern in seinen Armen, ihr Kopf auf seiner Brust, als er das Zimmer stürmte. Es stört ihn irgendwie. Wahrscheinlich will er nur nicht, dass sie Lucas weh tut. Denn immerhin hat er sich nie mit einer Frau in der Öffentlichkeit gezeigt. Sonst hatte er immer seine

One-Night-Stands, bei denen er es auf wundersame Art und Weise immer schaffte, dass sie kein Wort an die Presse weiter gaben und das war's. Aber laut dem Artikel, hat er sogar vor seinen Fans zugegeben, dass er und Joni ein Paar sind. Wenn sie es wirklich sein sollten, dann sollte er wohl besser mal ein ernstes Wörtchen mit seinem besten Freund reden. Immerhin war sie gestern echt angeturnt und das sollte eine Frau nicht von einem Mann sein, wenn sie doch eigentlich mit einem Anderen zusammen ist.

»Ja sicher. Verarschen kann ich mich alleine.« Joni zeigt ihm den Vogel und will sich wieder umdrehen, da hält er einfach die Zeitung nach oben.

Ihr fallen fast die Augen aus dem Kopf, als sie sich selber, in trauter Zweisamkeit mit Lucas, beim Burger-Essen sieht und das auch noch auf der kompletten halben Seite. Die Aufmacherüberschrift ist so riesig, dass sie einem sofort ins Auge springt.

Starrunningback der Dallas Lions, Lucas Farr, zeigt endlich seine sagenumwobene Freundin!

»Ach du Scheiße!«, flucht sie und rennt praktisch zu Oliver hinüber, um ihm die Zeitung aus den Händen zu reißen. Geschockt und mit weit aufgerissenen Augen blättert sie hastig durch die Seiten, um die zu finden, auf der sich der angepriesene Artikel befindet. Schon auf der Dritten findet sie diesen und lässt sich mit kraftlosen Beinen auf den Hocker neben Oliver fallen. Dass sich dabei ihre Knie berühren, bekommt sie nicht mit.

Ihre Hände zittern, als sie zu lesen beginnt:

Lucas Farr zeigt seine hübsche Freundin!

Meine lieben Single-Ladies von Dallas, es tut mit unendlich leid, aber ein weiterer Dallas Lions Spieler scheint vom Markt zu sein. Spekulationen und zweideutige Bemerkungen gab es schon länger, aber jetzt gibt es die ersten Fotos von Lions Runningback Lucas Farr und seiner hübschen und bislang noch unbekannten Freundin.

In trauter Zweisamkeit sah man sie gestern im Galleria Dallas. Wie mehrere Augenzeugen berichteten, gingen sie ausgiebig shoppen und zeigten sich sehr verliebt. Coleen Smith, Styleberaterin bei Fendi beriet das verliebte Pärchen. »Oh mein Gott, die Beiden sind ja so verliebt in einander. Mr. Farr trägt seine Freundin auf Händen…«, erklärte sie uns gestern Abend….

Joni muss kurz innehalten, denn diese Coleen Smith ist genau die Frau, welcher sie gestern fast eine reingedonnert hätte, hätte Lucas nicht eingegriffen. Seufzend macht sie sich daran, auch den Rest des Artikels zu lesen.

… Anschließend ließen sie sich Hamburger, Pommes und Cola schmecken und verließen Hand in Hand das Restaurant, wo sie von Farr's Fans erwartet wurden. Geduldig gab er Autogramme und stand für Fotos zur Verfügung. Leider schien es seiner Freundin nicht gut zu gehen und ganz Gentleman entschuldigte er sich bei seinen Fans. »Meiner Süßen geht es nicht gut, also entschuldigt uns.«, wird Lucas Farr von mehreren Anwesenden zitiert.

Noch am gestrigen Abend haben wir bei Farr's Management und dem der Dallas Lions angefragt und um eine Stellungnahme gebeten, aber bisher bekamen wir nur das obligatorische »Kein Kommentar«. Aber wir wissen doch alle, dass diese kleine Floskel mehr aussagt, als jedes offene Geständnis.

Leider konnten wir bisher nicht feststellen, um wen es sich bei der Frau handelt und wie lange die Beiden schon ein Paar sind. Doch ich verspreche euch, wir werden an der Geschichte dran bleiben.

Kopfschüttelnd legt sie die Zeitung zusammen und reicht sie Oliver zurück. Die ganze Zeit hat er sie aufmerksam beobachtet. Er weiß selbst nicht, warum er unbedingt wissen will, wie sie darauf reagiert.

»Und?«, fragt er sie schließlich, nachdem sie schon eine ganze Weile in Gedanken auf die Echtholzplatte der Theke starrt und das Muster betrachtet. Nachdenklich zeichnet sie das Muster nach. Das Holz stammt von der Kastanie, die vorm Haus seiner Mutter stand. Vor zwei Jahren ist der Blitz in dem Baum eingeschlagen und hat die Krone in Brand gesetzt. Die Feuerwehr war schnell zur Stelle und der Stamm blieb erhalten. Er ließ ihn aufarbeiten und nun ziert er seiner Frühstückstheke.

»Was und?«

»Na, stimmt das?« Er deutet mit dem Löffel Müsli, den er sich gerade in den Mund stecken will, auf die Zeitung. Unauffällig schielt er in ihrem Ausschnitt. Er kann die Rundung ihrer Brüste erkennen. Innerlich fluchend wendet er den Blick ab.

»Das geht dich nichts an.«, faucht sie und springt auf.

»Wo willst du hin?«

»Das geht dich genauso wenig etwas an!«

»Ich dachte du legst so viel Wert auf ein ausgewogenes Frühstück?«

»Das werde ich mir jetzt auch genehmigen.«

»Und wo, wenn ich fragen darf?«

»Es geht dich zwar nichts an, aber gegenüber ist ein kleiner Diner.«, seufzt sie. Ihre Gedanken kreisen um den Artikel und sie sie ist nicht ganz bei der Sache.

»Warum gehst du dahin? Der Kühlschrank ist voll.« Verwirrt sieht sie Oliver an. Irgendwie wird sie nicht schlau aus diesem Mann. Erst will er, dass sie die Finger von seinen Sachen lässt und da gehört sein voller Kühlschrank und dessen Inhalt nun einmal dazu und dann bietet er ihr an, dass sie sich ruhig bedienen kann.

»Was überlegst du noch? Greif zu.«, fordert er sie auf. Aber Joni schüttelt nur den Kopf.

»Lass mal. Ich will dir nichts schuldig sein.« Damit dreht sie sich um und verlässt die Wohnung.

In dem kleinen Diner herrscht reges Treiben. All die kleinen Tische sind von Anzugträgern, Bauarbeitern, Highschool-Schülern und Feuerwehrmännern besetzt. An der Theke sieht es nicht besser aus. Aber Joni hat Glück und ergattert einen Platz zwischen einem Polizisten und einem Mann in einem dunkelblauen Anzug.

Suchend blickt sie sich nach Amy um und entdeckt sie nach kurzer Zeit, wie sie zwischen den Tischen, der Theke und der Küche hin und her flitzt. Kurz hebt sie ihre Hand, um sich bemerkbar zumachen und just in dem Moment schaut Amy zu ihr hinüber. Ein Lächeln breitet sich auf ihrem Gesicht aus und sie erwidert es.

»Joni! Ich wünsch dir einen Guten Morgen! Toll, dass du wieder rein schneist und dich schickt echt der Himmel. Heute Morgen brennt hier mal wieder die Luft und du bist eine wunderbare Ausrede, dass ich mir eine kurze Pause gönnen kann.« Freudig umarmt Amy sie kurz und auch wenn sie etwas überrumpelt ist, drückt sie die Kellnerin an sich.

»Ari, Mark, erhebt eure Ärsche und macht euch wieder auf die Straße. Eure Pause ist seit zehn Minuten zu Ende.«, sagt Amy zu den beiden Cops, welche neben Joni sitzen. Erstaunt zieht sie die Augenbrauen nach oben. Es ist schon ein starkes Stückchen so mit den Gesetzeshütern zusprechen.

»Amy, für dich würden wir doch alles tun. Pass auf dich auf.«, lacht einer der beiden Polizisten und gibt ihr einen Kuss auf die Wange. Sie nicken Joni kurz zu und verlassen dann das Diner und Amy rutscht auf den nun freien Barhocker.

»Wow. Wenn man in L.A. so mit den Cops redet, dann sitzt man schneller im Kittchen, als man L.A.P.D. sagen kann.«

»Ist hier nicht anders. Aber Ari und Mark kommen jeden Morgen hier her, wenn sie Frühdienst haben und außerdem ist Ari mein Nachbar und Mark wohnt mit seiner Frau und seinen zwei Söhnen auch nur zwei Blocks von mir entfernt. Die Beiden wissen, wie ich es meine.«, winkt sie ab. »Aber genug von mir geredet. Ich schlage heute Morgen, nichts ahnend, meine Zeitung auf und was sehe ich da? Dich Händchen haltend mit Lucas Farr!«

»Ähm … Ja, ich habe es auch gerade eben erst gesehen.«

»Und? Stimmt es? Normalerweise würde ich so etwas ja nicht glauben, aber da du da mit drin steckst, frage ich lieber mal nach. Es wäre ja nicht das erste Mal, dass die Zeitungen irgendwelchen Mist schreiben, nur um ihre Seiten voll zu bekommen.«

»Es ist kompliziert.«, antwortet Joni ihr ausweichend.

»Aha, ich verstehe. Wenn du jemanden zum Reden brauchst, du weißt wo ich arbeite. Was kann ich dir denn Gutes bringen?«

»Ich glaube, ich nehme heute die Pancakes und einen Kaffee.«

»Kommt sofort.« Sie verschwindet lachend hinter dem Tresen und macht Jonis Bestellung fertig.

»Also, raus mit der Sprache, wie ist the Big O denn so?«, sprudelt Amy los, kaum das der Teller vor Joni stht.

»Wie kommst du jetzt auf Oliver?«, fragt sie argwöhnisch. Schnell überlegt sie, ob sie Amy davon erzählt hat, dass sie bei ihm wohnt. Kann sich aber, beim besten Willen, nicht daran erinnern.

»Ich fand ihn ja schon immer toll. Er ist ein begnadeter Quaderback und da du anscheinend seinen besten Freund kennst, wollte ich mal nachfragen.«

»Soll ich ehrlich sein? Wenn ich die Möglichkeit hätte, nicht bei ihm schlafen zu müssen, dann würde ich diese sofort und ohne zu zögern ergreifen.« Kaum haben die Worte ihren Mund verlassen, schon haut sie sich innerlich gegen die Stirn. Ihr Mund war mal wieder schneller und sie hat gerade etwas ausgeplaudert, das vielleicht lieber unter Verschluss geblieben wäre.

»Oh mein Gott! Du wohnst bei ihm! Himmel, ist das aufregend! Aber ich merke schon, ich bin mal wieder zu neugierig. Wenn ich zu weit gehe, dann sag es mir einfach.« Aufgeregt hüft die junge Kellnerin auf und ab.

»Ich und Oliver, wir mögen uns nicht besonders. Es wäre echt nicht schlecht, wenn wir über etwas anderes reden könnten.« Bedeutungsvoll deutet sie mit den Kopf auf ihren Sitznachbarn. Dieser scheint ein gesteigertes Interesse an der Unterhaltung zu haben.

»Na klar, kein Problem. Erzählst du mir ein bisschen von dir?«

In der nächsten halben Stunde erzählt Joni Amy von ihrer Familie in Schottland, wobei sie Callums Homosexualität außen vor lässt, von ihren Anfängen in Los Angeles und dem überwältigenden Gefühl, als ihr erster Roman in den Bestsellerlisten auftauchte. Im Gegenzug erfährt sie einiges über Amy.

Sie weiß nun, dass die Kellnerin sechsundzwanzig Jahre alt ist, die High School nie beendet hat und sich seit ihrem Schulabbruch mit kleinen Jobs durchschlägt. Seit drei Jahren arbeitet sie nun in dem kleinen Diner und ist inzwischen die stellvertretende Managerin. Ihr Können und ihre Wissbegierigkeit hatten den Besitzer überzeugt und er hat ihr den Posten gegeben.

Dadurch stieg ihr Verdienst und inzwischen kommt sie damit so gut über die Runden, dass sie keine zwei weiteren Jobs machen muss.

»Wo bleibst du denn? Wir müssen los! In zwanzig Minuten beginnt das Training!«, donnert es neben Joni und sie verdreht die Augen. Sie schiebt sich genüsslich den letzten Bissen der Pancakes mit Heidelbeeren in den Mund und kaut gelassen. Amy steht hinter der Theke und starrt wie gebannt auf ihn.

»Joni! Wird es bald!«, macht Oliver Druck und sieht genervt auf seine Uhr. Warum auch musste er Will unbedingt versichern, dass er sie heute Morgen mitnimmt? Die gaffenden Gäste ignoriert er weitestgehend. Er will sich nicht weiter mit ihnen beschäftigen müssen. Das hätte zur Folge das er darüber nachgrübeln würde, welche Gerüchte anschließend wieder über ihn im Umlauf wäre.

»Jetzt stress nicht.«, entgegnet sie und legt das Geld für ihr Frühstück auf den Tresen. »Amy, wir sehen uns morgen.«, wendet sie sich an die Kellnerin, die nur mechanisch nickt, aber sonst keine weitere Regung zeigt.

Als sie sich umdreht, bemerkt sie, dass sie auch von den anderen Gästen angestarrt werden und dass es auf einmal ungewöhnlich still in dem Diner ist.

»Fertig?«, fragt Oliver ungeduldig.

»Ja, wir können los.«, murmelt sie und es ist ihr unangenehm, so angestarrt zu werden. Hastig folgt sie ihm und atmet erst einmal tief durch, als sie wieder auf der Straße steht.

Olivers rote Corvette steht am Straßenrand und dessen Besitzer wartet ungeduldig darauf, dass sie sich in Bewegung setzt. Ohne weiter auf ihn zu achten, steigt sie ein und lässt sich in den Beifahrersitz fallen.

Er gleitet hinter das Steuer, startet den kraftvollen Motor und fädelt sich in den morgendlichen Verkehr ein.

Die Fahrt zum Stadion verläuft schweigend. Keiner von ihnen will mit dem Anderen auch nur ein Wort wechseln und sie hoffen Beide, dass sie so schnell wie möglich ihr Ziel erreichen.

Kaum steht die Corvette in einer der Parklücken des Spielerparkplatzes, schnallt sich Joni ab und springt aus dem Wagen. Sie ist schon fast am Haupteingang, als sie ihren Namen hört.

»Joni!« Sie dreht sich in die Richtung, aus der die Stimme kommt. Als sie den Mann entdeckt, der sie ruft, schlägt sie sich die Hand vor den Mund und bricht in Tränen aus.

Kapitel 14

Oliver lässt sich mit dem Aussteigen ein bisschen mehr Zeit. Es reicht schon, dass er Joni gleich wieder beim Training sehen wird, auch wenn sie auf der Tribüne sitzt und er auf dem Feld ist. Aber sie ist halt da und nur dieser Fakt zählt.

Mit beiden Händen reibt er sich über das Gesicht und gähnt herzhaft. So schlecht, wie in der letzten Nacht, hat er lange nicht geschlafen.

Da er nicht noch mehr Zeit schinden kann und Joni wahrscheinlich schon im Gebäude verschwunden ist, stemmt er schließlich seinen großen Körper aus dem Wagen.

Als er sich dann dem Eingang zu wendet, stockt er und betrachte das Bild, das sich ihm da bietet. Missmutig runzelt er die Stirn.

Joni steht wie angewurzelt vor der Schiebtür.Sie presst die Hände vor den Mund und ihre Schultern beben. Auch wenn er es nicht genau sehen kann, ist er sich sicher, dass sie weint. Er folgt der Richtung ihres Blickes und sieht einen Mann in einem schwarzen Anzug. Er hat kurze braune Haare, welche in der Sonne leicht rötlich schimmern und scheint in etwa in seinem Alter zu sein.

Oh mein Gott! Ungehindert laufen die Tränen über ihre Wangen und sie kann gar nicht anders, als ihn anzustarren und immer wieder die Augen zusammen zukneifen und zu hoffen, dass das jetzt kein Traum ist. Falls es doch einer ist, dann will sie nicht aufwachen.

»Nicht weinen.«, sagt er sanft und kommt auf sie zu, das übliche verschmitzte Lächeln auf den Lippen.

Mit einem lauten Aufschluchzen reißt sie sich aus ihrer Starre und fliegt förmlich in seine Arme, drückt sich fest an ihn und atmet seinen Geruch ein.

Langsam geht Oliver auf sie zu. Er weiß nicht, wer dieser Kerl ist. Im Moment ist es unerheblich, dass er Joni nicht leiden kann. Aber niemand bringt die Freundin seines besten Freundes zum Weinen. Kurz bevor er bei ihr ankommt, bewegt sie sich und rennt auf diesen Typen zu und schmeißt sich an dessen Hals. Mit, vor Zorn, zusammengezogenen Augenbrauen beobachtet er die Beiden. Was er da sieht, gefällt ihm ganz vor allem, dass sie sehr vertraut miteinander wirken.

»Kaum ist das mit Lucas offiziell und schon angelst du dir einen Ersatz.«, ertönt Olivers verächtliche Stimme hinter ihnen. Verärgert, weil dieser Sportproll den wundervollen Moment des Widersehens zerstört, dreht sie sich um und blickt direkt in sein verkniffenes Gesicht.

»Du geistiger Dünnbrettbohrer hast den Gong aber auch noch nicht gehört! Das ist ....«, braust sie auf, wird aber unterbrochen.

»Hi, ich bin Callum McLachlan, Jonis Bruder. Freut mich, dass es einen Mann gibt, der meine kleine Schwester so wunderbar auf die Palme bringen kann.« Callum löst seine Hand von ihrem Rücken und hält sie Oliver hin. Er ergreift sie zwar, mustert ihren Bruder dennoch ausgiebig.

»Oliver Brown. Freut mich ebenfalls.«, sagt er in einem Ton, der alles andere als danach klingt.

»Ähm ... Oliver solltest du nicht rein gehen? Du musst dich noch umziehen und in zehn Minuten beginnt das Training.«, versucht sie, ihn loszuwerden.

»Wann ich beim Training auftauche, soll nicht deine Sorge sein. Immerhin geht dich das nichts an ...«

»Genau. Genauso wenig, wie es dich etwas angeht, was ich so mache.«, fällt sie ihm ins Wort.

»Wer hat behauptet, dass ich mich dafür interessiere, was du so machst?« Herausfordernd hebt er eine Augenbraue an.

»Ähm ... mach dich einfach vom Acker!«, giftete sie, da ihr nichts anderes einfällt.

Mit einem stillen Schmunzeln beobachtet Callum den Schlagabtausch zwischen seiner Schwester und diesem Oliver.

»Hey O! Schwing die Hufen! Will ist heute mies drauf. Seine Frau hat ihn dazu verdonnert die Nacht auf der Couch zu schlafen, damit seine Schwiegermutter das Bett bekommt.« Jesus kommt durch die Schiebetür. »Hey Joni, meine Hübsche! Komm her und lass dich umarmen!«, lacht er sie an. Er umarmt sie zur Begrüßung. Ihre Arme sind zu kurz, um sie richtig zu erwidern, denn er trägt schon seine komplette Ausrüstung.

»Jesus, charmant wie immer! Wie geht es deine Verlobten?«

»Tamy geht es super. Ich soll dich übrigens von ihr grüßen, auch wenn ihr euch noch nicht begegnet seid. Aber das will sie und auch ich, auf alle Fälle demnächst mal ändern und zwar nächste Woche. Da ist mein Geburtstag und ich fliege mit meinen Freunden nach Hawaii und du wirst mitkommst.« Er sagt es in einem Brustton der Überzeugung, der gar keine Widerrede zulässt.

»Wow, danke für die Einladung. Ich komme gerne mit und natürlich will ich auch deine Verlobte kennenlernen. Du kannst jetzt schon jemanden kennenlernen, der mir sehr am Herzen liegt, meinen großen Bruder Callum.« Sie macht die beiden Männer miteinander bekannt. Sie schütteln sich herzlich die Hände. Jesus lässt es sich nicht nehmen und lädt Callum gleich auch mit ein.

»Meine Hübsche, ich muss jetzt O in die Umkleide schleifen, bevor Will vollkommen ausrastet. Wir sehen uns dann beim Training. Callum, hat mich gefreut, dich kennenzulernen und wenn wir uns vorher nicht noch einmal sehen, bis nächste Woche.«, verabschiedet sich Jesus und zerrt den mies gelaunten Oliver hinter sich her.

Joni sieht den beiden Männern dabei zu, wie sie langsam im Inneren des Gebäudes verschwinden und bemerkt nicht, wie ihr Bruder sie aufmerksam von der Seite mustert.

»Okay, Klartext Schwesterchen! Wer ist Lucas und was noch viel, viel wichtiger ist, was läuft zwischen dir und diesem Oliver?«

»Auch wenn es dich nichts angeht. Lucas ist ein guter Freund, dem ich momentan ein wenig aus der Patsche helfe und zwischen Oliver und mir läuft rein gar nichts. Wir können uns noch nicht einmal leiden, man könnte schon fast sagen, wir hassen uns. Hast du das eben nicht gemerkt.«

»Weißt du Kleine, zwischen Liebe und Hass ist nur ein ganz schmaler Grat.«

»Sag mal, hast du Dads Whiskey Vorrat ausgesoffen?«

»Werd nicht frech! Ich weiß was ich gesehen habe und vielleicht wollt ihr es nicht Liebe nennen, aber zwischen euch knistert es gewaltig. Außerdem spricht dein Ausschnitt auch eine eigene Sprache.« Er spielt mit der Knopfleiste ihres Shirts herum. Aufgebracht schlägt sie seine Hand weg.

»Ja klar und nächste Woche fliegen die Schweine der Dunbar Zwillinge über Loch Geldar!«

»Im Moment bist du noch nicht meiner Meinung. Wir sprechen uns in ein paar Wochen noch einmal.«

»Wie du meinst. Aber jetzt sag mir, was du hier machst?«, wechselt sie das Thema.

»Ich bin geschäftlich hier und dabei wollte ich meine Schwester besuchen, von der ich eigentlich dachte, dass sie in einem Hotel wohnen würde, mir dort dann aber gesagt wurde, dass ihr Zimmer bei einem Brand abgesoffen ist und man nicht wisse, wo sie sich aufhält. Ich habe natürlich versucht meine liebe Schwester auf dem Handy zu erreichen und da teilte mir eine computergenerierte Frauenstimme mit, dass ich doch später noch einmal anrufen solle. Ich musste erst ihren Anwalt in Los Angeles aus dem Bett klingeln, um zu erfahren wo ich sie finden kann.« Bei seinen Worten haut sich Joni entsetzt die Hand vor die Stirn. Entschuldigend sieht sie ihn an.

»Oh Gott, ich habe gar nicht daran gedacht, euch auch anzurufen. Hier ist in den letzten Tagen so viel passiert und ich wusste teilweise gar nicht, wo mir der Kopf steht.«

»Schon gut, sei froh, dass ich derjenige war, der hergeflogen ist und nicht Logan oder Dad.«

»Es tut mir wirklich leid!«, beteuert sie. Entschuldigend sieht sie ihren Bruder an.

»Beruhig dich. Ist ja schon gut. Das Wichtigste ist doch, das dir nichts passiert ist.«

»Callum, hast du heute Abend Zeit für mich? Ich muss rein, das Training beginnt in zwei Minuten und du weißt ja - meine Recherchen.«

»Geht klar. Ich muss auch los. Ich habe noch einen Geschäftstermin. Ich hole dich um sieben ab. Die Adresse habe ich ja schon - dank Kevin.«

»Ich freue mich darauf.«

»Ich mich auch.« Callum gibt seiner Schwester einen Kuss auf die Wange und macht sich auf den Weg zu seinem Termin und Joni betritt das Gebäude.

Am Tresen sitzt wieder Richard, der sie mit einem freundlichen Nicken begrüßt.

Den Weg zum Trainingsfeld findet sie, dank guter Ausschilderung, schnell.

Der strahlende Sonnenschein begrüßt sie, als sie aus den Katakomben ans Tageslicht tritt. Das Gelände ist eher unscheinbar. Es erinnert stark an ein High School Footbalfeld. Das Spielfeld ist von ein paar wenigen Tribünen umgeben. Was ein Profiteam erkennen lässt sind die ganzen Gerätschaften, welche am Rand stehen und teilweise sehr futuristisch aussehen. Sie dienen dazu die Spieler beim Muskelaufbau, beim Konditionstraining und beim Training ihrer Passgenauigkeit zu unterstützen.

Auf dem Spielfeld, dessen Rasen in einem satten und gesunden Grün leuchtet, stehen die Spieler der Dallas Lions in Reih und Glied und machen Liegestütze, welche zu ihren Aufwärmübungen zählen.

Die Szenerie genau beobachtend geht Joni am Rand des Feldes entlang und kommt schließlich bei Will an, der grimmig durch die Gegend brüllt. Er scheint heute wirklich sehr mies gelaunt zu sein, denn er pfeffert gerade sein Klemmbrett mit den Spielzügen, welche heute trainiert werden sollen, durch die Gegend. Also dreht sie lieber ab und setzt sich in die erste Reihe der Tribüne.

Wie ein trockener Schwamm saugt sie jeden Eindruck auf und beobachtet die kraftvollen und auch graziösen Bewegungen der Männer. Fasziniert beobachtet sie Oliver, wie er zusammen mit Tony `Double T´ Tanner einen Passspielzug trainiert, bei dem Oliver ganz knapp vor der Line of Scrimmage steht, jener Linie, bei der sich Offense und Defense bei einem Spielzug gegenüberstehen. Somit darf Oliver nur nach hinten oder direkt neben sich passen, muss dabei aber genau auf seinen Läufer, in dem Fall Tony, achten. Auch die gegenerischen Tackle, welche versuchen, ihn davon abzuhalten, den Football korrekt an den Läufer zu werfen, darf er nicht aus den Augen verlieren. Tony muss dabei darauf achten, dass er möglichst genau, die vorgegebene Passroute abläuft, denn nur so ist gewährleistet, dass er zum richtigen Zeitpunkt, am richtigen Ort ist, um den Football zu fangen und den Pass damit complete zu machen. Sollte er den Pass nicht fangen, zum Beispiel, weil er ihm durch die Finger flutscht, wird er incomplete und sollte er von der gegnerischen Mannschaft abgefangen werden, wird es ein Interception.

Die genaue Abstimmung der Spieler fasziniert und inspiriert sie und schnell holt sie ihren Notizblock aus der Tasche und beginnt mit der groben Konstruktion des ersten Kapitels. Sie vertieft sich total in ihre Arbeit.

Sie bemerkt gar nicht, wie die Lions eine Pause einlegen und Lucas zu ihr herüber kommt.

»Du lebst ja noch.«, reißt er sie aus ihren Gedanken und sie zuckt erschrocken zusammen. Mit vor Schreck geweiteten Augen sieht sie ihn an. Seine blonden Haare kleben ihm schweißnass an der Stirn und sind um einige Nuancen dunkler.

»Himmel! Erschreck mich doch nicht so!«

»Ich habe dich drei Mal gerufen. Ähm ... wir sollten vielleicht reden.«

»Ja, dass sollten wir wirklich.«, stimmt sie ihm zu.

»Es tut mir schrecklich leid, dass du in die Zeitung gezerrt wurdest.«

»Wirklich?« Fragend sieht sie ihn an, denn sie hat einen kleinen Verdacht und nun will sie sehen, ob er sich bewahrheitet, oder nicht.

»Ähm ... also ... ich ....«, beginnt er zu stammeln.

»Schon gut. Da bin ich halt deine Freundin, aber nur so lange, wie es keine abnormen Maße annimmt.«, winkt sie ab. Sie kann ihm einfach nicht böse sein. Er muss sein wahres Ich verstecken und sie will ihm einfach helfen.

»Du bist mir nicht böse?« Erstaunt sieht er sie an.

»Nein, bin ich nicht. Ich hab dir doch gesagt, dass ich dir gerne helfe.«

»Wow ... ich ... also ... danke.« Lucas drückt Joni an sich, welche sich sofort gegen ihn stemmt und ihn angeekelt ansieht.

»Ih! Du bist voller Schweiß und stinkst zum Himmel!«

»Oha, schon Ärger im Paradies?«, lacht Oliver spöttisch, der zusammen mit Jesus, Tony und ein paar anderen Spielern zu ihnen rübergekommen ist. Er reicht Lucas eine Flasche.

»Das Paradies ist wundervoll. Aber das wirst du ja nie selber erfahren dürfen. Es muss ganz schön frustrierend sein, wenn man Satans direkter Nachfahre ist.« Gespielt bedauernd sieht sie ihn an und die Männer um sie herum beginnen leise zu kichern.

»Lucas, du alter Schwerenöter! Du hast uns gar nicht erzählt, wen genau du dir da geangelt hast. Du kannst uns doch sicher die eine oder andere Flasche Whiskey organisieren?« Einer der Spieler, den Joni zwar schon gesehen, sich aber nicht mehr an dessen Namen erinnern kann, haut dem Runningback auf die Schulterpolster.

»Nur weil sie Schottin ist, werde ich sie bestimmt nicht zum Alkoholschmuggel anstiften.«

»Tust du nur so, oder hast du etwa keine Ahnung?«, fragt der andere Spieler weiter, dessen Gesicht Joni nicht mehr richtig sehen kann, denn er hat seine Position gewechselt und steht jetzt genau vor der Sonne.

»Ähm... ich habe echt keine Ahnung, was du von mir willst, Jeremy.«

»Da war die Klatschpresse aber schneller als du.«

»Sag mal, was für eine Grütze quatscht du da eigentlich?«, schaltet sich Jesus ein, dem Jeremys Spiel zu viel wird.

»Die kleine Freundin von unserem Lucas ist keine geringere als Joni McLachlan.«

»Ach nee, dass hätten wir jetzt echt nicht gewusst.« Oliver, Lucas und Jesus schütteln die Köpfe.

»Hallo? McLachlan! Klingelt es da nicht bei euch?«

»Warum sollte es?«, fragt Oliver und Joni beginnt unruhig hin und her zu rutschen. Sie bekommt eine ganz böse Vorahnung und das, was hier gerade passiert, ist alles andere als gut. Leider hat sie keine Ahnung, wie sie es verhindern kann.

»Oh Mann! Ihr seid so blöd! Was für einen Whiskey haben wir an Olivers Geburtstag letzten Monat getrunken?«

»Eine wundervolle Flasche McLachlan´s! Das war das beste Tröpfchen, was meine Zunge jemals kosten durfte.«, schwärmt Jesus und schließt genussvoll die Augen.

»Da habt ihr die Antwort!«, lacht Jeremy und klatscht in die Hände. Gequält schließt Joni die Augen.

»Na und? Was hat das Eine mit dem Anderen zu tun? McLachlan ist sicher ein Name, den da jede dritte Familie trägt.« Lucas zuckt mit den Schultern.

»Das vielleicht, aber es gibt nur eine Joni McLachlan und laut der Firmenwebseite von McLachlan´s, sind sie und ihre Brüder, Logan und Callum, die Erben der McLachlan Whiskeybrennerei.« Die Köpfe von Lucas, Oliver und Jesus rucken herum und starren sie ungläubig an. Sie hockt auf ihrem Sitz, die Hände im Schoß verkrampft und die Augen fest zusammen gekniffen und hofft das sie schnellstmöglich das Thema ändern mögen.

»Brat mir einer nen Storch!«, flüstert Lucas. Ganz langsam öffnet sie ihre Augen und sieht die ungläubigen Gesichter.

Mit einem entschuldigenden Lächeln zuckt sie mit den Schultern. Leugnen würde eh nichts mehr bringen.

»Das mit dem Erbe ist so nicht ganz richtig. Ich bin zwar die Tochter meiner Eltern, aber meine Brüder leiten, zusammen mit unserem Dad, die Brennerei.«

»Du bist millionenschwer und musst bei mir wohnen?«, schnaubt Oliver.

»Das ist alles, woran du denken kannst?« Jesus kann es nicht fassen. Es ist ihm ein Rätsel, warum er ihr gegenüber immer so feindselig ist.

»Ich werde jetzt bestimmt nicht meine Finanzen offen legen.« Entschieden schüttelt sie den Kopf.

»Musst du ja auch nicht, aber eine Flasche von eurem edlen Tropfen wäre schon nicht schlecht. Du weißt ja, ich habe bald Geburtstag.« Jesus lacht wieder sein herzliches und ansteckendes Lächeln und wackelt dabei vielsagend mit den Augenbrauen.

»Na nur gut, dass Callum gerade in der Stadt ist, wir schenken dir eine ganze Kiste unseres Zwölfjährigen.«

»Sag mal, stimmt es eigentlich, dass in den Jahren eurer Geburten Jubiläumsjahrgänge gebrannt wurden?« Jesus setzt sich neben sie und ist Feuer und Flamme.

»Ja, das ist richtig. Dad hat es sich nicht nehmen lassen und ja, es stimmt auch, dass diese dreißig Flaschen unter Verschluss sind. Die sind sowas wie Familienerbstücke. Jeder von uns hat zehn Flaschen. Ich habe keine Ahnung, ob es wirklich gute Jahrgänge sind, aber uns geht es dabei mehr um die Symbolik. Sie bedeuten unseren Eltern sehr viel, eben weil sie anlässlich unserer Geburten gebrannt wurden.«

»Ich kann es echt nicht fassen, die Erbin von McLachlan´s sitzt hier neben mir!«

»Ihr faulen, überbezahlten Säcke! Hebt eure fetten Ärsche und macht das ihr auf das Feld kommt!«, donnert Will hinter der kleinen Gruppe und ist schon ganz rot vor Wut.

»Jetzt mach mal halblang, Will. Wir haben die Erbin von McLachlan´s in unserer Mitte.«, versucht Jesus, ihn zu beschwichtigen.

»Verrat mir was Neues und jetzt auf das Feld, oder ihr werdet Extrarunden drehen!«, schimpft er und Joni hat die Befürchtung, dass Will jeden Moment beginnt, wie Rumpelstilzchen im Kreis herumzuhopsen.

»Bis dann, Süße.«, lacht Lucas vergnügt und küsst ihre Wange. Sie verzieht das Gesicht, denn seine nassen Haare streifen ihr Gesicht, was ihn noch mehr lachen lässt. Jesus grinst ebenfalls vergnügt zum Abschied und Jeremy nickt ihr kurz zu. Sie kann nicht genau sagen, ob es freundlich gemeint war, oder nicht. Nur Oliver macht ein grimmiges Gesicht und sieht sie finster an, ehe er sich abwendet und seinen Mannschaftskollegen folgt.

Kapitel 15

Nachdenklich sieht Joni ihm hinterher und fragt sich mal wieder zum tausendsten Mal was in diesem Mann so alles vorgeht. Sie wird einfach nicht schlau aus ihm. Aus sich selber auch nicht, vor allem wenn er in der Nähe ist.

Sie beobachtet, wie Oliver seine Handschuhe überstreift und bekommt das Gefühl als würde sie jetzt gerade wieder seine Hände auf ihren Armen spüren. Unwillkürlich fasst sie sich an die Oberarme, um sicherzugehen dass sie wirklich nicht da liegen. Aber ihre Haut kribbelt und jagt kleine Schauer durch ihren Körper. Es fühlt sich sehr real an. Frustriert schüttelt sie den Kopf und zwingt sich dazu ihren Blick abzuwenden.

»Hi, ich bin Candance.« Ein neuer Schatten fällt über sie und als sie blinzelnd den Kopf hebt, blickt sie direkt in das überschminkte Gesicht der betrunkenen Frau, welche sich an ihrem ersten Abend in Dallas an Olivers Arm geklammert hatte. Joni ist eher der Typ Mensch, der Anderen zunächst einmal eine Chance gibt und sich dann erst eine Meinung bildet. Aber aus einem unerfindlichen Grund ist es bei Candance anders.

»Schön für dich und jetzt geh mir aus der Sonne.«, murrt sie. Wenn sie jemanden nicht mag, dann lässt sie es die betreffende Person auch spüren. Sie hält nicht viel von vorgetäuschten Tatsachen.

»Hör zu Schlampe! Lass die Finger von O, er gehört mir!«, entgegnet Candace feindselig.

»Und auch von Lucas, denn der gehört mir!« Ein weiterer Schatten fällt auf Joni und sie sieht eine weitere stark schminkte Dame. Ihr reicht es langsam. Diese kleinen Plastikpüppchen haben echt einen an der

Klatsche. Langsam legt sie ihre Sachen zur Seite, steht auf und stemmt die Hände in die Hüften.

»Das sind Dinge, die euch beide nichts angehen und ihr solltet euch daraus halten. Geht am besten ins Solarium und schmort euch noch die letzten Hirnwindungen weg, das wäre eine echt sinnvollere Nutzung der Zeit, als hier herum zu stehen, wertvollen Sauerstoff zu verbrauchen und mir meine Zeit zu stehlen.«

»Du solltest dich besser aus Dingen heraus halten, die dich nichts angehen und die Finger von unseren Männern lassen.« Candance sticht ihren spitz gefeilten Zeigefingernagel gegen Jonis Brustbein. Roter Dunst der Wut beginnt am Rand ihres Blickfeldes zu wabern. Eigentlich will sie jetzt nicht ausrasten, aber diese zwei Grazien haben es nicht anders verdient. Wie im Einkaufscenter, will sie gerade zu einer Attacke ansetzen, als sie wieder eine starke Männerbrust hinter sich spürt.

»Baby, ich brauche noch einen Glückskuss.«, raunt Lucas hinter ihr und streicht mit den Fingerspitzen über ihre Unterarme. Ihren beiden Widersacherinnen gefrieren die gespachtelten Masken.

Schnell dreht sie sich um und sieht zu Lucas hinauf. Seine Augen funkeln belustigt und Joni fragt sich, ob er das wirklich ernst meint.

»Hau mich nicht.«, flüstert er leise, sodass nur sie ihn verstehen kann. Er beugt sich nach unten und küsst sie. Erstaunt stellt sie fest, dass er ein echt guter Küsser ist. Seine Lippen liegen sanft auf ihren und bewegen sich sacht, wobei er keine Anstalten macht, seine Zunge ins Spiel zu bringen. Was ja auch verständlich ist, immerhin fischt er am anderen Ufer.

Klatschen, Gejohle und anzügliche Rufe schallen zu ihnen herüber und Lucas löst sich wieder von Joni.

»Oh, hi Candy, Melissa.«, nickt er kühl zu den beiden Cheerleadern zu, die hinter ihr stehen. Sie stoßen einen undefinierbaren, aber eindeutig empörten Laut aus und suchen endlich das Weite.

»Was sollte das?«, kann Joni ihn endlich fragen und haut ihm gegen die Schulter, was er aber kaum spürt, da er unter dem Trikot seine Schutzausrüstung trägt.

»Hat doch geklappt, oder? Ich konnte ja schlecht zulassen, dass du sie ungespitzt in den Boden rammst.«

»Und da musst du mich küssen?«

»Das war das Erste, was mir eingefallen ist und außerdem würde es zu unserer Fakebeziehung passen. So haben wir beide etwas davon. Du bekommst keinen Ärger, weil dein Temperament mit dir durchgegangen ist und ich muss mir keine dummen Sprüche der Jungs anhören, weil ich in ihrer Gegenwart noch nie meine Freundin geküsst habe.« Lucas zuckt mit den Schultern.

»Eine win-win-Situation also?«

»So sieht es aus.«

»Aber ich bin eine Frau.«

»Ich weiß. Wenn du ein Kerl wärst, würde ich andere Dinge mit dir anstellen.«

»Aber du hast mich geküsst?!« Sie kommt einfach nicht über diesem Umstand hinweg.

»Ja habe ich. Ich habe kein Problem damit, dich zu küssen, aber es macht mich halt nicht an.«

»Farr! Lass das dämliche Vorspiel! Wir haben nicht ewig Zeit! Ficken kannst du sie nachher auch noch!«, brüllt ein Typ zu ihnen herüber, der nur in seiner Schutzausrüstung und Hosen trainiert. Sein Kopf wird vom Helm verdeckt und Joni kann sein Gesicht nicht erkennen.

»Ich muss. Ich habe gehört, dass du nächste Woche auch mit dabei bist.«

»Ja, bin ich. Du solltest vielleicht runter aufs Feld gehen, bevor Will der Schlag trifft.«

»Wenn er weiter so brüllt, könntest du Recht haben. Bist du am Sonntag am Start?«

»Sicher. Ich will mir die Atmosphäre bei einem richtigen Spiel nicht entgehen lassen.

Will brüllt im Hintergrund aus vollem Hals durch die Gegend und Lucas verzieht gequält das Gesicht.

»Ich muss jetzt.« Lucas drückt Joni noch einmal kurz an sich und sprintet dann zurück aufs Feld, wobei er sich vorher noch seinen Helm schnappt, der an der Seitenlinie völlig verlassen vor sich hin lungert.

Den Rest des Trainings verbringt Joni mit arbeiten. Sie beobachtet genau die Bewegungen der Spieler, ihre Kommunikation untereinander und auch die Reaktionen und Anweisungen der Trainer. Jedes noch so kleine Detail schreibt sie sich in ihr kleines giftgrünes Notizbuch. Sie will nicht Gefahr laufen, dass sie etwas Wichtiges übersieht und ihre Geschichte am Ende möglicherweise unschlüssig und damit unglaubwürdig wird. Sie achtet peinlichst darauf, keine Spielzüge oder genauen Kommandos aufzuschreiben. Das musste sie im Vorfeld versprechen und einen entsprechenden Schweigevertrag unterzeichnen. Suzanna will auf keinen Fall, dass zu viel Details nach außen dringen. Was auch verständlich ist. Immerhin erfährt sie hier Details, die für andere Teams Goldwert wären.

Als sich die Dallas Lions erschöpft in die Umkleide begeben, sammelt sie ihre Sachen zusammen und stopft alles in ihre Umhängetasche. Mit einem letzten Blick, auf das nun verlassene Spielfeld, wendet sie sich ab und macht sich auf den *Heimweg*. Am Empfang fragt sie den alten Richard, wie sie am besten zurück in Olivers Wohnung kommt. Mit ihm will sie auf keinen Fall zurückfahren. Außerdem hat sie keine Ahnung, wie lange der edle Pfau braucht, um sich landfein zumachen und da Callum sie heute Abend abholen kommt und sie vorher schon einmal mit dem ersten Kapitel beginnen will, ist es besser, wenn sie noch vor Oliver in dessen Wohnung ist. So kann sie sich wenigsten gleich in ihrem Zimmer verschanzen.

Mit der U-Bahn kommt sie schließlich am besten durch die Stadt. Zum Glück gibt es in der Nähe ihres vorübergehenden Zuhauses eine Station und sie ist schneller zurück, als sie gedacht hätte.

Mit hastigen Schritten durchschreitet sie das Foyer und bekommt gerade noch den Fahrstuhl, dessen Türen sich eben schließen wollten.

Entnervt stöhnt sie auf, als sie bemerkt, dass sie nicht alleine im Lift ist. Ausgerechnet Oliver steht ihr direkt gegenüber.

»Ich hätte dich auch wieder mit zurückgenommen, du hättest nur warten müssen.«, begrüßt er sie eingeschnappt.

»Erstens wusste ich ja nicht, dass du mich wieder mitgenommen hättest, denn schließlich hast du schon heute Morgen zu deutlich gezeigt, dass dir meine Anwesenheit in deinem kostbaren Vehikel nicht passt und zweitens, woher zum Teufel soll ich wissen, wie lange du brauchst?« Heftig atmet sie durch die Nase ein und aus, wobei ihr der Duft von Duschgel in die Nase steigt. Sie muss zugeben, dass Oliver sehr gut riecht. Es ist ein sportlicher Duft, kein herber. Es riecht irgendwie nach Grapefruit, Limonenschale und Verbene. Eigentlich würde man so einen Duft eher an Frauen vermuten, aber irgendwie passt er zu ihm, auch wenn er überraschend ist.

Oliver greift an Joni vorbei und haut auf den Stopp-Schalter des Aufzuges. Sofort kommt dieser mit einem kleinen Rucken zum Stehen.

Erstarrt steht sie da und sieht aus großen, kreisrunden Pupillen zu ihm auf. Einen kurzen Augenblick lang, der einem aber auch wie eine Ewigkeit erscheinen kann, sieht er zu ihr herunter. Langsam, ohne sie zu verschrecken, hebt er seine Hand und streicht ihr eine wirre, rote Haarsträhne hinter das Ohr. Seine Fingerspitzen berühren dabei kurz ihre Haut und es ist, als würde von ihr ein Strom ausgehen, der ihm den Schlag seines Lebens einbringt. Wie eintausend Volt durchzuckt es ihn, als hätte er sich verbrannt. Schnell nimmt er seine Hand zurück.

Das Kribbeln seiner Haut versucht Oliver zu ignorieren, genauso wie den schnelleren Schlag seines Herzens. Den Bruchteil einer Sekunde erinnert er sich daran, wie enttäuscht er war, als er von Richard erfahren musste, dass sich Joni schon auf den Weg gemacht hatte. Dabei hatte er sich auf einen kleinen Schlagabtausch mit ihr gefreut. Außerdem wollte er aus ihr herausquetschen, warum sie verschwiegen hat, dass sie die Tochter von Malcolm McLachlan ist, dem Papst der Whiskey Brennerei. Die Tatsache, dass er ihr genauso wenig etwas über seine Herkunft und Familie erzählt hat, ignoriert er mal wieder sehr gut - natürlich ganz ohne schlechtes Gewissen.

»Schon einmal daran gedacht, deine vorlaute Klappe zu benutzen? Sonst scheust du dich doch auch nie davor, sie so weit wie möglich aufzureißen.« Aufmerksam schaut er ihr in die Augen und mit Vorfreude sieht er es in ihnen blitzen.

»Wer im Glashaus sitzt, sollte nicht mit Steinen werfen.«, erwidert sie nur schlicht.

»Was denn? Mehr hast du heute nicht auf Lager? Da muss ich wohl mal ein ernstes Wörtchen mit Lucas reden.« Oliver stützt seine linke Hand neben Joni an der Fahrstuhlwand ab und kommt ihrem Gesicht näher.

Völlig um die lebensnotwenige Fähigkeit des Atmens gebracht, beobachtet Joni Olivers Gesicht, wie es ihr immer näher kommt. Er wird sie doch wohl jetzt nicht küssen wollen und warum verspürt sie dieses komische Flattern in ihrer Magengegend?

»Oder soll ich wieder das Feuer unter deinem Hintern entfachen?«, raunt er ganz nah an ihrem Ohr. Sein warmer Atem kitzelt ihren Hals.

»Halt dich von mir fern.«, zischt sie und versucht, all ihr Selbstbewusstsein in ihre Stimme zu legen. Was ihr aber nicht sonderlich gut gelingt.

Oliver lacht nur kurz auf und drückt den Startknopf. Leise setzt sich der Fahrstuhl wieder in Bewegung.

Der Ping ertönt, welcher das Erreichen der Etage anzeigt. Oliver schiebt sich an ihr vorbei. Joni sieht ihm hinterher und kann gerade noch durch die Tür auf den Flur hüpfen, bevor sie sich wieder schließt.

Die Wohnungstür ist geschlossen. Erst will er, dass sie auf ihn wartet, damit zu zusammen zurückfahren können und jetzt knallt er ihr förmlich die Tür vor der Nase zu.

Ihre Hände zittern so stark, dass sie den Schlüssel drei Mal fallen lässt, bevor sie es schafft, ihn in das Schlüsselloch zu stecken und umzudrehen.

Schnellstmöglich geht sie in ihr Zimmer. Fluchend lässt sie sich auf das Bett fallen und atmet erst einmal tief durch.

Ein Blick auf die Uhr verrät ihr, dass sie bis zu Callums Besuch noch jede Menge Zeit hat. Also stellt sie den Wecker ihres Handys und schaltet ihren Laptop ein.

Auch wenn die Worte nicht fließen wollen und sie sich mehr oder weniger durch das grobe Gerüst des ersten Kapitels quälen muss, schreibt sie weiter. Die Arbeit lenkt sie ab und bringt sie auf andere Gedanken. Sie versucht, so konzentriert wie möglich zuarbeiten und schafft es sogar halbwegs, bis sie sich fertigmachen muss.

Nach einer erfrischenden Dusche und einem kleinen Beautyprogramm ist sie fertig. Ihre Haare trägt sie offen und das Make-up besteht nur aus Grundierung und Mascara. Joni hat sich für einen schwarzen Bleistiftrock, der ihr bis kurz zu den Knien reicht und einer taillierten roten Bluse ohne Ärmel entschieden. An den Füßen hat sie rote Pumps.

Das Klingeln kündigt Callums Ankunft an und schnell geht sie zur Tür, denn sie will auf jeden Fall vermeiden, dass er Oliver über den Weg läuft.

Lächelnd öffnet sie und wirft sich gleich in die Arme ihres großen Bruders.

»Hey, du freust dich aber, mich zu sehen.«, lacht er und drückt sie an sich.

»Na klar freue ich mich. Heute Vormittag hatten wir ja so gut wie keine Zeit und jetzt muss ich dich erst einmal richtig begrüßen.«

»Ich habe dir ein kleines Geschenk von Mom und Dad mitgebracht.« Breit lächelnd hält Callum eine Flasche nach oben, bei deren Anblick Joni erfreut aufquietscht.

»Oh Gott, danke!« Wieder fällt sie ihm um den Hals.

»Lass ihn dir schmecken.«

»Aber sicher doch!« Wie einen Schatz birgt sie die Flasche in ihren Armen und bringt sie vorsichtig in ihr Zimmer. Behutsam stellt sie sie ab und lächelt auf sie nieder.

»Du machst echt einen Aufriss um eine Flasche Whiskey.«, lacht Callum, der ihr gefolgt ist.

»Das ist nicht nur eine Flasche Whiskey und das weißt du auch. Das ist der zwanzig Jahre alte und du weißt genau, dass es davon nur noch wenige Flaschen gibt.«

»Klar weiß ich das. Darum sollst du ihn dir ja schmecken lassen und hör auf ihn zu behandeln, als wäre es ein Gemälde oder so etwas.«

»Er ist ein Gemälde - ein Kunstwerk.«

»Du fängst schon wieder so an, Schwesterchen. Das ist Whiskey und er muss getrunken und genossen werden, dass ist der ausdrückliche Wunsch unserer Eltern. Sie wollen nicht, das die Flasche ewig verschlossen bei dir herum steht.«

»Verdammt, ihr kennt mich einfach viel zu gut.«, murrt Joni. Auch wenn sie ganz gerne mal das eine oder andere Gläschen Whiskey genießt, findet sie es immer viel zu schade, eine dieser wertvollen Köstlichkeiten zu öffnen.

»Ach Kleine. Genieß es einfach.« Liebevoll streicht er über ihren Arm.

»Okay. Können wir jetzt los?«, fragt sie ihn und beschließt die Flasche ungeöffnet zu lassen.

»Im Prinzip schon, aber wir müssen schnell noch einmal bei mir im Hotel vorbei, damit ich mich umziehen kann. Dieses verdammte Meeting hat viel länger gedauert als geplant und ich stecke immer noch in diesem elenden Anzug.« Er ruckelt an seiner Krawatte, um sich etwas mehr Freiraum zu verschaffen.

»Der elende Anzug steht dir aber sehr gut.«, zieht sie Callum auf.

»Naja, wie man es nimmt. Lass uns fahren.«

»Warte mal, warum bekommst du in Dallas ein Hotelzimmer und ich nicht?«

»Ich habe das Zimmer vor gut zwei Monaten gebucht. Warum?«

»Ach, nur so.« Joni winkt ab und hakt sich bei ihrem Bruder unter. Gemeinsam verlassen sie die Wohnung und fahren mit einem Taxi in sein Hotel.

»Kann ich noch schnell duschen gehen?«, fragt er und sieht sie bittend an.

»Klar, mach ruhig. Ich will ja, dass es meinem großen Bruder gut geht.« Sie wedelt mit der Hand und Callum löst seine Krawatte, um sich den Dreck und Geruch des Tages vom Körper zu waschen.

Während sie auf ihn wartet, macht es sich Joni auf der Couch gemütlich und begleitet vom Rauschen der Dusche, zappt sie durch das Fernsehprogramm.

Das Geräusch verstummt und schon kurz darauf erscheint Callum im Wohnbereich. Ein Handtuch um die Hüften geschlungen und ein weiteres Handtuch in der Hand, damit er sich die Haare trocknen kann.

»Sag mal, wie sieht es eigentlich in deinem Liebesleben aus?«, beginnt sie damit ihren Bruder auszuquetschen.

»Naja, es geht.«, weicht er aus.

»Komm schon. Hast du jemand Neuen kennengelernt?«

»Ähm … ja.«

»Wann? Wo? Wie heißt er?« Joni ist ganz aufgeregt.

»Gestern. In einer Bar. Er heißt …« Ein Klopfen an der Tür unterbricht ihn.

»Ich mach schon auf. Geh du dich anziehen, sonst können wir den Abend gleich hier verbringen.« Sie springt auf und reißt die Hotelzimmertür auf.

»Was machst du denn hier?!", ruft sie erstaunt aus und starrt ihr Gegenüber an.

Kapitel 16

»Ähm ... ähm ... Das könnte ich dich auch fragen.«, antwortet er ihr und schaut sie sehr verwundert an. Schmerz blitzt in seinen Augen auf.

»So Süße, ich bin fertig - wir können los.«, ertönt Callums Stimme hinter Joni und sie dreht sich um, ohne die Tür los zulassen. Dabei öffnet sie sie ein Stück weiter und ihr Bruder hat freie Sicht auf den unerwarteten Besucher.

»Hi! Wow, ich hätte nicht gedacht, das ich dich so schnell wieder sehe.« Callum strahlt förmlich und eilt auf den Besucher zu. Die beiden Männer umarmen sich kurz. Ein wissendendes Lächeln huscht über ihr Gesicht.

»Lucas, ich muss sagen, ich bin ein wenig enttäuscht von dir.« Sie schüttelt den Kopf.

»Du kennst ihn?« Verwirrt sieht Callum seine Schwester an.

»Ja, wir kennen uns. Er ist mein Freund.«

»Er ist ... WAS?« Geschockt starrt er sie an.

»Joni, bitte mach mir das nicht kaputt und außerdem, was machst du hier?« Lucas zieht wütend die Augenbrauen zusammen.

»Keine Angst. Ich mach dir das nicht kaputt. Meinen großen Bruder Callum muss ich dir ja nicht mehr vorstellen, das hast du ja anscheinend gestern schon übernommen, oder?«

»Dein Bruder?«

»Hallo! Ich bin auch noch da! Kann mir mal einer erklären, was hier los ist?« Callum scheint ungehalten zu werden.

»Los Jungs, setzten wir uns.« Joni winkt die beiden Männer hinter sich her.

»Ich höre.« Callum verschränkt die Arme vor der Brust und blickt düster drein.

»Also, Lucas ist ein Spieler der Dallas Lions und ich verbringe im Moment ja viel Zeit mit dem Team, wie du weißt, wegen meinen Recherchen. Er war mit mir Shoppen und da habe ich sein kleines Geheimnis erkannt. Durch dich habe ich da so meine feinen Antennen bekommen und er …«

»… ich habe Joni gebeten, meine Freundin zu spielen.«, beendet Lucas den Satz für sie.

»Und warum?«

»Gott Callum! Warum willst du nicht, dass zu Hause jemand erfährt, dass du schwul bist?« Genervt verdreht sie ihre Augen.

»Das weißt du ganz genau!«, schnappt er zurück.

»Bei Lucas ist es nicht anders. Ihr Beide schützt damit eure Karrieren und jetzt werde ich wohl besser gehen.«

»Was? Warum? Ich wollte den Abend mit meiner Schwester verbringen.«

»Da werde ich wohl besser gehen.«, sagt Lucas und steht auf. Joni bemerkt Callums niedergeschlagenen Blick.

»Okay, anderer Vorschlag. Wir drei ziehen jetzt zusammen los und ihr könnt euch besser kennenlernen, während ich euer Alibi spiele.«

»Also, wenn Callum nichts dagegen hat, ich bin dabei.«

»Du bist die beste kleine Schwester, die man sich nur wünschen kann!«, jubelt Callum und drückt sie fest an sich. Lucas wirft ihr einen dankbaren Blick zu.

Also ziehen die Drei gemeinsam los, um die Bars von Dallas unsicher zu machen. Joni hakt sich bei den beiden Männern unter und gemeinsam schlendern sie durch die Innenstadt. Öfters werden sie aufgehalten, weil die Menschen Lucas erkennen. Ein paar erkennen auch Joni, was ihr sehr unangenehm ist.

In einer gemütlichen Bar finden sie, in der hintersten Ecke, einen Tisch und als sie sich setzen, bestellen sie ihre Getränke.

»Also Schwesterchen, was läuft da zwischen dir und diesem Oliver? Er steht jedenfalls eindeutig auf dich«, fragt Callum und nippt an seinem Bier, das der Kellner vor wenigen Augenblicken gebracht hat.

»Das bildest du dir nur ein. Du solltst aufhören an Dads Verkostungen teilzunehmen.« Joni tippt sich mit dem Zeigefinger gegen die Stirn, um ihrem Bruder zu zeigen, was sie von seiner Aussage hält.

»Ich bin ganz Callums Meinung. O steht auf dich, er weiß es nur noch nicht.« Zufrieden mit sich lehnt sich Lucas zurück in die knarzende Ledercouch und nippt an seinem Bier.

»Du nicht auch noch!«, stöhnt sie und vergräbt ihr Gesicht in ihren Händen.

»Wieso? Es ist doch offensichtlich, dass er auf dich abfährt.«

»Und woher wollt ihr das wissen?«, murmelt sie und trink einen großen Schluck ihres Bieres und verzieht ein wenig das Gesicht. An den eher fragwürdigen Geschmack des US-Bieres hat sie sich immer noch nicht gewöhnt.

»Wir mögen vielleicht ein wenig anders gestrickt sein, aber Männer sind wir trotzdem. Wir wissen, wie unsere Geschlechtsgenossen so ticken. Ist bei euch Frauen doch nicht anders.« Callum und Lucas sprechen, in der Öffentlichkeit, nicht über ihre Homosexualität, denn man kann ja nie wissen, wer gerade alles am Nachbartisch zuhört.

»Ich lasse euch jetzt einfach mal in dem Glauben und möchte jetzt nicht weiter über dieses Thema sprechen. Schließlich sind wir hier, damit ihr euch besser kennenlernt.« Damit ist das Thema Oliver vorerst erledigt.

Die nächsten zwei Stunden verbringen sie hauptsächlich damit zu lachen. Callum und Joni erzählen Lucas immer wieder kleine Anekdoten aus ihrer Kindheit. Zum Beispiel erzählen sie ihm, wie sie als Fünfjährige, beziehungsweise Sieben- und Zehnjährige, die Schweine der McArthurs aus dem Stall gelassen haben und ihnen die frisch gewaschenen Schlafhauben und Nachthemden von Mrs. McArthur angezogen und die Schweine sich anschließend genüsslich im Schlamm wälzten. Es kam nie heraus, dass die McLachlan-Kinder dafür verantwortlich waren. Die McArthur-Zwillinge bekamen die Schuld und damit auch die Strafe.

Im Gegenzug erzählte Lucas ihnen von seiner Kindheit und seiner Familie. Joni und Callum erfahren, dass er ein Einzelkind ist und das seine Eltern ihn immer unterstützten, wo es nur geht und ihm eine große Hilfe waren, als es darum ging, dass er sich für ein College entscheiden musste und auch als er, im Draft von den Dallas Lions ausgewählt wurde, war er sehr froh, sie an seiner Seite zu haben. Ganz plötzlich war er nicht mehr Runningback einer Collegemannschaft, sondern NFL-Spieler. Sein Outing, vor vier Jahren, nahmen sie recht gelassen auf.

»Na, wen haben wir denn da? Unser neues Traumpaar.« Alle drei Köpfe rucken hoch und sie sehen Jeremy, Terence, Jesus und Oliver vor ihrem Tisch stehen. Wobei letzterer sehr düster aus der Wäsche guckt.

Sowohl Joni, als auch Lucas versteifen sich sofort, denn die vier Männer scheinen nicht an einen anderen Tisch gehen zu wollen. Denn Jesus, Terence und Jeremy ziehen sich Hocker heran und auch Oliver folgt, nach einigem Zögern, ihrem Beispiel.

»Jungs, das ist mein großer Bruder Callum.«, stellt sie ihn ihnen vor.

»Callum, das sind Jeremy und Terence. Jesus und Oliver kennst du ja bereits von heute Vormittag.«

»Freut mich euch kennenzulernen.« Freundlich lächelnd reicht Callum jedem der Neuankömmlinge die Hand. Sie weiß ganz genau, dass ihrem Bruder die neue Situation auch nicht gefällt. Mit so vielen unwissenden Zuschauern und Zuhörern ist das jetzt alles andere als einfach.

Um keinen Verdacht zu erregen, muss sie wohl oder übel etwas näher an Lucas heranrutschen, der seinen Arm auf die Lehne der Couch legt und mit dem Daumen über ihr Schulterblatt streicht. Callum neben ihr betrachten die Szene mit wachsendem Groll und sieht ganz bewusst nicht in die Richtung seiner Schwester, sondern konzentriert sich auf Jesus, der ihm direkt gegenüber sitzt und alles Mögliche über die Whiskeyproduktion erfahren möchte.

Die Tischgespräche drehen sich größtenteils um Football und Whiskey. Als sich nach einiger Zeit auch noch recht leicht bekleidete Frauen an ihren Tisch gesellen und beginnen die Männer zu umgarnen, drehen sich die Gespräche zunehmend um die Angehörigen der weiblichen Art.

Joni versucht, möglichst gelangweilt auszusehen. Aber innerlich brodelt es gewaltig in ihr. Neben Oliver hockt eine schwarzhaarige Frau, die mehr auf seinem Schoß sitze, als auf ihrem Hocker. Sie drückt ihm immer wieder ihre Brüste gegen den Arm und lacht in so einem falschen und affektierten Ton, dass sich alles in Joni zusammenzieht. Deren Stimme ist so hoch, dass sie fast das Gefühl hat, ihre Zehennägel würden sich aufrollen.

»Du bist eifersüchtig.«, raunt ihr Lucas zu und sieht sie wissend an.

»Was?!« Verwirrt blickt sie zu ihm auf, kann aber die Furcht, entdeckt zu werden, nicht aus ihrer Stimme heraus halten.

»Du überspielst es ganz gut, aber ich bilde mir jetzt schon ein, dich ein wenig zu kennen.«

»Ich bin nicht eifersüchtig!«, raunt sie ihm giftig zurück, denn es würde einer Niederlage gleich kommen, wenn sie sich diesen Umstand eingestehen würde.

»Okay, lass es mich anders ausdrücken. Du willst dir dein Spielzeug nicht wegnehmen lassen und auch wenn du nicht zugeben willst, dass du eventuell tiefere Gefühle für Oliver haben könntest, findet du ihn zumindest heiß und Süße, ich verstehe dich voll und ganz.« Um jetzt nicht etwas Falsches oder Verfängliches zu sagen, schweigt sie lieber und nimmt einen großen Schluck ihres Bieres, das inzwischen schon ziemlich warm ist, da sie noch bei ihrem ersten Glas ist. Die Anderen haben schon einen ordentlichen Vorsprung.

Joni beißt ihre Zähne fest zusammen, als sie sieht, wie der schwarzhaarige Groupie ihre abartigen Krallen in Olivers Nacken schlägt und ihm irgendetwas ins Ohr flüstert. Wütend krallt sie ihre Finger in den unschuldigen Stoff ihres Rockes.

»Okay, du hast Recht. Ich finde ihn scharf und hätte nichts gegen eine Nacht mit ihm einzuwenden. Aber das ändert nichts an der Tatsache, dass er einen abartigen Charakter hat.«, raunt sie Lucas zu, der triumphierend auflacht.

»Soll ich dir helfen?«

»Wie bitte schön, willst du mir helfen?«

»Du könntest ihm sagen, dass das mit uns nur ein Fake ist. Denn ich bin mir sicher, dass nur der Umstand, dass wir als Paar gelten, ihn davon abhält, dir die Kleider vom Leib zu reißen.«

»Ja klar und ich bin die Kaiserin von China.«

»Ich habe seine Blicke gesehen, dass mit uns gefällt ihm ganz und gar nicht.«

»Ja, aber auch nur, weil du sein bester Freund bist und er mich auf den Tod nicht leiden kann.«

»Na das beruht bei euch ja auf Gegenseitigkeit, aber trotzdem findet ihr den jeweils anderen scharf.«

»Lass einfach gut sein, Lucas.« Joni winkt ab und hofft, dass für ihn das Thema jetzt erledigt ist.

»Hey O.«, ruft er plötzlich und sie stöhnt innerlich auf, denn anscheinend ist es doch noch nicht erledigt.

Der Angesprochene blickt von seinem Bier auf und sieht seinen besten Freund an. Das viel zu stark aufgetragene Parfum seiner Sitzpartnerin hängt ihm unangenehm in der Nase und ihre langen Fingernägel und das zu dicke Make-up widern ihn an. Aber was soll er machen? Wenn er sie abweist, heißt es morgen gleich wieder in der Zeitung, er wäre ein ungehobelter Klotz. Außerdem gibt es momentan nur eine Frau, auf die er scharf ist, die liegt im Arm seines besten Freundes und ist somit tabu für ihn.

»Wenn nichts zwischen Joni und mir wäre, würdest du dann mit ihr schlafen?«, fragt ihn doch tatsächlich Lucas und alle Gespräche am Tisch verstummen schlagartig. Er sieht kurz zu Joni, die puderrot anläuft. Vor Scham scheint sie im Erdboden versinken zu wollen.

»Da was zwischen euch läuft, erübrigt sich das.«, versucht er die Frage abzuschmettern.

»Ich frage dich ja auch nur rein hypothetisch. Also?«

»Wenn ich nicht glücklich verlobt wäre, würde ich mit ihr ins Bett gehen.«, mischt sich Jesus ein.

»Das war klar, dass du das jetzt sagst. Bevor du Tameka kennengelernt hast, hast du alles flach gelegt, dass nicht bei drei auf den Bäumen war.«, lacht Terence und zieht eine dürre Blondine auf seine massigen Oberschenkel, die daraufhin albern kichert.

»O, komm schon. Sei kein Spielverderber.«, fordert Jeremy.

»Hallo?! Sagt mal geht es noch? Ich sitze auch hier am Tisch?«, empört sich Joni und funkelt die Männer böse an, als letzten ihren Bruder »Und du? Wieso sagst du nichts dazu? Ich bin deine kleine Schwester, du musst mich verteidigen!«, fährt sie Callum an, der aber nur amüsiert lacht.

»Schwesterchen, ich habe aufgehört dich zu verteidigen, als du mit vierzehn dem armen Collin Farland vermöbelt hast, weil er es gewagt hatte dich zu fragen ob du mit ihm ausgehen willst.«

»Ich war vierzehn! Hallo?«

»Ja und er war sechzehn und gut zwei Köpfe größer als du. Er wechselt heute noch die Straßenseite, wenn er dich sieht.«

»Das ist jetzt ein Scherz, oder?«, fragt Jesus lieber einmal nach.

»Ganz und gar nicht. Ihr hättet sie sehen sollen. Der arme Junge war so schon nervös. Da hat er endlich seine Frage heraus gestottert, da geht Joni auf ihn los, wie ein Schwan, der seine Jungen verteidigen will. Er hatte ein blaues Auge, mehrere Kratzspuren und sogar eine Bissspur am Arm, bevor er sich zu verteidigen versuchte.«

»Also steckt in unserer Kleinen eine kleine Wildkatze. Na das hatte ich ja schon am ersten Abend vermutet.«, grinst Jesus.

»Aber sie scheint den Männern ja nicht mehr so abgeneigt zu sein, denn immerhin lebt Lucas noch und irgendwelche auffälligen Spuren haben wir auch noch nicht entdeckt. Hat er da vielleicht die Wildkatze gezähmt? Ich persönlich stehe ja auf ein bisschen Kratzen und Beißen im Bett.« Nachdenklich reibt sich Terence über den massigen Nacken.

»Das sind eindeutig viel zu viele Informationen.« Lucas schüttelt den Kopf.

»Okay, mir reicht es. Ich gehe!« Joni springt auf und drängelt sich an Lucas vorbei.

»Warte!«, ruft sowohl Lucas als auch Callum. Sie springen ebenfalls auf. sie werfen ein paar Geldscheine auf den Tisch und folgen der Flüchtenden.

Auf dem Bürgersteig, vor der Bar, holen sie sie ein und packen ihre Oberarme, um sie so zum Stehenbleiben zu zwingen.

»Was?!«Sie wirbelt herum und funkelt die beiden Männer wütend an.

»Sorry, das war nicht beabsichtigt.«, murmelt Lucas und guckt schuldbewusst aus der Wäsche.

»Was hast du erwartet? Das er direkt über den Tisch springt und mich auffordert mit ihm ins Bett zu steigen?« Müde streicht sie sich die Haare nach hinten. »Es war ein langer Tag und ich sollte langsam ins Bett gehen.«

»Sag es ihm.« Eindringlich sieht er sie an.

»Nein. Denke nur mal an die Presse!«

»Ach, scheiß doch auf die Schmierfinken. Hier geht es nicht um mich und mein Versteckspiel, sondern um dich. Ich mag dich Kleine. Du bist irgendwie die kleine Schwester, die ich nie hatte und ich gönne dir eine heiße Nacht.«

»Das heißt aber noch lange nicht, dass ich eine heiße Nacht bekommen werde.« Sie zieht einen Schmollmund.

»Doch wirst du. Ich kennen Oliver nicht, aber ich denke, er ist ein Mann, der nichts anbrennen lässt. Er hat heute Abend alle möglichen Frauen abgewiesen, einschließlich dieser komischen Tante, die ihm immer ihre falschen Brüste ins Gesicht gedrückt hat. Wenn er mal von seinem Bier aufgesehen hat, dann hat er zu dir rüber gesehe.«, redet jetzt auch Callum auf sie ein.

»Ihr seid noch da?« Sie hören Olivers Stimme, der gerade alleine aus der Bar kommt und sich seine Lederjacke anzieht, um dann nach dem Autoschlüssel in seiner Hosentaschen zu angeln.

»Hör zu O. Ich weiß, dass du auf Joni stehst und…«, beginnt Lucas. Kann seinen Satz aber nicht mehr zu Ende bringen.

»Aber alle Latten am Zaun hat du nicht mehr, oder?«, braust dieser auf.

»Sieh wie du es willst. Aber wir zwei sind beste Freunde und …"

»Willst du mir gerade damit sagen, dass du deine Freundin mit mir teilst?«, unterbricht Oliver ihn wieder.

»Nein, denn Joni ist nicht meine Freundin. Da ist, war und wird auch nie etwas zwischen uns laufen. Wir sind nur Freunde und sie hat mir aus der Patsche geholfen.«

»Wie? Du hast mich angelogen?«

»Ähm... Ja, aber du wolltest mir ja auch nicht zuhören. Jedenfalls, wollte ich, dass du weißt, dass wir kein Paar sind.«

»Lucas! Was soll das?!«, fragt Joni ihn aufgebracht. Die Situation ist ihr ungemein peinlich.

»Leute, ihr könnt ja gerne noch euren Beziehungsstatus diskutieren, aber ich fahr jetzt.« Callum verabschiedet sich von seiner Schwester und den beiden anderen Männern, wobei er Lucas einen längeren Blick zu wirft.

»Oliver, kannst du mich mit zurücknehmen?«, fragt Joni schnell. Ihr Bruder ist gerade dabei Lucas abzuschreiben und das muss sie verhindern. Wenn es bedeutet, dass sie über ihren Schatten springen muss, dann wird sie das halt tun.

»Geh mit Callum! Er steht auf dich und genieße die Nacht!«, raunt sie Lucas zu, als sie ihn zum Abschied umarmt. Als sie ihn loslässt, verabschiedet er sich schnell von Oliver und eilt Callum hinterher. Joni hofft, dass er es nicht versaut, denn dann muss sie ihm leider alle Knochen im Leib brechen.

»Können wir?« Ungeduldig spielt Oliver mit dem Autoschlüssel.

»Ja, kann los gehen.«, murmelt sie abwesend und folgt ihm zu seiner Corvette.

Die Fahrt verläuft schweigend, nur der schnurrende Motor und die leise Musik bilden die einzigen Geräusche. Müde lehnt sie ihren Kopf gegen die kühle Scheibe und hängt ihren Gedanken nach. Wieso hat Lucas Oliver plötzlich gebeichtet, dass ihre Beziehung nur reine Show war? Vor allem, wenn man bedenkt, dass diese Show gerade einmal anderthalb Tage gedauert hat.

Irgendwie ist in den letzten knapp drei Tagen so viel passiert, dass es ihr vorkommt, als wären schon Wochen um. Dabei hat sie den Hauptteil, ihrer Zeit hier noch vor sich.

»Willst du im Auto pennen, oder kommst du mit hoch?«, reißt Oliver sie aus ihren Grübeleien und verdutzt stellt sie fest, dass sie sich tatsächlich in der Tiefgarage befinden.

»Nein, ich komm mit hoch.« , antwortet sie und quält sich aus dem niedrigen Sportwagen. Müde trottet sie hinter ihm her. Sie schwankt leicht, als sie neben ihm auf den Aufzug wartet.

Während der Fahrt nach oben kommen die Bilder vom Nachmittag wieder hoch. Wie nah er ihr war und wie er gerochen hat und das sie sich gewünscht hätte, dass er sie doch endlich küssen möge.

»Also war das mit Lucas und dir nur Show?«, fragt er und beobachtet sie von der Seite. Joni spürt seinen Blick auf sich und ihr Herzschlag beschleunigt sich.

»Ja, war es.« Jetzt wo alles raus ist, nützt es nichts mehr, diese Fassade aufrecht zuhalten.

»Du hast ihm also nur geholfen?«

»Ja, als wir einkaufen waren, warteten eine Menge Fans und Groupies vor dem Burgerladen. Wir wollten Beide nur noch so schnell wie möglich da weg und das war die einfachste Methode.«

»Aha.«, ist alles, was er darauf erwidert.

Als sie oben ankommen, verlassen sie den Lift. Joni will nur noch ins Bett und schlafen. Jeder Knochen, jeder Muskel, in ihrem Körper sehnt sich nach Ruhe und Erholung.

Leise klickt das Schloss, als er seinen Haustürschlüssel herum dreht. Ganz Gentleman lässt er der total müden Joni den Vortritt und eine ihrer wilden Locken streift im Vorbeigehen sein Kinn. Sie jagt kleine Schauer durch seinen Körper. Jetzt, wo er weiß, dass nichts zwischen ihr und Lucas ist, ist sie noch verführerischer. Wieso zum Geier reagiert sein Körper nur so stark auf sie? Was ist so anders an ihr?

Der Duft ihres feinen Parfums weht ihm um die Nase und seine Lendenregion erwacht mit aller Macht zum Leben. Seufzend schließt er hinter ihr die Tür und schüttelt über sich selber den Kopf.

Wie von selbst erhebt sich seine Hand und greift nach ihrem Handgelenk, bevor sie aus seiner Reichweite verschwinden kann.

Verwundert dreht sie sich um und blickt ihn an. Keiner von ihnen sagt ein Wort. Langsam, ohne sie los zulassen, geht er auf sie zu. Als er ganz nah vor ihr steht, senkt er seinen Kopf, so dass seine Lippen nur noch wenige Zentimeter von ihren entfernt sind.

Er schreibt sein Verhalten dem Alkohol zu. Wobei er sich selber darüber im Klaren ist, dass er von einem Bier gar nicht so besoffen sein kann, dass er gerade gegen seine Prinzipien handelt.

Abwartend sieht er Joni an, denn wenn sie ihn küssen will, dann muss sie jetzt die letzte kleine Distanz zwischen ihren Mündern überwinden.

Kapitel 17

Jonis Blick huscht immer wieder zwischen seinem Mund, der ihr gerade so verdammt verführerisch vorkommt und seinen Augen hin und her. Er ist ihr so nah. *Nur wenige Zentimeter. Wenn ich mich etwas nach vorn beugen würde, dann...*

Wenn sie tief Luft holt, dann berühren ihre Brüste seinen Oberkörper. Ihre Brustwarzen bitzeln jetzt schon vor Vorfreude.

Sie versteht seine eindeutige Geste, ist sich aber unschlüssig, ob sie auf sein stummes Angebot eingehen soll. Vor allem würde es nicht nur bei einem Kuss bleiben. Sie würden weiter gehen und was ist dann?

Warum macht sie sich plötzlich so viele Gedanken darüber? Sonst ist sie einem One-Night-Stand mit einem heißen Typen auch nicht abgeneigt. Nur dass es hier so ist, dass sie mit dem besagten heißen Typen temporär zusammenwohnt.

Seine Hand umfängt ihr Handgelenk immer noch und die Lustschauer jagen durch sie hindurch, als würde sich in ihrem Inneren eine Autobahn befinden. Was ist schon dabei?

Zaghaft stellt sie sich auf die Zehenspitzen und streift nur ganz leicht seine Lippen. Einfach, um mal zu sehen, wie es sich anfühlt. Ihre Erwartungen werden bei Weitem übertroffen. Schon diese kleine Berührung entfacht in ihr ein Feuerwerk, welches sie bisher noch gar nicht gekannt hat und es macht sie sofort süchtig.

Wieder wandert ihr Mund zu seinem. Sacht umfassen ihre Lippen seine und umgekehrt. Der Kuss ich keuch und vorsichtig. Jeder von ihnen will ausloten, wohin es in dieser Nacht gehen könnte.

Oliver kann sich ein triumphierendes Lächeln gerade noch verkneifen, als ihre Lippen seine streifen. Als sie ihren zarten Mund vollends auf seinen presst ist jedes Triumphgefühl verflogen und er kann nur noch fühlen. Der einzige Gedanke, der in seinem berauschten Sinn vorkommt, ist der Wunsch, dass er sie heute Nacht in seinem Bett haben will. Er will sie unter sich spüren, will jeden Zentimeter ihres Körpers erforschen.

Seine ohnehin schon erwachte Erektion lechzt nach mehr, drängt sich fast schon schmerzhaft steif gegen den Reißverschluss seiner Jeans und bettelt um Freiheit.

Gemächlich, auch wenn ihm schneller lieber wäre, streicht er mit der Hand ihren nackten Arm hinauf und vergräbt seine Finger in ihren wilden Locken, die ihn schon von Anfang an schier um den Verstand bringen. Seine andere Hand legt er auf ihre Taille, die so wunderbar weiblich ist. Er zieht sie näher an sich heran, presst seine Hüften gegen sie und lässt ihr keinen Zweifel mehr an seinen Absichten.

Ihre Münder bewegen sich immer heftiger gegeneinander und Joni kann nicht fassen, dass er so gut küssen kann und dabei werden ihre Zungen noch nicht einmal, in dieses aufreizende Spiel, einbezogen. Ihr Blut rauscht, in Form von glühend heißer Lava des Verlangens, durch ihren Körper. Ihre Mitte pocht unaufhörlich. All ihr Denken und Fühlen konzentriert sich auf diesen einen Punkt. Die Hand auf ihrer Taille scheint ihre Haut an dieser Stelle verbrennen zu wollen. Das er sich in ihr Haar krallt macht sie rasend vor Lust.

Er ist so bereit. Sie ebenfalls. Er entlockt ihr ein kleines Stöhnen nach dem Anderen.

Joni kann nicht anders, sie muss sich einfach an ihm reiben wie eine rollige Katze. Ihre Brüste verlangen nach seiner Aufmerksamkeit, aber seine Hände bleiben da, wo sie sind und so muss sie sich selber darum kümmern.

Mit einem kehligen Knurren gräbt er seine Zähne in ihre volle Unterlippe. Sie stellt seine Standhaftigkeit echt auf die Probe. Wer hätte ahnen können, dass in diesem kleinen Teufel so viel erotisches Feuer steckt? Er hat die kleine Vorahnung, dass sie noch gar nicht aus den Vollen schöpft und das noch weitaus mehr in ihr steckt. Doch bevor er das herausfindet, will er erst einmal selber in ihr stecken. Sie sollt unter ihm stöhnen, soll vergehen vor Lust und seinen Namen schreien, wenn sie kommt.

Sie wimmert leise auf, als er mit seiner Zunge über die misshandelte Unterlippe streicht. Dieses kleine Geräusch lässt ihn noch härter werden. Stöhnend zieht er sie näher an sich, presst sich gegen sie. Joni kommt ihm entgegen, schmiegt sich an ihn und gibt seiner Zunge, wonach sie verlangt. Mit einer Heftigkeit, die er nicht erwartet hätte, schnellt ihre seidige Zunge nach vorn und umspielt die seine.

Joni ist völlig gefangen in ihren Empfindungen. Im Moment gibt es kein Gestern, es gib kein Morgen, es gibt nur noch das Hier und Jetzt. All ihre Streitereien und Differenzen sind vergessen. Wo ihre Geister nicht miteinander klar kommen, harmonisieren ihre Körper umso besser.

Sanft drängt Oliver sie zurück. Sie folgt seiner Bewegung. Wenn sie schon miteinander schlafen, dann wenigstens nicht im Flur. Wobei es ihnen Beiden im

Moment egal wäre, wo sie übereinanderherfallen würde. Hauptsache, sie können sich endlich spüren.

Sie stolpern durch die Wohnung und verlieren nach und nach ein Kleidungsstück nach dem Anderen. Als Erstes müssen die Schuhe und Olivers Socken dran glauben. Während er ihre Bluse aufknöpft, macht sie sich mit fahrigen Fingern an seinem T-Shirt zu schaffen. Ihre Fingerspitzen streifen seine harten Bauchmuskeln und sie will mehr! Will alles sehen, fühlen und schmecken.

Während sie ihm umständlich das Shirt über den Kopf zerrt und es irgendwo hinschmeißt, ist er beim letzten Knopf der Bluse angekommen. Joni könnte frustriert aufschreien, denn er hat ihre Haut bisher nicht berührt.

Oliver löst den Kuss und macht einen Schritt zurück. Ihre Locken sind noch wilder und sie scheinen in Flammen zu stehen, so sehr leuchten sie im Mondschein, dass durch die große verglaste Außenfassade dringt. Ihre Haut erscheint ihm im Moment wie Porzellan, so rein, so zart. Der Ansatz ihrer vollen Brüste wölbt über ihrem BH hervor und ihre harten Brustwarzen ziehen ihn in seinen Bann.

Schnell ist er wieder bei ihr und küsst sie verlangend, lässt seine Zunge hervorschnellen und zeigt ihr, was sie erwartet. Auch sein Unterleib macht sich selbstständig. Als er ihre Hände wieder auf sich spürt, wie sie die Form seiner Muskeln nachfährt und ihre Nägel über die schmale Haarlinie kratzen lässt, die sich von seinem Bauchnabel in Richtung Süden erstreckt, deutet er einen Stoß an und saugt ihr Keuchen praktisch in sich auf.

Er fühlt sich so verdammt gut an. Die Haut sitzt straff über den trainierten Muskeln und sein Geschmack in Kombination mit seinem Geruch ist einfach nur berauschend. Es gibt auf dieser Welt keine einzige Droge, die so schnell süchtig macht, wie Oliver Brown. Sie weiß jetzt schon nicht mehr, wo oben und unten ist. Was soll das denn dann noch werden?

Ihre Atmung kommt völlig unkontrolliert und ihr Herz schlägt einen Salto nach dem Anderen. Sein Mund löst sich von ihrem und er zieht eine feuchte Spur aus kleinen federleichten Küssen, Bissen und Zungenschlägen über ihren Kiefer zu ihrem Ohr und weiter ihren Hals hinab zu ihrem Schlüsselbein.

Langsam setzten sie sich wieder in Bewegung.

Sie spürt etwas Weiches in ihren Waden und ohne groß darüber nachzudenken, lässt sie sich fallen und zieht ihn an seinen Schultern mit sich.

Damit er nicht komplett auf ihr landet, fängt er sich mit seinen Unterarmen ab, die er links und rechts neben ihr positioniert.

Nur ganz am Rande nimmt Joni wahr, dass sie sich auf der Couch befinden. Kaum liegen sie, wandert sein Mund weiter und erst als seine Lippen ihre harten Knospen finden, bemerkt sie, dass sie irgendwo ihre Bluse und den BH verloren hat. Mit zarten Bissen umspielt er ihre aufgerichteten Brustwarzen. Verlangend reckt sie sich ihm entgegen. Ihre Fingernägel zerkratzen seine Schultern, was ihm aber zu gefallen scheint. Denn seine Atmung ist auch nur noch ein Keuchen und er stöhnt immer wieder auf.

Sie macht ihn einfach nur wahnsinnig. Ihre Brüste scheinen wie für ihn gemacht zu sein und er kann gar nicht genug davon bekommen sie zu verwöhnen. Aber so langsam kann er sich nicht mehr zurückhalten. Alles in ihm schreit nach der ersehnten Vereinigung.

Seine Hände streichen über ihre Seiten, fahren über ihren flachen Bauch und beginnen mit der Suche des Verschlusses ihres Rockes. Doch er kann ihn beim besten Willen nicht finden. Es muss aber einer da sein, denn als er am Bund zupft, gibt dieser nur minimal nach. So viel versteht er von Frauenkleidung, das was zum Öffnen da sein muss, wenn sie sich nicht gerade rein genäht hat.

»Wo ist das Mistding?«, flucht er leise vor sich hin und Joni beginnt leise unter ihm zu kichern.

»Lach nicht, hilf mir lieber.« Als sie sich nicht rührt, taucht er seine Zunge, zur Strafe, in ihren Bauchnabel und umkreist diesen immer wieder neckend.

»Okay … Okay… warte, ich helfe dir.«, stößt sie, nach Atem ringend, hervor.

Das Spiel seiner Zunge unterbrechend, stemmt sie ihr Becken nach oben und greift mit ihren Händen nach hinten, um den Knopf und den Reißverschluss auf der Rückseite zu lösen. Gemeinsam schaffen sie es dann auch, endlich den Rock in weite Ferne zu befördern.

Mit einem wölfischen Grinsen stürzt sich Oliver wieder auf sie und lässt seine rechte Hand über die Innenseite ihrer Schenkel gleiten. Das kitzelnde und errege Gefühl verleiten Joni dazu, ihre Beine zusammenzupressen. Doch Oliver hat etwas dagegen, denn er nimmt ihr rechtes Bein zwischen seinen gefangen und führt seine süße Folter fort.

»Das ist unfair.«, keucht sie, als er mit den Fingerspitzen über ihren Tanga streicht, der von ihrer Feuchtigkeit durchtränkt ist.

»Was ist unfair?«, fragt er mit einer rauen Stimme, welche stark an ein Reibeisen erinnert.

Erbarmungslos streichelt er über ihre Mitte und übt einen köstlichen Druck auf ihrer pochende Klitoris aus.

»Du hast noch … deine … Oh … Gott … Hose … an.«
Verlangend hebt sie sich ihm entgegen, er soll sie endlich
erlösen!

»Es reicht, wenn du mich Oliver nennst, aber Gott ist
auch eine gute Alternative. Wenn dich meine Hose stört,
dann zieh sie mir doch aus.« Sein heißer Atem weht über
ihre Brüste. Seine Zungenspitze beginnt wieder mit ihren
Kieselsteinen zu spielen.

Um an den Gürtel zukommen, muss sie ein wenig
nach unten rutschen. Sie nutzt gleich die Gelegenheit,
um ihre Zunge über seinen Körper zu schicken.

Seine Haut ist von einem leichten Schweißfilm
bedeckt. Er vermischt sich mit seinem natürlichen
Geschmack zu einer berauschenden Mischung.

Ein kehliger Laut entschlüpft ihm, als sie sanft in seine
Bauchmuskeln beißt und gleich darauf ihre Zunge über
die Stelle gleiten lässt. Ihre Finger zittern zwar, aber sie
findet die Schnalle seines Gürtels und öffnet ihn. Dass
ihre Hände seine Härte streifen und ihn damit in den
Wahnsinn treiben, ist ihr nur Recht.

Seine Größe überrascht sie und auch wenn sie nicht
gerade die Unschuld vom Lande ist, fragt sie sich
ernsthaft, wie das passen soll. Denn zusammen mit
seiner Hose hat sie ihm auch gleich die Boxershorts
ausgezogen und sein erigierter Penis springt ihr förmlich
entgegen. Fasziniert betrachtet sie ihn, wie er rosig im
Mondlicht glänzt. Vorsichtig streckt sie ihre Hand aus und
umfasst ihn, spürt seine harte Sanftheit und verreibt den
Lusttropfen, der auf der Eichel glänzt.

»Du willst mich umbringen!«, stößt Oliver hervor und
lässt sich auf den Rücken fallen. Er versucht, ihre
Berührungen zu genießen, doch dann macht ihm sein
Telefon einen dicken, fetten Strich durch die Rechnung.

Auch Joni hält inne und umfasst ihn härter, bewegt ihre Hand aber nicht.

»Wehe du hörst jetzt wegen diesem Fucktelefon auf!«, flucht er und krallt seine Hände in die Sofakissen und versucht nicht jeden Augenblick zu kommen.

»Du solltest vielleicht rangehen.«, neckt sie ihn, denn sie ist sich der Wirkung ihres Tuns bewusst.

»Einen Scheiß werde ich tun!«

»Gut, wie du willst.« Joni verstärkt den Druck ihrer Hand, hält sie aber weiterhin an Ort und Stelle und spürt das Pulsieren seines Schaftes in ihrer Handinnenfläche. Währenddessen gibt das Telefon keine Ruhe und verlangt nach Aufmerksamkeit.

»Hexe!«, flucht er und angelt sich das verhasste Teil.

»Ja«, knurrt er unfreundlich und Joni nimmt die Erkundung seines besten Stückes wieder auf. Oliver atmet scharf ein, als ihr Fingernagel seine Eichel streift, lässt es sich aber nicht weiter anmerken, was sie hier gerade treiben.

»Ist für dich.« Er hält ihr das Telefon hin und sie nimmt es, ihn fragend anblickend, entgegen.

»Ja?«, quietscht sie, da Oliver sie an der Taille packt und sie wieder unter sich begräbt. Den Tanga luchst es ihr auch gleich mit ab.

»Hey, bekommt man dich auch mal wieder an die Strippe!« Kevin!

»Kev ... du hör mal ... es ist ... oh Scheiße ... ungünstig.« Sie ist nicht mehr fähig eine normale Unterhaltung am Telefon zuführen, denn Olivers Zunge hat ihren Eingang entdeckt und macht auf Höhlenforscher.

»Alles in Ordnung bei dir?«, fragt Kevin Coleman besorgt nach.

»Ja« stöhnt sie ungehemmt, weil sie sich einfach nicht mehr zurückhalten kann. Oliver bringt sie an den Rand des Orgasmus. Ihr Becken will sich unruhig bewegen, aber seine großen gebräunten Hände, die sich so dunkel von ihrer hellen Haut abheben, halten sie in Position.

»Du solltest dich lieber mal bei Luise melden, sie dreht bald durch, wenn sie nicht bald mal was von dir hört.«

»Werde ... ich ... machen.«

»Dann haben wir das ja geklärt und jetzt will ich wissen, was los ist. Hast du gerade Sex?«

»Nein« Joni vergräbt ihren Kopf in den Kissen und presst sich Oliver entgegen.

»Gut dann kein Sex. Also tippe ich darauf, dass dich gerade der Quarterback der Dallas Lions leckt.«

»Ich ... Bye.« Schnell unterbricht sie die Verbindung. Kevin muss nun wirklich nicht wissen, was hier gerade abgeht, er ahnt schon viel zu viel.

»Fertig mit telefonieren?«, raunt Oliver an ihrem Ohr und nimmt es zwischen seine Zähne, um am Ohrläppchen zu knabbern.

»Du ...« Ihre Drohung geht in ein Stöhnen über, als er mit zwei Fingern in sie eindringt und sie massiert.

»Ich würde das ja ganz gerne weiter treiben, aber ich habe auch meine Grenzen.« Damit entzieht er ihr seine Finger und Joni wimmert enttäuscht auf.

Die Verpackung des Kondoms, welches er noch aus seiner Hose gefischt hat, bevor Joni sie ihm ausgezogen hat, raschelt, als sie langsam zu Boden schwebt. Mit geübten Handgriffen rollt er es sich über seinen steifen Penis. Er kann es gar nicht mehr erwarten - nicht nachdem er sie gekostet hat.

Ihre Münder treffen sich wieder und mit einem ungeduldigen Stoß dringt er tief und bis zum Anschlag in sie ein. Sie stöhnen Beide in den Kuss. Er verharrt in seiner Position, um Joni die nötige Zeit zu geben, damit sie sich an seine Größe gewöhnen kann.

Ihre Beine schlingen sich, wie Schraubstöcke, um seine Hüften und ziehen ihn näher.

Oliver hat eigentlich vorgehabt, sich langsam und verzehrend zu bewegen, aber ihr Stöhnen und das dunkle Glimmen in ihren grünen Augen lassen ihn alles vergessen. Er lässt sich von seinen Trieben leiten und stößt fest und ungehalten in sie.

Joni hat keine Ahnung, wie er es anstellt, aber schon mit seinem ersten Stoß, den sie so nicht erwartet hat, hat er genau diesen einen magischen Punkt in ihrem Inneren getroffen, bei dem sie das Gefühl hat zu fliegen.

Unaufhörlich treibt er sie Beide dem Orgasmus entgegen.

Sie schreit ihren mit voller Kraft heraus, als die wilden Wellen über ihr zusammenbrechen und sie mit ziehen.

Oliver braucht nur drei weitere Stöße, um selber die Erlösung zu erlangen.

Kapitel 18

Ihre Leiber sind mit Schweiß überzogen und sie kleben förmlich aneinander, als sie sich keuchend von ihren Orgasmen erholen.

Oliver rollt sich von Joni herunter und legt sich neben sie, eine Hand hinter dem Kopf und eine auf seinem Bauch, den Blick starr nach oben an die Decke gerichtet. Er hat gerade keine Ahnung, wie es weiter gehen soll. Er hat schon geplant, mit ihr zu schlafen, aber dass es so wird, hätte er sich nie gedacht.

Joni starrt ebenfalls an die Decke und grübelt darüber nach, wie sie sich jetzt wohl am besten verhalten soll. Auf alle Fälle wird sie ihm nicht auf die Nase binden, dass sie gerade den besten Orgasmus aller Zeiten hatte. Sie hatte schon so einige in ihrem Leben gehabt, aber keiner war so … verschlingend und mitreißend. Sie pustet sich eine Strähne aus dem Gesicht, welche ihr quer über die Augen liegt und sie an der Nase kitzelt.

Die Stille macht sie nervös. Kann er nicht mal was sagen? Denn sie selber weiß gerade nicht, wie sie sich verhalten soll. Wäre dies ein herkömmlicher One Night Stand gewesen, würde sie jetzt aufstehen und nach Hause gehen. Hier besteht das Problem, dass sie sich praktisch zu Hause befindet, auch wenn es seine Wohnung ist.

»Ich geh duschen.«, brummt es neben ihr. Im nächsten Moment klettert Oliver über sie hinweg und macht sich auf den Weg zu seinem Badzimmer. Sie sieht ihm nach, die Augenbrauen nachdenklich zusammengezogenen. Ihr Blick ist, wie festgenagelt, auf seinen knackigen und äußerst nackigen Hintern gerichtet.

Seufzend wendet sie den Blick vom leeren Flur ab. Er ist weg und diese etwas peinliche Situation ist geregelt. Doch warum fühlt es sich dann so mies, so falsch an?

Mit beiden Händen fährt sie sich durch die Haare und lässt sie dann frustriert fallen. Ihre Augen beginnen zu brennen. Sie musste auch schon das eine oder andere Mal gähnen und wenn sie die Nacht nicht nackt auf seiner Couch verbringen will, dann sollte sie jetzt aufstehen und ebenfalls verschwinden.

Im Vorbeigehen sammelt sie ihre Klamotten und ihre Clutch ein. So kann sie wenigstens die Zeugen des Geschehens beseitigen und so tun, als wäre nie etwas passiert. Das wird wohl morgen Früh auch das Beste sein. Einfach so tun, als wäre es nie geschehen. Zufrieden mit sich und ihrem Entschluss schmeißt sie ihre Sachen auf das Bett, um selber unter der Dusche zu verschwinden.

Das warme Wasser prasselt wohltuend auf Oliver herunter. Genießerisch schließt er die Augen und will im Moment einfach mal an nichts denken. Was aber gar nicht so einfach ist. Erotische Bilder erscheinen in seinem Kopf. Nachdenklich zieht er die Stirn kraus. Das sollte eigentlich nicht so sein. Immerhin hat er sie jetzt einmal gehabt und gut ist. Normalerweise ist danach sein Verlangen gestillt. Aber bei seiner kleinen Wildkatze ist das anders. *Moment! Meine kleine Wildkatze?! Was für eine gequirlte Scheiße denke ich hier eigentlich?!* Mit einem resoluten Kopfschütteln vertreibt er jeden Gedanken an Joni und beeilt sich ins Bett zu kommen. Morgen ist kein Training, aber trotzdem hat er Termine, für die er schon früh am Morgen aus den Federn muss und das obligatorische Fitnesstraining steht sowieso jeden Tag an.

Der Abendsport hat Joni so weit ausgelaugt, dass sie kaum noch die Augen offen halten kann. Mit einem wohligen Seufzer lässt sie ihren Kopf auf das weiche Kissen sinken und zieht die Decke über sich, um im nächsten Moment tief und fest zu schlafen.

Unruhig wälzt sich Oliver von einer Seite auf die Andere. Frustriert schlägt er die Augen auf und starrt an die Zimmerdecke, die er in der Dunkelheit nur schemenhaft erkennen kann. Seine Gedanken lassen ihn einfach nicht zur Ruhe kommen. Immer wieder kreisen sie um Joni und die Tatsache, dass sie Sex hatten und dieser verdammt gut war. Oliver kann einiges an Erfahrungen und Vergleichswerten aufweisen.

Missmutig stopft er sich das Kopfkissen zurecht. Irgendetwas muss es doch geben, was er machen kann, damit er einschlafen kann. Ihm will aber nichts einfallen. Aus Frust schaltet er seine Nachttischlampe an, zieht sich ein T-Shirt über, da er nur in Boxershorts schläft und tapst auf nackten Füßen in sein Arbeitszimmer. Wenn er schon nicht schlafen kann, dann kann er sich auch nützlich beschäftigen.

Der Raum ist über und über mit Regalen vollgestopft, die wiederum voller Bücher sind. Nur die große Fensterfront ist frei. Davor steht sein pechschwarzer Schreibtisch.

Die Schreibtischlampe, die ihn schon seit seiner Studienzeit begleitet, ist das einzige Licht, während er hinter dem massigen Möbelstück sitzt und den Vertrag durcharbeitet, welcher ihm eine Stange Geld verspricht, sollte er unterschreiben und das neue Gesicht für eine

Herrenmodekollektion eines namenhaften Designers werden. Wie vor jedem Werbedeal widmet er sich mit voller Konzentration und Aufmerksamkeit den Verträgen. Hätte es den Football nicht gegeben, wäre er Anwalt geworden. Das war sozusagen sein Plan B. Die Zwischenprüfungen hatte er auch schon mit einem sehr guten Ergebnis abgelegt. Doch dann kam der Draft und die Dallas Lions haben sich ihn geschnappt. Dass ihm, im Jahr zuvor, die Heismann Trophy verliehen wurde, war sicherlich recht nützlich, um gedraftet zu werden.

Grummelnd dreht sich Joni auf den Bauch und versucht den Sonnenstrahlen, welche so vorwitzig durch die Fenster scheinen, zu entkommen. Gestern Nacht hat sie einfach nicht mehr daran gedacht, die Vorhänge zuschließen und jetzt hat sie den Salat.

Da sie nicht mehr einschlafen kann, rappelt sie sich auf und gönnt sich eine ausgiebige Morgendusche. Da kann sie schon mal ausschlafen und dann das!

In ein Handtuch gewickelt und mit einem weiteren auf ihrem Kopf, steht sie vor ihrem Kleiderschrank und sieht unschlüssig hinein. Da heute kein Training ist und auch sonst nichts mit dem Team vereinbart ist, kann sie sich einen Home-Tag genehmigen und sich, zusammen mit ihrem Laptop und ihren Aufzeichnungen auf die Dachterrasse setzen und das erste Kapitel weiter ausbauen. Sie hofft nur inständig, dass Oliver irgendetwas vor hat und heute nicht den ganzen Tag hier herum hängt. Am besten wäre es natürlich, wenn er schon weg wäre, denn dann könnten sie sich dieses peinliche Zusammentreffen am Morgen danach sparen.

Bewaffnet mit einer bequemen grauen Jogginghose, frischer Unterwäsche und einem schlichten schwarzen

Top geht sie zurück ins Bad, um sich anzuziehen und die feuchten Handtücher aufzuhängen.

Ihre Locken kringeln sich noch stärker als sonst, da sie sie nur grob mit den Fingern durchgekämmt. Sie muss sie heute mal nicht zu einer halbwegs zivilisierten Frisur nötigen.

Ihre Hoffnung, Oliver wäre schon weg, zerschlägt sich, als sie die Küche betritt. In aller Seelenruhe sitzt er am Tresen und nippt an seinem Kaffee, während er die Zeitung studiert.

»Morgen«, bringt sie gerade so heraus. Denn ihr Herz schlägt ihr bis zum Hals und ihre Hände schwitzen. Sie weiß einfach nicht, wie sie ihm begegnen soll. Hat sich jetzt etwas geändert, nur weil sie Sex hatten? Oder ist alles beim Alten und sie führen ihren Kleinkrieg weiter?

»Morgen. Du und Lucas seid wieder in den Schlagzeilen.« Mit einem undefinierbaren Gesichtsausdruck reicht er ihr die Zeitung, um dann aufzustehen und ihr einen Kaffee einzuschenken.

Erstaunt sieht sie ihm dabei zu, wie er eine Tasse aus dem Schrank neben der Dunstabzugshaube nimmt und ihr die schwarze Koffeinbrühe eingießt.

»Danke.«

»Kein Problem.« Er setzt sich wieder neben sie und widmet sich seinem Kaffee, wobei er sie hin und wieder abwartend anschaut.

Hastig überfliegt sie den Artikel. Auch ein Foto ist wieder mit dabei. Dieses Mal zeigt es sie, Lucas und Callum in trauter Dreisamkeit, wie sie an dem Tisch in der Bar sitzen.

»Wir heiraten also bald.«, stellt sie belustigt fest.

»Scheint so. Immerhin hast du ihn schon deiner Familie vorgestellt und wenn man dem Artikel glauben darf, bist du in ein paar Monaten schwanger.«

»Ganz bestimmt nicht und Callum kann man wohl kaum als meine Familie bezeichnen.«

»Als was denn sonst?«

»Er ist mein Bruder und damit Teil meiner Familie, aber er ist sie nicht alleine. Wir alle sind eine Familie. Meine Eltern, meine Brüder, meine Tanten und Onkel, meine Großeltern, meine Cousinen und Cousins und ich. Himmel, ich bin Schottin, bei uns kann so eine Familie mal schnell aus fünfzig bis sechszig Menschen bestehen und das bezeichnen wir dann als den engeren Kreis.«

»Da will ich nicht wissen, was bei euch los ist, wenn ein Familienfest ansteht.«

»Die Feiertage gehen immer, da sind wir meist so dreißig Mann. Aber wenn das große Familientreffen ist, dann sind wir auch schon mal um die zweihundert Leute.«

»Und die kennst du alle?« Joni kann einen kleinen belustigten und vielleicht auch provozierenden Unterton heraushören. Das gibt ihr ein gutes Gefühl. Die Tatsache, dass er sie wieder auf die Palme bringen will zeigt ihr nur zu deutlich, dass sich anscheinend nichts zwischen ihnen geändert hat.

»Nicht alle, aber alle wichtigen Verwandten kenne ich schon. Bei den Cousins fünften Grades und bei den Cousinen dritten Grades gebe ich meistens auf.«

»Komisch, dass du dich an mehr Namen von Cousins als an Cousinen erinnern kannst.«

»Ich will dich mal sehen, wenn deine Mutter versuchen würde, dich mit einem deiner Cousins zu verkuppeln.«

»Das würde sich meine Mutter nie trauen!«

»Oh Mann, du weißt, was ich meine!« Lächelnd klatscht sich Joni die flache Hand gegen die Stirn und schüttelt den Kopf.

»Auch wenn es sich dabei um Cousinen handeln würde, würde sie das nie machen. Aber bei euch scheint man das ja nicht so eng zu sehen. Bei uns würde man das schon fast als Inzucht betiteln.«

»Was willst du damit sagen?«, fragt sie, mit zusammengezogenen Augenbrauen, nach.

»Na, wenn du mit einem der Typen ins Bett gegangen wärst, hättest du mit deinem Cousin, einen Verwandten, geschlafen. Also ich finde das schon seltsam.«

»Meine Fresse, das Blut ist schon wieder soweit verwässert, das man das hier noch nicht mal mehr als Verwandtschaft ansehen würde. Wir halten zusammen und zwar immer und über viele Generationen hinweg.«

»Und seid dabei überaus geizig.« Sie kann sehen, wie er in seine Tasse grinst.

»Packst du jetzt die ganzen Vorurteile gegenüber uns Schotten aus?«

»Ist doch wahr. Schau dich doch mal an. Du bist stinkreich und hast dich in meiner Wohnung eingenistet. Dabei könntest du dir zehn davon hier in Dallas leisten.«

»Das zeigt mal wieder, dass du nichts über mich weißt.«, schnappt Joni und will aufspringen, aber Oliver vereitelt ihren Plan. Denn plötzlich steht er direkt hinter ihr und stützt seine Hände links und rechts neben ihr auf der Frühstückstheke ab, sodass sie gefangen ist.

»Jetzt raste doch nicht gleich wieder aus.« Sein Atem weht warm über ihren Hals.

»Du unterstellst mir hier Dinge, von denen du keine Ahnung hast. Ich habe dir schon gesagt, dass ich keine Kohle habe.«

»Sorry, aber wenn ich höre, dass jemand die Erbin eines der größten und besten Whiskybrennereien ist, dann gehe ich nun einmal davon aus, dass die betreffende Person im Geld schwimmt.«

»Ich schwimme nicht im Geld. Callum und Logan sind diejenigen, die in Dads Fußstapfen getreten sind und nicht ich.«

»Und so bekommst du keinen Cent, oder wie habe ich das zu verstehen.«

»Nein, ich wollte keinen Cent.«, gibt sie seufzend zu.

»Du wolltest nicht? Ich wusste ja schon, dass du ein klein wenig irre bist, aber das es bei dir da oben so sehr brennt, hätte ich jetzt nicht gedacht.«

»Das geht dich nichts an!«, faucht sie.

»Eigentlich schon. Immerhin wohnst du bei mir und das kostenfrei und es wundert mich gerade schon ein bisschen, dass du nichts darauf konterst, dass ich dich gerade irre genannt habe.« Seine Lippen streifen ihr Ohrläppchen und ein heißkalter Schauer breitet sich von der Stelle aus.

»Warum sollte ich kontern, wenn ich doch selber weiß, dass ich nicht ganz richtig im Kopf bin.« Betont lässig zuckt sie mit den Schultern.

»Ich muss wohl drei Kreuze am Kalender machen. Du hast mir zugestimmt. Dieser Tag, diese Stunde, sollte in die Geschichte eingehen, als der Zeitpunkt, als Joni McLachlan Oliver Brown zugestimmt hat.«

»Ich habe dir schon vor ein paar Tagen zugestimmt und da musste es auch nicht gefeiert werden.«

»Das war eine völlig andere Situation gewesen.«

»Was war da anders?«

»Wir hatten da noch keinen Sex gehabt.« Seine Lippen streifen ihren Hals. Seine Zungenspitze drückt sacht auf den Punkt, an dem ihr Puls unaufhörlich rast. Unruhig rutscht sie auf dem Hocker herum. Wie schafft er es, dass sie sich schon wieder nach ihm verzehrt?

»Das hat jetzt alles geändert, oder was?«, schafft sie, hervorzubringen.

»Nicht alles. Ich mag dich immer noch nicht besonders. Aber du musst zugeben, dass wir, rein körperlich gesehen, perfekt zusammenpassen.« Seine breite Brust vibrierte an ihrem Rücken und die Schauer verstärken sich, genauso wie das Pochen zwischen ihren Schenkeln.

»Was willst du mir damit sagen?«

»Joni, du bist heute wirklich schwer von Begriff. Auch wenn ich dich nicht sonderlich mag, muss ich zugeben, dass der Sex gestern echt heiß war.«

»Aha und?«

»Ich will mehr!«, raunt er an ihrem Hals und beißt kurz in die zarte Haut.

Kapitel 19

Joni ballt ihre Hände zu Fäusten. Holt Schwung, um ihren rechten Ellenbogen nach hinten schnellen zu lassen, um ihn direkt in Olivers Magen zu rammen – und sie trifft.

Er gibt einen grunzenden Laut von sich, löst sein Armgefängnis um ihren Körper herum und tritt einen Schritt zurück.

»Was soll das denn?«, fragt er sie erbost und reibt sich die malträtierte Stelle.

»Was das soll?! Hallo? Hast du sie nicht mehr alle? Du denkst doch auch, du wärst das gottgegebene Geschenk an die Frauenwelt und bist ja so unwiderstehlich! Aber soll ich dir mal was sagen? Das bist du nicht! Du bist bestenfalls Durchschnitt!«, braust sie auf und funkelt ihn wütend an.

»Baby, ich bin das gottgegebene Geschenk an die Frauenwelt. Da muss ich nicht mehr darüber nachdenken.« Oliver kommt ihr wieder einen Schritt näher und sie muss sich zusammenreißen, dass sie nicht vor ihm zurückweicht, oder sich einfach an ihm reibt. Er hat Recht. Der Sex gestern war fantastisch gewesen und im Grunde hätte sie nichts gegen eine Wiederholung einzuwenden. Aber sein dummer Spruch, dass er sie nicht leiden kann, hat gesessen. Sie ist einfach viel zu stolz, um ihm jetzt nachzugeben. Lieber verzichtet sie auf den Sex, oder sucht sich einen anderen Mann.

»Dann such dir doch eine deiner Schlampen, die so hohl sind, dass sie dir diesen Schwachsinn abkaufen.«, giftete sie ihn an.

»Bist du eifersüchtig?«, fragt er sie ganz plötzlich und grinst sie wissend an.

»Was? Also jetzt bin ich mir sicher, dass du nicht mehr alle Tassen im Schrank hast.« Auflachend zeigt sie ihm den Vogel. Sie und eifersüchtig! Na klar und heute Morgen ist die Hölle zugefroren.

»Klar habe ich sie nicht mehr alle im Schrank. Immerhin stehen zwei davon auf dem Tresen und im Geschirrspüler müssten auch noch vier stehen.«

Joni holt tief Luft. *Warum muss er immer wieder das letzte Wort haben?*

»Na? Kommt heute noch was, oder habe ich dich letzte Nacht gezähmt?« Wieder funkeln seine dunkelbraunen Augen belustigt.

»Auf so einen Schwachsinn muss ich nicht antworten. Der Klügere gibt nach und da ich das bin, werde ich jetzt wieder in mein Zimmer gehen.«

»Es ist mein Zimmer, nicht deins. Aber scheiß drauf. Da du dich als die Klügere hinstellst, nehme ich mal an, das du auf meinen Vorschlag eingehst?«

»Vergiss es! Nicht in einer Millionen Jahre. Wie gesagt, du bist im besten Fall Durchschnitt und damit habe ich nicht nur dein Aussehen gemeint.« Sie ist sich durchaus bewusst, dass sie ihm gerade verbal in die Eier tritt. Aber er hat es ja nicht anders gewollt. Irgendjemand muss ihm ja mal zeigen, wo der Hammer hängt.

Ohne weiter auf eine Antwort zu warten verlässt sie die Küche und verschwindet wieder im Gästezimmer. Es ist egal, was er sagt, aber solange sie hier wohnt, ist das ihr Zimmer.

Sprachlos sieht Oliver Joni hinter her und sein Blick rutscht kurz über ihren Rücken nach unten zu ihrem hin und her schaukelnden Po. Das kann sie jetzt echt nicht ernst gemeint haben. Sie dachte vielleicht, sie hätte ihm gerade eine verpasst, aber da hat sie sich getäuscht. Er kann sich nur zu gut an den Ausdruck in ihren Augen erinnern, als sie gekommen ist. Eine Frau mag vielleicht einen Orgasmus vortäuschen können, aber diesen entrückten Ausdruck kann man nicht einfach so herbeizaubern. Sie wird schon noch merken, dass sie nur hohle Worte in den Raum geschmissen hat.

Eines muss man ihr lassen, wenn sie sich in die Ecke gedrängt fühlt, fährt sie die Krallen aus. Das ist der Grund, warum Oliver sie so gerne provoziert und sie auf die Palme bringt. Dass sie dabei auch noch ungemein sexy aussieht, ist ein interessanter und willkommener Nebeneffekt.

Um nicht länger über ihn und sein dämliches Verhalten nachdenken zu müssen, schnappt sich Joni ihren Laptop und ihre Unterlagen und will sich endlich an die Arbeit machen. Schließlich ist sie nicht hier, um Urlaub zu machen. Aber gerade als sie den Raum verlassen will, meldet sich ihr Handy zu Wort und schnell nimmt sie ab, den das Display zeigt ihr Callums Anruferbild.

»Guten Morgen großer Bruder.«, begrüßt sie ihn betont fröhlich. Er soll nicht merken, wie es gerade in ihr brodelt. Sie ist unheimlich wütend auf Oliver. Im Grunde hat er ihr ja gesagt, dass sie zum Ficken gut genug ist. Auch wenn sie tough und schlagfertig ist, so etwas verletzt auch sie.

»Hallo kleine Schwester.«, antwortet er ihr und sie kann sein Grinsen hören.

»Dein Abend gestern wurde wohl doch noch gut?«, fragt sie ihn gerade heraus. Warum sollte sie auch um den heißen Brei herum reden und darauf warten, dass er von alleine mit der Sprache heraus rückt.

»Könnte man so sagen.«

»Und was kann man sagen?«

»Lass es mich so ausdrücken - er kann nicht nur gut küssen.« Ihr Bruder hört sich gerade an wie eine Katze, die den Sahnetopf leer geleckt hat und nun rundum zufrieden ist.

»Im Klartext - ihr hattet Sex.« Joni macht ihre Aussage absichtlich nicht als Frage, denn sie kennt ihren Bruder gut genug, um zu verstehen, was zwischen den Zeilen steht .

»Ja und es war phänomenal. Da gibt es nur ein kleines Problem.« Zum Ende hin hört er sich richtig niedergeschlagen an.

»Das da wäre?«

»Ich glaube, ich habe mich verliebt.«, murmelt er leise und normalerweise sollte man glücklich und froh sein, wenn man sich verliebt hat. Doch bei Callum war das schon immer anders. Immer, wenn er verliebt ist, ist er deprimiert und niedergeschlagen.

»Das ist wirklich ein Problem. Nicht nur die Entfernung, sondern …«

»Ich weiß, er ist Profisportler und würde sich nie im Leben outen. Geschweige denn, mit mir ganz offiziell eine Beziehung führen und ich weiß ja noch nicht einmal, was er für mich empfindet.«

»Na das können wir doch schon mal ganz schnell lösen. Ich rufe Lucas jetzt an und frage ihn.«

»Was?! Bist du des Wahnsinns? Das wirst du ganz bestimmt nicht tun!« Er ist absolut fassungslos.

»Callum, natürlich werde ich es tun und keine Angst, ich werde ihm schon nichts von deinen Gefühlen für ihn verraten. Außerdem, sieh es doch mal so, du weißt dann wenigstens woran du bist. Du hast dann Gewissheit.«

»Toll und was soll mir das bringen? Was ist, wenn er meine Gefühle erwidert und ich weiß es und muss mich dann mit dem Wissen herumplagen, dass wir nie zusammen sein können.«

»Wer redet denn von nie? Ist doch nur so lange, wie Lucas als Profi tätig ist.«

»Joni, du hast keine Ahnung, wie sein Lebensweg aussehen soll. Auch nach seiner Profikarriere will er weiterhin im Football tätig sein. Welche Mannschaft will schon einen einstellen, der offen schwul ist? Keine! Football ist sein Leben und das werde ich ihm ganz bestimmt nicht kaputt machen!« Er redet sich richtig in Rage und atmet hörbar schwerer.

»Woher willst du das wissen? Lebenswege können sich ändern.«, versucht sie, ihrem Bruder Mut zu machen.

»Auch wenn es dich jetzt gleich zutiefst schockieren mag, aber wir haben gestern auch noch geredet und ich habe seinen Gesichtsausdruck gesehen, als er mir vom Football und seinen Plänen erzählt hat.«

»Ja, das schockiert mich jetzt wirklich. Eigentlich bin ich davon ausgegangen, dass ihr euch sofort die Klamotten von Leib gerissen habt und dann, wie wilde Tiere, übereinander hergefallen seid.« Dass sie es selber gestern so gehandhabt hat, muss sie ihm ja nicht erzählen.

»Das kam erst später.«

»Oh bitte, das sind zu viele Details. Aber schreib ihn nicht gleich ab. Ich mag Lucas und ich finde, ihr Beide habt eine Chance verdient.« Sie kann Callum seufzen hören und da weiß sie, dass sie ihn soeben überzeugt hat.

»Okay, tu was du nicht lassen kannst, aber bitte verrate ihm nichts. Was lief eigentlich gestern noch zwischen dir und Oliver?«, wechselt er das Thema.

»N … Nichts, wieso?« Mist, warum muss sie gerade jetzt anfangen zu stottern?

»Komm schon, Kleines. Ich kenn dich, raus mit der Sprache. Du weißt doch auch von meinem Abenteuer. Außerdem habe ich euch gestern beobachtet. Der Kerl war ja extrem eifersüchtig auf Lucas. Er hat dich den ganzen Abend über mit seinen Augen Stück für Stück ausgezogen.«

»Gut, ich habe mit ihm geschlafen. Zufrieden?« Genervt verdreht sie die Augen.

»Ja, fast. Wie war's?«

»Callum! Ich habe dich doch auch nicht so schamlos ausgefragt?«

»Du wolltest ja nicht! Also komm schon, wie ist der heiße Oliver im Bett?«

»Ich dachte du hast dich in Lucas verguckt und jetzt das? Außerdem weiß ich nicht, wie er im Bett ist.«

»Nur weil ich in einen bestimmten Kerl verschossen bin, heißt das noch lange nicht, dass ich für Andere blind bin. Wie, du weißt nicht, wie er im Bett ist? Du hast doch eben erst gesagt, dass du mit ihm geschlafen hast?«

»Habe ich ja auch, aber nicht im Bett. Wie haben es nur bis auf die Couch geschafft.«

»Auch wenn das jetzt so richtig typisch schwul klingt, aber du bist ein echt schamloses Luder!«

»Danke aber auch!«

»Also, wie war es?«

»Ganz okay.«

»Gut und jetzt bitte die Wahrheit.« Er kennt seine Schwester halt am besten.

»Es war ein bisschen mehr als okay.«, druckst sie herum.

»Mehr wirst du mir nicht sagen, oder? Da ist doch noch was, etwas was dich bedrückt.« Seine sanfte Stimme bricht ihren Wall und schließlich erzählt sie ihm von dem Vorfall in der Küche.

Nachdem sie geendet hat, herrscht kurz Stille am anderen Ende der Leitung.

»Du solltest sein Angebot annehmen.«

»Was? Warum? Hat dir Lucas das Hirn raus gevögelt?«

»Wow Schwesterchen, denk mal nach, mit wem du gerade redest und zu den Gründen - du stehst auf ihn und er auf dich. Ihr findet euch anziehend und warum willst du dich mit irgendeinem Kerl herum ärgern, der dich dann eventuell nicht befriedigen kann?«

»Kann es sein, dass du heute total auf Sex gebürstet bist? Du bist mein Bruder, meine Fresse. Du musst ausrastet und drohen Oliver eine aufs Maul zu geben.«, empört sich Joni.

»Ich bin dein schwuler Bruder. Wir sehen so etwas immer etwas anders. Für das Verhauen, musst du Logan anrufen und wir wissen beide, dass du nur eine Andeutung in diese Richtung machen müsstest und er würde hier auf der Matte stehen. Sieh das mit Oliver für dich als ein unverbindliches Abenteuer an. Was hast du schon zu verlieren?«

»Er kann mich nicht leiden!«

»Na und, du ihn doch auch nicht. Das beruht doch auf Gegenseitigkeit. Nur deswegen willst du dir guten Sex entgehen lassen?«

»Das Leben besteht nicht nur aus dem Einen!«

»Mag sein, aber es macht es doch um einiges schöner.«

»Weißt du was? Ich habe keine Lust mehr mit dir zu reden.«, blafft sie ihren Bruder an und legt auf. Wieso kann er nie so reagieren, wie man es von ihm erwartet? Vielleicht sollte sie wirklich Logan anrufen und ihn bitten hierher zu kommen, um Oliver zu vermöbeln.

Gedanklich spielt sie noch einmal die Nacht durch. Sie kann nicht verhindern, dass ihre Mitte bei dem bloßen Gedanken an seinen nackten Körper beginnt verlangend zu pochen. Dabei bleibt sie bei Kevins Anruf hängen und die Schamesröte schießt ihr in die Wangen. Sie sollte seiner Aufforderung, Luise endlich anzurufen, nachkommen.

Ein schlechtes Gewissen breitet sich in ihr aus, wenn sie daran denkt, dass sie ihre Lektorin eigentlich schon nach ihrer Landung in Dallas hätte anrufen sollen. Immerhin hat sie ihr diese Chance ermöglicht. Ohne sie müsste sie sich die Informationen aus mehr oder weniger verlässlichen Quellen besorgen. Hier kann sie ihre eigenen Erfahrungen sammeln.

Schnell sucht sie ihre Nummer heraus und ruft sie an.

»Warum meldest du dich erst heute!?«, poltert Luise sofort los. Was auch ihr gutes Recht ist. Denn immerhin hat sie in den vergangen Tagen mehrmals versucht ihren Schützling zu erreichen.

»Es tut mir leid.«, murmelt Joni schuldbewusst.

»Lass es einfach nicht wieder vorkommen. Wie läuft es in Dallas? Wie weit bist du mit deinem neuen Buch?«

»Geschäftsmäßig wie immer. Es läuft ganz gut. Gestern war ich das erste Mal beim Training dabei und ich konnte schon einige hilfreiche Informationen sammeln. Ich bin im Moment damit beschäftigt, die Personen zu skizzieren und einen kleinen Teil des ersten Kapitels habe ich auch schon.«

»Also bist du wunderbar produktiv.«

»Wenn du das so sehen willst.«

»Natürlich will ich das. Immerhin bin ich deine Lektorin und in dieser Funktion höre ich es gerne, wenn du schon nach zwei Tagen einen Teil des ersten Kapitels fertig hast. Aber du weißt, du hast noch einen weiten Weg vor dir. Bis wir soweit sind dass wir das Buch auf den Markt bringen können, ist noch jede Menge zu erledigen. Also mach fein weiter und melde dich immer mal wieder und Joni?«

»Ja?«

»Lass die Finger von den Spielern. Da verbrennst du sie dir nur.« Na, das kommt ja jetzt wohl zu spät.

»Ähm … Ja, werde ich machen.«

»Fein. Dann viel Spaß noch und wenn du das erste Kapitel fertig hast, schickst du es mir bitte per Mail? Da kann ich dann schon mal drüber lesen.«

»Mach ich. Bis dann Luise.«

»Bye.« Luise ist mit Leib und Seele Lektorin und ihr Herz schlägt für Bücher, aber auch für die Autoren, die sie betreut. Sie selber lebt völlig alleine. Von ihrer Familie lebt niemand mehr und so sind die Autoren und die Bücher zu ihrer Familie geworden. Sie kümmert sich um sie, wie eine Mutter.

Da sie nun ihre Pflicht gegenüber Luise erfüllt hat, kann sie sich wieder Lucas und Callum widmen.

»Mmh?«, brummt Lucas in sein Telefon und hört sich dabei noch sehr unausgeschlafen an.

»Morgen, hier ist Joni.«

»Warum weckst du mich?«, grummelt er.

»Warum schläfst du noch?«, antwortet sie ihm mit einer Gegenfrage.

»Anstrengende Nacht.«

»Aha, kann ich mir denken. Ich muss dich mal was fragen.« Joni kann sich gerade noch ein Kichern verkneifen. Der gute Lucas ist noch völlig verpennt und weiß im Moment wahrscheinlich nicht so richtig, was er erzählt und die Chance, jetzt die Wahrheit aus ihm heraus zu pressen, ist so höher, als wenn er putzmunter wäre.

»Frag und lass mich dann weiterschlafen.«

»Was empfindest du für meinen Bruder?«

Kapitel 20

»Hat dir Oliver heute Morgen in den Kaffee gespuckt?«
Lucas Stimme ist rau vor Müdigkeit.

»Beantworte bitte meine Frage.«, drängelt Joni.

»Ich habe jetzt gerade einmal knappe zwei Stunden geschlafen.«

»Lucas, bitte! Ich muss das wissen.« Sie hört ihn laut seufzen, doch sie wird auf keinen Fall aufgeben. Ihr Bruder hat einfach ein bisschen Glück in der Liebe verdient. Wenn nur die kleinste Chance bestehen sollte, dass Lucas Callums Gefühle auch nur im Ansatz erwidert, wird sie für die Beziehung der Beiden kämpfen.

»Ich weiß es nicht. Woher soll ich das denn auch wissen? Ich kenne Callum jetzt seit zwei Tagen. Bist du zufrieden?« Er klingt reichlich genervt, und auch wenn es nicht die Antwort ist, die sie erwartet hat, so sagt er wenigstens nicht von Anfang an, dass es für ihn nie mehr als Freundschaft sein würde.

»Erst einmal ja. Aber das letzte Wort ist noch nicht gesprochen.«

»Heißt das jetzt, dass du mich in Zukunft wieder darauf ansprechen wirst?«

»Du musst verstehen, dass es sich hier um meinen Bruder handelt. Ich weiß, es geht mich nichts an und ich werde versuchen mich zurück zu nehmen. Aber du sollst auch wissen, dass du jeder Zeit mit mir reden kannst.«

»Was ist los, hm? Du redest gerade echt wirres Zeug. Ich weiß, dass ich mit dir reden kann und auch wenn Callum dein Bruder ist, so bin ich mir sicher, dass alles Gesagte zwischen uns bleiben würde. Genauso ist es auch, wenn du mit mir redest und da ich gerade mal wach bin, kannst du mir auch gleich erzählen, was mit dir los ist.« Unruhig läuft Joni in ihrem Zimmer auf und ab und fährt sich immer wieder durch die Haare.

»Ich habe mit Oliver geschlafen.«, nuschelt sie.

»Das habe ich früher oder später kommen sehen und lass mich raten – jetzt hast du keine Ahnung, wie du dich ihm gegenüber verhalten sollst?«

»Ja und nein.«

»Bitte ein bisschen deutlicher, Kleines.«

»Er will wieder mit mir schlafen, sagt aber im Gegenzug, dass er mich nicht mag.«

»Das hört sich ganz nach Oliver an. Was willst du tun?«

»Keine Ahnung. Ich habe ihm erst einmal eine Abfuhr erteilt.«

»Damit wird er sich nicht zufrieden geben.«

»Meinst du?« Irgendwie verursacht seine Aussage bei ihr ein ungutes Gefühl.

»Wenn sein Jagdinstinkt erst einmal geweckt ist, dann gibt er nicht auf. Auf dem Feld ist er genauso. Sein Ziel ist der Touchdown und er wird zum Berserker, um den Football in die Endzone zu bekommen.« Lucas gähnt herzhaft am anderen Ende und Joni fällt wieder ein, dass er ja gerade einmal zwei Stunden geschlafen hat.

»Ich danke dir erst einmal, aber jetzt solltest du weiter schlafen.« Den kleinen spöttischen Unterton kann sie sich nicht verkneifen.

»Danke, ich kann den Schlaf echt gebrauchen.«, murmelt er. Ihm ist seine Müdigkeit echt anzuhören.

»Schlaf gut.«, lacht sie.

»Du auch, bye.«

Belustigt schüttelt sie den Kopf. Lucas muss echt müde sein, wenn er ihr auch einen guten Schlaf wünscht. Das kurze Gespräch hat zwar nicht ganz das gebracht, was es sollte, aber sie ist dennoch zufrieden. Das mit ihm und Callum wird sie schon hinbekommen und für ihr Problem mit Olivers Angebot wird sie früher oder später auch noch eine Lösung finden.

Die Vormittagssonne scheint auf sie herab und wärmt angenehm ihre leicht gebräunte Haut. Auch wenn sie jetzt schon seit Jahren in Los Angeles lebt, hat es ihre Haut nie weiter, als bis zu einem leichten Bronzetouch geschafft. Der Oleander, welcher in voller Blüte steht, wiegt im Wind sanft hin und her. Von Zeit zu Zeit kommt ein Vögelchen vorbei, landet auf einem Ast des großen japanischen Ahorns, welcher in der linken Ecke der Terrasse steht und sieht Joni bei ihrer Arbeit zu. Voller Konzentration tippt sie auf ihrem Laptop herum. Das erste Kapitel nimmt immer mehr Kontur an.

Sie ist so konzentriert, dass sie nicht bemerkt, wie Oliver zu ihr auf die Terrasse kommt.

»Hier – mach mal eine Pause.«, reißt er sie aus ihrer Geschichte. Erschrocken zuckt sie zusammen. In ihr Blickfeld schiebt sich ein großes Glas mit eisgekühltem Orangensaft. Das Glas, welches von seiner großen, braunen Hand umschlossen ist, ist beschlagen und einzelne Tropfen lösen sich und rinnen an dem glatten Material hinunter.

»Danke.« Erstaunt nimmt sie das Glas in ihre Hand und trinkt einen großen Schluck.

Ein Schauer durchläuft sie, als seine kalten Finger ihren nackten Oberschenkel berühren und ihre Beine sacht zur Seite schieben, damit er sich zu ihr auf die Sonnenliege setzen kann. Misstrauisch beobachtet sie seine Bemühungen. Lucas Worte kommen ihr wieder in den Sinn und sie fragt sich, ob er hier eventuell einen Plan verfolgt, um an sein Ziel zu kommen.

»Was machst du da?«, fragt er sie fast schon zu freundlich.

»Arbeiten«, murrt sie und zieht nachdenklich ihre Augenbrauen zusammen. Seine kühlen Finger liegen, immer noch, auf ihrer erhitzen Haut und senden einen Schauer nach dem Anderen durch ihren Körper. Auch wenn sie völlig regungslos da sitzt, scheint er den Aufruhr in ihrem Inneren zu ahnen, denn ein wissendes Lächeln huscht über sein Gesicht, während sein Daumen beginnt, immer größer werdende Kreise auf ihrem Bein zu malen.

»Wie lange willst du noch *arbeiten*?« Das Wort *arbeiten* klingt, aus seinem Mund, mehr als nur verächtlich.

»Was soll das jetzt heißen?!« Joni mag es überhaupt nicht, wenn jemand ihren Beruf kritisiert. Sie richtet sich kerzengerade auf. Dabei rutschen Olivers Finger weiter nach unten zu ihrem Knie, welches er besitzergreifend umfasst.

»Ich würde das, was du hier gerade machst, nicht als Arbeit bezeichnen.«

»Ach ja? Wie würdest du es denn nennen?«

»Hobby oder so ähnlich.« Er besitzt doch glatt die Dreistigkeit mit den Schultern zu zucken.

»Du hast ja auch so viel Ahnung davon. Ausgerechnet du, der Typ, der zusammen mit einer Horde Männer über den Rasen rennt, um ein unförmiges Lederding über eine Linie zu bekommen.«, erwidert sie voller Sarkasmus.

»Mein Job ist harte körperliche Arbeit.«, wehrt er sich.

»Stimmt, da braucht man ja nicht so viel im Kopf haben. Für meine Arbeit braucht man, im Gegensatz zu deiner, ein hohes Maß an Intelligenz.«

»Packst du jetzt die Klischees aus?«

»Klischees braucht man, wenn man nicht weiter weiß. Aber ich spreche hier von Tatsachen.« Entschieden verschränkt sie die Arme vor der Brust. Sie bemerkt nicht, wie dadurch ihr Dekolletee nach oben gedrückt wird. Ihrem Gegenüber bleibt das keines Wegs verborgen.

»Auch wenn es dich hochgradig enttäuschen mag, aber ich habe ein College besucht.«

»Besucht? Lass mich raten – Sportstipendium?«

»Na und? Was ist da so verkehrt daran?«

»Nichts, bis auf die Tatsache, dass man euch Sportlern doch durch jedes Fach schleift.«

»Und das weißt du woher? Soweit ich informiert bin, hast du nie ein College oder eine Universität besucht. Bevor du also über mich urteilst, solltest du dir an die eigene Nase fassen. Du kennst mich nicht Joni, also lass deine dämlichen Vorurteile.« Seine dunklen Augen sind fast schwarz und blitzen gefährlich. Sein Daumen hat seine kreisenden Bewegungen eingestellt, aber Oliver lässt seine Hand nach wie vor auf ihrem Knie.

»Du hast als Erster mit den Vorurteilen angefangen.«

»Kommt jetzt diese Kindergartenmist? Ich bitte dich, wie alt bist du? Fünf?«

»Du weißt doch bestimmt, wie alt ich bin. Du bist ja so wunderbar informiert.«

»Entschuldigen sie gnädiges Fräulein, dass ich mich über die Person informiert habe, mit der ich die nächsten Wochen meine Wohnung teilen soll.«

»Soll ich mir eine andere Bleibe suchen?« Erbost springt sie auf und bringt so viel Abstand wie möglich zwischen sich und dem Quarterback. Sie kann sonst nicht garantieren, dass sie ihm keine donnert.

»Ich dachte, du hast keine Kohle?«

»Habe ich ja auch nicht!«, brüllt sie ihm entgegen. Es macht sie so wütend, dass er so ruhig auf der Liege sitzt und sie ansieht.

»Und warum?« Geschmeidig wie ein Löwe erhebt Oliver sich und schlendert auf Joni zu, welche ihm immer wieder ausweicht, bis sie nicht weiter kommt, denn sie ist nun zwischen dem japanischen Ahorn, der Terrassenbrüstung und seinem Körper gefangen.

»Das geht dich nichts an!«, faucht sie und sieht sich wie ein gehetztes Tier um und sucht nach einem Ausweg. Sie will nur noch weg – weg von seiner Präsenz, seinem Körper, der einem Gott gleichkommt und seinem Duft, der ihr die Knie weich werden lässt. Sie hat die Vermutung, dass sie mit ihrer Flucht einen entscheidenden Fehler begangen hat. Denn das triumphierende Lächeln auf seinen Lippen sagt ihr, dass er sie genau da hat, wo er sie haben will – jeglicher Fluchtmöglichkeit beraubt.

»Ich garantiere dir, dass du mir schon noch erzählen wirst, warum du dein Erbe ausgeschlagen hast.« Oliver stützt sich links und rechts neben ihr auf der Brüstung ab und beugt sich herunter. Sein Gesicht ist nur noch wenige Zentimeter von ihrem entfernt und Joni spürt seinen Atem auf ihrer Haut.

»Da kannst du warten, bis du schwarz wirst oder die Hölle zufriert!«

»Du kennst nicht zufällig die Abhandlung über endotherme und exotherme Reaktionen, welche das Zufrieren der Hölle thematisiert?« Während er spricht, kommt er ihr immer näher. Seine Lippen streifen flüchtig über ihre.

Joni fühlt sich nicht in der Lage ihm auszuweichen. Seine ganze Erscheinung zieht sie wie magisch an. Sein bloßer Anblick genügt und sie steht lichterloh in

Flammen. Ihre Fingerspitzen zucken. So gerne würde sie diese jetzt in seinem dichten schwarzen Haar versenken, sich darin festkrallen und ihre Lippen auf seine pressen, seinen Geschmack voll auskosten und ihren Körper lüstern an seinem reiben.

Ihr innerer Kampf nimmt von Sekunde zu Sekunde an Intensität zu und ihr Blick huscht unruhig zwischen seinen Augen und seinen Lippen hin und her.

»Nimm dir, was du willst.«, flüstert er und es ist, als hätte er einen Schalter in ihrem Kopf umgelegt und ihr Verstand verabschiedet sich auf nimmerwidersehen.

Mit einem lustvollen Aufstöhnen presst sie ihre Lippen auf seine und bewegt sie gierig. Oliver erwidert den Kuss mit der gleichen Leidenschaft. Seine Hände packen ihre Hüften und er presst sich so an sie, dass sie seine Erregung spüren kann.

Kaum sind ihre Lippen ein paar Millimeter geöffnet, schlüpft seine Zunge hindurch und beginnt mit der ihren zu tanzen. Sie umkreisen sich, necken und liebkosen sich.

Joni legt ihre Hände auf seine Brust und krallt sich in seinem T-Shirt fest. Die Berührung jagt ihm Blitze durch den Körper und er spürt, wie er noch härter wird. Leider hat er einen Plan und wenn er sich jetzt nicht an dieses hält, reißt er ihr jeden Moment die Klamotten vom Leib und vögelt sie gleich hier auf seiner Terrasse.

Kleine Laute der Lust entschlüpfen ihrer Kehle, als seine Finger über die zarte Haut an ihrem Hals streichen. Völlig schutzlos bietet sie sich ihm an. Durch ihren Größenunterschied muss sie ihren Kopf in den Nacken legen.

Ein Schauer erfasst sie. Er spürt sie zittern und beben. Jetzt ist der Moment gekommen. Auch wenn er den Kuss genießt und es ewig so weiter gehen könnte, löst er sich von ihr und blickt herunter in ihr Gesicht.

Flatternd heben sich ihre geschlossenen Lider. Ihre Augen sind dunkel und verschleiert vor Verlangen und Lust. Er kann die unausgesprochene Frage in ihnen lesen.

»Wir wissen Beide, was du willst und du musst es dir nur nehmen.« Sanft, aber bestimmt löst er ihre verkrampften Finger von seinem Shirt und tritt einen Schritt von ihr zurück.

Verwirrt und schwer atmend beobachtet sie Oliver dabei, wie er von ihr zurückweicht. Nur langsam dringen seine Worte zu ihr durch und sie verflucht sich selber, oder besser gesagt, ihren Körper, der sie so hinterhältig im Stich gelassen hat. Auch auf ihren Verstand ist sie nicht gut zu sprechen, dieser hat sich von seiner erotischen Ausstrahlung einlullen lassen.

Sein Blick ist immer noch auf sie gerichtet, als er durch die Terrassentür im Inneren verschwindet. Ihr Herz pocht wild und fast schon schmerzhaft gegen ihre Rippen. Sie schimpft sich eine Idiotin. Denn sie ist voll auf sein Spiel reingefallen und er hat genau das bekommen, was er wollte. Oliver ist ein Jäger und in seinen Augen ist die Jagdsaison eröffnet.

Über sich selbst den Kopf schüttelnd löst sich Joni langsam von der Brüstung, welche durch die Sonnenstrahlung bereits jetzt angenehm warm ist. Oder hat die Feuersbrunst, welche in ihr wütet, den rauen Beton erwärmt?

Ihre Knie zittern beunruhigend. Vorsichtig und langsam geht sie hinüber zur Liege und packt nachdenklich ihren Laptop zusammen. Auf jeden Fall muss sie heute noch weiter arbeiten, aber nicht hier. Wer weiß, was alles passieren kann, wenn sie hier ständig Oliver begegnet. Ohne sich umzuziehen und nur mit Flipflops an den Füßen und dem Laptop unter dem Arm verlässt sie, fast schon fluchtartig, die Wohnung, um an den Ort zu gehen, an dem sie jetzt wohl am besten zur Ruhe kommen kann.

Eigentlich muss sich Oliver beeilen, denn selbst jetzt würde er schon zu spät zu dem Termin mit seinem Agenten kommen. Aber so, wie es jetzt um seinen Körper bestellt ist, kann und will er nicht die Wohnung verlassen.

Hastig reißt er sich die Klamotten runter und schlüpft in die geräumige Dusche. Schon von Anfang an stellt er die Temperatur auf die kälteste Stufe ein und donnert seine Faust knurrend gegen die gefliese Wand, als ihn der erste Schwall eisigen Wassers trifft.

Kapitel 21

Auch wenn Amy heute nicht im Diner arbeitet, macht es sich Joni, zusammen mit ihrem Laptop, in einer Ecke des gemütlichen Etablissements bequem. Sie ist immer noch völlig verwirrt und durcheinander.

Sie bestellt sich eine große Tasse Kaffee, klappt ihr Notebook auf und setzt ihre Arbeit fort. Das ständige Kommen und Gehen wirkt sehr inspirierend auf sie. Schon nach kurzer Zeit öffnet sie ein neues Dokument und beginnt ihre Eindrücke niederzuschreiben.

Das Beobachten macht ihr Spaß und sie fragt sich immer wieder, welche Charaktere wohl hinter den Menschen stecken, die dieses Diner betreten. Sich entweder schnell einen Kaffee zum Mitnehmen holen, oder sich an den Tresen setzen, oder es sich, wie Joni, auf einer der Sitzbänke, welche mit rotem Kunstleder überzogen sind, bequem machen.

Die kalte Dusche hilft Oliver nur kurzfristig. Denn kaum schweifen seine Gedanken auch nur in die Richtung der kleinen und heißblütigen Frau ab, bräuchte er eigentlich schon die nächste Abkühlung. Wobei man das klein bei Oliver nicht so genau nehmen darf. Für ihn ist alles und jeder klein, der nicht seiner Körpergröße von einsdreiundneunzig entspricht.

Mit Schwung stößt er die verglaste Tür auf, auf der ganz groß und breit *Rodriguez Sports Management* prangt.

Der typische Duft nach teuren Aftershaves und Parfums, die in diesem Räumen immer in der Luft hängen, weht ihm entgegen und auch Polly, Eduardo

Rodriguez Empfangsdame trägt wieder ein viel zu tief ausgeschnittenes pinkes Top und quetscht mit den Armen ihren Busen nach vorn, sobald sie Oliver entdeckt.

»Hallo Mr. Brown«, flötet sie und er fragt sich gerade im Stillen, wie er jemals mit ihr hatte schlafen können. Hätte er schon vor ihrer gemeinsamen Nacht gewusst, dass sie eine Niete im Bett ist, hätte er sich nie auf sie eingelassen. Aber damals hat er sich einfach gedacht *Versuch macht klug!* Dass es nach hinten losging und er sich danach erst noch einen runterholen musste, um wenigstens halbwegs auf seine Kosten zu kommen, damit musste er dann leben. Seitdem bildet sich Polly ein, dass sie diese Nacht irgendwann einmal wiederholen würden. Da hat sie sich aber geschnitten.

»Hey. Ist Eduardo da? Wir haben einen Termin.« Oliver geht auf die plumpen Flirtversuche der Empfangsdame, die ihre Brüste noch weiter nach vorne streckt, sich mit der Zunge über die Lippen fährt und ihn mit ihren falschen Wimpern an klimpert, nicht ein. Sein Ton bleibt sachlich, wenn nicht sogar schon ein wenig unterkühlt.

»Aber sicher doch Mr. Brown. Mr. Rodriguez wird sofort für Sie zur Verfügung stehen. Setzen Sie sich doch.« Sie deutet auf die Sitzgruppe aus teuren Ledersesseln und Bauhaustisch »Kann ich Ihnen etwas Gutes tun?« Bei der Frage schiebt sie von innen ihre Zungenspitze gegen die Wange, sodass diese nach außen ausbeult.

»Nein, danke. Ich bin bedient.«, murmelt Oliver und sofort zeichnet sich ein entsetzter Ausdruck auf Pollys überschminktem Gesicht ab. Erst jetzt wird ihm klar, was er gerade angedeutet hat, aber es ist ihm egal. Solange ihm dies von ihr und ihren Avancen befreit, soll es ihm Recht sein.

Gelangweilt lässt er seinen Blick durch die Agentur schweifen. Alles ist recht dunkel gehalten. Dunkle Holzböden, dunkelblaue Wände und schwarze Möbel. Alles sehr edel aber irgendwie auch recht düster. Der Einzige helle Lichtblick ist eine weiße Orchidee auf dem Empfangstresen, die da nie stehen würde, wenn es nach Eduardo gegangen wäre. Aber seine Frau hatte ihm eine Woche lang die Couch angedroht, wenn er nicht etwas Helles in sein düsteres Kabinett, wie sie die Agentur zu nennen pflegt, bringt.

Auch wenn hier, neben Eduardo noch fünf andere Sportagenten arbeiten, ist es immer ruhig. Nur wenn sich mal eine der Bürotüren öffnet, hört man die Geräusche der Arbeit dahinter.

Oliver zückt sein Smartphone, um seine Mails zu checken. Das meiste sind Spams, nur eine Email erachtet er als lesenswert. Sie ist von Suzanna.

Sie schreibt sehr selten Mails, da sie den persönlichen Kontakt zu ihren Spielern pflegt und wenn sie sich doch einmal dazu herablässt eine elektronische Nachricht an Jemanden zu verschicken, dann sollte man diese auch lesen.

Wie immer hat sie keinen Betreff eingegeben, um die Neugier des Lesers zu schüren. Noch ahnt Oliver nichts Böses, aber als er die Nachricht öffnet und liest, verfinstert sich sein Blick.

»Scheiße! Ist das Jahr schon wieder um?«, fragt er sich murmelnd selber. Aber eigentlich hat er die Antwort ja schon direkt vor sich. Es ist wieder soweit. Das Wohltätigkeitsbankett der Dallas Lions steht vor der Tür. Suzanna weist, in ihrer Mail, jeden Spieler ausdrücklich darauf hin, dass die Teilnahme für Teammitglieder Pflicht ist und dass jeder auch eine Spende für die Tombola herausrücken muss. Dann hat sie sich, in diesem Jahr, auch noch in den Kopf gesetzt, dass diese Spende aus dem persönlichen Besitz des jeweiligen Spielers stammen muss. Wahrscheinlich, weil sich damit mehr Geld einnehmen lässt. Die meisten Leute geben mehr für etwas aus, von dem sie wissen, dass es vorher diesem oder jenem Lion gehört hat, als zum Beispiel eine Reise, die nur vom Spender bezahlt wird. Es ist nicht so, dass er ein Geizhals ist. Ganz im Gegenteil, er spendet jedes Jahr einen höheren Betrag an mehrere gemeinnützige Organisationen. Aber immer anonym. Er hasst es, für etwas im Mittelpunkt zu stehen, das er als selbstverständlich ansieht. Nicht jeder hat solch ein Glück wie er, darum ist es ihm wichtig, etwas davon abzugeben. Leider stehen, bei der Wohltätigkeits-veranstaltung, sämtliche Spieler im Fokus, ihn eingeschlossen und genau dieser Punkt macht es für ihn zu einer Qual. Es reicht ihm, dass er auf dem Feld genausten beobachtet wird. Auf die ganze mediale Aufmerksamkeit drumherum kann er getrost verzichten.

Oliver will gerade in Gedanken durchgehen, was er spenden könnte, als die breite, dunkelbraune Tür von Eduardos Büro aufgerissen wird und der dreiundfünfzigjährige Mann, mexikanischer Abstammung, herauskommt und mit seinem typischen Strahlelächeln auf Oliver zu kommt.

»Hey O! Schön dich wieder zu sehen. Wartest du schon lange?« Wie immer begrüßen sich die beiden Männer mit Handschlag und einem Schlag auf die Schulter.

»Geht so.«

»Geh schon mal in mein Büro.« Eduardo lächelt immer noch breit, aber als sich Oliver abwendet, sieht er aus dem Augenwinkel, wie es verschwindet und er wütend Polly anblitzt.

Gerade so kann er sich noch ein schadenfrohes Grinsen verkneifen und geht lieber in das Büro. Anscheinend sollte Polly ihn gleich in Eduardos Büro bringen, denn deswegen wird sie gerade, nicht unbedingt leise, von ihrem Boss zusammengestaucht.

Das Büro des Sportmanagers ist, wie die übrige Agentur, recht dunkel. Auch hier gibt es den dunklen Boden, die dunkelblauen Wände und die schwarzen Möbel. Die große Fensterfront lockert das Bild ein wenig auf und auch die vielen, verstreut stehenden oder hängenden Familienfotos, tun ihr übriges.

»So, willst du etwas trinken? Einen Kaffee vielleicht? Wir haben eine ecuadorianische Mischung da.« Eduardo ist ein waschechter Kaffeejunkie und sein Herz schlägt für die kleinen braunen Bohnen aus Mittel- und Lateinamerika.

»Gern«, antwortet Oliver ihm. Einen guten Kaffee könnte er jetzt gut gebrauchen, wo seine Stimmung bereits im Keller ist.

»Polly, zwei Kaffee und nehmen sie die Bohne aus Ecuador und nicht diesen sauren vietnamesischen Mist, den die anderen immer trinken.«, bestellt er, per Telefon, bei seiner Empfangsdame.

»Ich versteh nicht, wie die diesen Mist trinken können! Da kann ich ja auch gleich vor der nächsten Apotheke am Rinnstein lutschen! Das müsste genauso schmecken!« Wenn es um Kaffee geht, dann versteht Eduardo keinen Spaß.

»Vietnam ist auch nicht so mein Fall. Aber Afrika und Indien geht eigentlich und bevor du lospolterst, die besten Bohnen kommen aus Mittel- und Lateinamerika.«

»Na das will ich doch meinen. Wie geht es dir?«

»Ganz gut, wenn man davon absieht, das der Verein mir einen Hausgast einquartiert hat.«

»Hausgast? Davon weiß ich gar nichts.«

»Suzanna hat sich in den Kopf gesetzt, dass uns die nächsten drei Wochen eine Schriftstellerin begleitet, um die Recherchen für ihr nächstes Buch durchzuführen und angeblich gibt es in der ganzen Stadt keine freien Hotelzimmer mehr. Deshalb wohnt sie jetzt bei mir.«

»Aus deinem Ton schließe ich, dass es dir nicht gefällt.«

»Es gibt schönere Dinge. Sie ist eine wandelnde Katastrophe und ich habe das Gefühl, dass ihr einziges Ziel darin besteht, mich in den Wahnsinn zu treiben. Vor allem muss sie immer das letzte Wort haben.«, erzählt er missmutig.

»Du musst mir die Kleine unbedingt vorstellen! Ich mag sie.« Polly betritt das Büro, und als sie Eduardos Satz hört, beginnen die Tassen auf dem Tablett gefährlich zu klappern.

»Wenn es so weiter geht, wirst du sie früher kennenlernen, als gedacht.«

»Wann denn?«

»Suzanna hat uns wieder zum Bankett zusammengepfiffen und du bist ja auch jedes Jahr dabei und Joni wird sicherlich auch da sein.«

»Ah stimmt, wir hatten die Einladung gestern in der Post gehabt. Esmeralda freut sich schon wieder darauf, euch durchgeknallte Bastarde zu sehen.« Eigentlich sind zu dieser Veranstaltung keine Sportmanager eingeladen, da es bei dem Bankett nicht um das Geschäft gehen soll. Aber Esmeralda Rodriguez, Eduardos heiß und innig geliebte Ehefrau, für sie würde er jeden Kaffee der Welt stehen lassen, ist eine gute Freundin von Suzanna und so wird das Ehepaar Rodriguez in jedem Jahr eingeladen. Wobei Suzanna und Esmeralda Eduardo einen Maulkorb verpassen. Wenn er an diesem Abend auch nur ein einziges Mal über das Geschäft spricht, darf er alleine nach Hause fahren und auf der Couch schlafen.

»Da werde ich mir deinen Hausgast aber mal ordentlich ansehen. Wenn die Kleine dich so in Rage bringt, dann mag ich sie jetzt schon.«

»Danke, dass auch du mir in den Rücken fällst. Du bist mein Agent und solltest mir jedes Ärger vom Hals halten.« Bockig, wie ein kleiner Junge, verschränkt Oliver die Arme vor der Brust und wirft Polly einen missmutigen Blick zu. Als sie die Tasse vor ihm auf den Schreibtisch abstellt, wackelt diese so sehr auf dem Unterteller herum, dass die braune Brühe überschwappt und ein paar Tropfen auf seiner Jeans landen. Schnell will sie an seinem Knie herum reiben, aber er entzieht es ihr.

»Ach komm schon. So schlimm kann sie doch nicht sein und wie ich dich kenne, hast du ihr nur den Macho gezeigt. Ich wette, sie hat noch nicht einmal einen Ahnung davon, dass dir nur noch eine Prüfung bis zum bestanden Jurastudium fehlt. Sie denkt bestimmt das du einer dieser überbezahlten Sportler bist, der durch die High School und das Studium geschliffen wurde, weil er halbwegs anständig einen Ball durch die Luft werfen kann.«

»Was ist so schlimm daran? Muss ja nicht gleich Jeder alles über mich wissen.«

»Das stimmt, aber ich habe dich noch nie so viel über eine Frau reden hören. Da ist doch was im Busch.« Nachdenklich lehnt sich Eduardo in seinem Bürostuhl zurück und wippt sacht vor und zurück.

»Da ist gar nichts im Busch. Über deine Frau und Suzanna rede ich doch auch.«

»Das ist etwas anderes, die Beiden sind verheiratet und wie Mütter zu dir. Entweder hast du mit der Kleinen schon geschlafen, oder du willst es noch.«

Oliver versucht sich nichts anmerken zu lassen, doch als er kurz zur Seite sieht, hat Eduardo ihn am Haken.

»Ha! Du hast mit ihr geschlafen und jetzt bekommst du sie nicht mehr aus dem Kopf!«

»Das stimmt doch gar nicht! Ich kann sie sehr gut aus meinem Kopf heraus halten!«

»Belüg dich ruhig weiter. Ich muss dir sagen, jetzt freue ich mich richtig auf das Bankett. Ich bin mehr als gespannt auf meine zukünftige Schwiegertochter.« Hoch erfreut klatscht Eduardo in die Hände.

»Dad! Hör auf so einen Mist zu quatschen!«

»Ist ja schon gut. Aber glaube mir, im Alter bekommt man eine andere Sicht auf gewisse Dinge.«

»Können wir bitte das Thema wechseln?«

»Ungern, aber dir zuliebe werde ich es machen. Dürfen Esmeralda und ich, dich dann am Sonntag nächste Woche zum Mittagessen erwarten?«

»Nein. Jesus feiert seinen Geburtstag auf Hawaii und so wie ich ihn kenne, werde wir nicht vor Mitternacht zurück sein.«

»Wir?« Interessiert horcht Olivers Vater auf.

»Joni und ich.«

»Joni und du?«

»Musst du alles widerholen, was ich sage? Ja, Joni und ich. Sie kommt auch mit, genauso wie ihr Bruder, Tameka, Jessica, Jerry, Tony und Lucas.«

»Lucas hat ja endlich mal eine Freundin. Ich hab die Beiden vor ein paar Tagen in der Zeitung gesehen.«

»Er hat keine Freundin. Er und Joni haben das nur inszeniert, um den Fans zu entkommen.«

»Warte mal! Das Mädchen an Lucas Seite, auf dem Foto in der Zeitung, ist deine Joni?«

»Sie ist nicht *meine* Joni, aber ja, das ist meine Mitbewohnerin.« Genervt seufzt Oliver auf.

»Da hast du dir aber ein hübsches Mädchen ausgesucht.«

»Dad, bitte! Entweder hörst du mit diesem Gequatsche auf oder ich gehe.«

»Nun mal langsam, mein Sohn. Wir Beide haben hier einen Geschäftstermin.«

»Warum quatschen wir dann über mein Privatleben?«

»Weil es Spaß macht. Aber dafür haben wir nachher beim Basketball ja noch genug Zeit. Gut, kommen wir zum Geschäft. Hast du dir den Vertrag mit diesem Designer angesehen?«

Joni vergisst, über der Betrachtung ihrer Mitmenschen völlig die Zeit. Sie stellt voller Schrecken fest, dass es bereits dunkel wird. Ein Blick auf die Datei sagt ihr, dass sie fast 30 Seiten vollgeschrieben hat und das nur mit ihren Beobachtungen. Über sich selbst den Kopf schüttelnd packt sie ihre Sachen zusammen, bezahlt die unzähligen Kaffees und geht zurück zu ihrer momentanen Bleibe.

Erschöpft lehnt sie sich an die spiegelnde Wand des Fahrstuhles. Die Müdigkeit bricht über ihr herein und sie will sich einfach nur noch auf die Couch setzen, ein wenig fernsehen und dann ins Bett fallen.

Als sie die Wohnungstür hinter sich ins Schloss fallen lässt und ihren Schlüssel auf die Kommode im Flur schmeißt, ist es scheinbar ruhig. Erst als sie sich dem Wohnzimmer nähert, dringt das Geräusch eines laufenden Fernsehers an ihr Ohr.

Ihren Laptop und den Block legt sie auf den Frühstückstresen der Küche und wendet sich dann der Couch zu, die sie jetzt eigentlich für sich beanspruchen wollte. Leider liegt da aber schon ein lang ausgetreckter Oliver, einen Arm hinter dem Kopf, die andere Hand locker auf seinem Bauch. Die Fernbedienung liegt auf seiner Brust und auf dem Tisch vor der Couch steht eine halbvolle Flasche Bier.

»Hey.«, murmelt er leise und reibt sich über die Augen. Scheinbar hat er geschlafen.

»Hey.«, antwortet Joni ihm ebenfalls leise. Irgendwie hat sein verschlafener Anblick etwas Niedliches an sich.

»Willst du dich setzen?«, fragt er, die Stimme noch rau und dunkel.

Als sie zu ihm herüber kommt, richtet er sich auf, damit sie ebenfalls Platz hat.

»Läuft was Vernünftiges?« Sie setzt sich mit einigem Abstand zu ihm und zieht die Beine unter ihren Po. Den Kopf legt sie auf der Lehne ab.

»Ich habe keine Ahnung, bin gerade erst wach geworden.«

»Harter Tag?« Joni weiß auch nicht warum, aber es interessiert sie, was er die letzten Stunden erlebt hat.

»Ging so. Ich war bei meinem Manager und halte das ganze Fitnessprogramm.«

»Heute war doch kein Training.« Verdutzt sieht sie ihn an.

»Keines auf dem Feld. Das heißt aber noch lange nicht, das wir den Tag frei haben. Heute stand Krafttraining auf dem Plan.«

»Wie oft müsst ihr das machen?«

»Täglich.«

»Wirklich? Was ist mit dem Wochenende?«

»In der Saison auch da. Will kennt da kein Erbarmen. Nur in der Saisonpause geht es etwas lockerer zu. Aber wehe man ist nicht fit genug wenn es ins Trainingslager geht.« Jedes Jahr, drei Wochen, bevor die neue Saison startet, fahren die Lions in ein Trainingslager um sich intensiv vorzubereiten.

»Ich wusste ja, das es körperlich anstrengend ist, aber das es so ist, hätte ich nicht gedacht.«

»Es ist verdammt wichtig das wir fit sind. Zu dem strengen Fitnessprogramm, dem Training auf dem Feld, gibt es noch die Theorie. Vor jedem Spiel schauen wir uns Aufzeichnungen von Spielen unserer Gegner an. Ich muss ganz genau wissen, wie mein Gegenüber welchen Pass ankündigt. Hat er vielleicht irgendwelche Schwächen, die ich dann zu unserem Vorteil nutzen kann. Und bei dir, wie war dein Tag? Du siehst müde aus.« Oliver streckt seine Hand aus und streicht ihr eine gelockte Strähne aus dem Gesicht. Die Berührung seiner Finger hinterlässt ein prickelndes Gefühl auf ihrer Haut.

»Eigentlich nicht. Ich war die ganze Zeit drüben im Diner und habe Leute beobachtet.«

»Das machst du gerne, oder?«

»Es gehört nun einmal zu meinem Job. Wie soll ich meine Charaktere menschlich erscheinen lassen, wenn ich keine Ahnung davon habe, wie sich die Leute in gewissen Situationen verhalten?«

»Klingt irgendwie einleuchtend. Hat man als Autorin eigentlich auch so etwas wie einen Manager?«

»Nicht direkt. Ich habe meine Lektorin, Luise. sie tritt mir in den Hintern, wenn ich zu lange für die Fertigstellung eines Manuskriptes benötige. Sie sagt mir, wenn etwas gut, aber auch wenn es mies ist. Außerdem organisiert sie den Druck und später dann die Lesereisen und Signierstunden.«

»Wer kümmert sich bei dir um die Verträge?«

»Das macht mein Anwalt für mich. Kevin kann ein echtes Arschloch sein und legt reihenweise Frauen flach. Aber er ist das Beste, was Los Angeles zu bieten hat."

»Kevin Coleman?«

»Ja genau. Ihr habt ja auch schon mit einander telefoniert.«

»Ich erinnere mich.« Oliver grinst breit und wackelt mit den Augenbrauen, was Joni dazu bringt ihre Augen zu verdrehen. In der Zwischenzeit haben seine Finger begonnen ihren Nacken zu kraulen und sie entspannt sich von Sekunde zu Sekunde mehr. Auch rutscht Oliver immer näher zu ihr heran, so dass er inzwischen ganz nah bei ihr ist.

»Wie bist du an den gekommen?«

»Über Daniel, einem Bekannten aus Deutschland. Er kennt Kevin noch von der Sache, als Ian Namara seine Eltern verklagt hatte. Keine Ahnung, ob das bis hier her gekommen ist, aber in L.A. hat das für ganz schön viel Aufsehen gesorgt.«

»Sorry, sagt mir nichts..«

»Bei Kev kann ich mir sicher sein, das er wirklich meine Interessen vertritt und nicht seine Eigenen. Inzwischen sind wir sogar befreundet.«

»Wie gut?«, will Oliver wissen. Es passt ihm nicht, dass es eventuell einen anderen Mann im Leben seines kleinen Teufels gibt. So lange er ein Auge auf sie wirft und sei es nur das Bett-Auge, haben alle anderen Männer schön ihre Finger bei sich zu behalten.

»Das geht dich zwar nichts an, aber ganz gut. Aber bevor du jetzt wieder dreckige Gedanken bekommst, ich habe nie mit ihm geschlafen.«

Erleichtert atmet er aus und bemerkt jetzt erst, dass er die Luft angehalten hat.

Ihr Duft weht ihm schon die ganze Zeit um die Nase. Er liegt sogar ganz zart in der Luft, wenn sie nicht da ist. Aber jetzt, wo sie direkt neben ihm sitzt, nimmt er ihn sehr intensiv wahr. Er setzt seinen Körper in Flammen. Seine lockere Jogginghose, welche er sich angezogen hatte, nachdem er vom Basketball mit seinem Vater nach Hause gekommen ist, vermag seine wachsende Erregung nicht zu verdecken. Manchen Männern wäre das peinlich, aber Oliver tut nichts, um sie zu verstecken. Warum soll er sich dafür schämen, dass er geil ist?

Joni spürt die Wärme, die sein Körper aussendet und wie schon heute auf der Terrasse, beginnt ihr Blut zu rauschen und ihre Mitte pocht verlangend.

Ihr Blick ist auf den Glastisch gerichtet, durch dessen Platte sie seine nackten Füße sehen kann und ihre Lust wächst an. Denn ihre Gedanken wandern sofort zu seinem nackten Körper, den sie so heiß und hart unter ihren Finger spüren durfte. Sein Atem streift ihr Ohr und eine Gänsehaut überzieht sie.

Ruckartig hebt sie den Kopf und blickt direkt in seine dunkelbraunen Augen, die sie verlangend mustern. Ohne nachzudenken, legt sie ihre rechte Hand auf seine Brust und ihre Lippen auf seine.

Kapitel 22

Oliver ist im ersten Moment völlig überrascht. Auch wenn er es darauf angelegt hat, hätte er nie damit gerechnet, dass sie ihn tatsächlich küssen würde. Doch schnell fast er sich wieder und erwidert ihren Kuss. Ihre so wunderbar weichen Lippen drücken sich sanft, aber fordernd auf seine und die Finger der einen Hand krallen sich in sein T-Shirt, während die Finger der Anderen über die kurz geschorenen Haare in seinem Nacken streichen.

Sanft tippt er mit seiner Zunge gegen ihre Lippen und sofort kommt sie seiner Bitte nach. Ihre Zungen beginnen einen langsamen Tanz voller Leidenschaft.

Seine Hände bleiben nicht untätig und er legt sie ihr auf die Hüften, um Joni im nächsten Moment auf seinen Schoß zu ziehen. Sie stöhnen beide in ihren Kuss hinein, als ihre Mitten seine berührt.

Jonis Hände wandern weiter in sein Haar. Auch wenn es kurz ist, so ist es doch lang genug, um sich darin zu verkrallen. Sie drückt sich so nah wie möglich an ihn.

Seine Hände streichen sanft über ihren Rücken, ohne auch nur im Ansatz unter ihr Shirt schlüpfen zu wollen. Ihre Haut kribbelt und ihr Magen flattert, während ihr Blut vor Lust summt.

»Couch, Bett, Theke – du hast die Wahl.«, raunt Oliver tief, als er für einen kurzen Moment ihren Kuss unterbricht.

»Terrasse«, flüstert sie heißer zurück und spricht damit das Erste aus, was ihr in den Sinn kommt. Der Ort, an dem Ihr Spiel heute Morgen begann.

»Bist du dir sicher?«, fragt er nach. Denn mit seinem letzten Sex an diesem Ort verbindet er nicht gerade positive Erinnerungen.

»Ja, bin ich.« Irgendwie reizt sie der Gedanke, Sex unter freiem Himmel zu haben. Dass sie eventuell beobachtet werden, hält sie für nicht möglich, denn seine Wohnung ist der höchste Punkt im Umkreis. Sie können nur gehört werden.

Ohne ihren Kuss zu unterbrechen, steht Oliver auf, seine Arme halten sie fest umschlungen und Joni schließt ihre Beine fest um seine Hüfte. Als würde sie nichts wiegen, trägt er sie zielsicher durch seine Wohnung.

Mitten im Flur lässt er sie plötzlich herunter und hält sie kurz fest, bis sie sicher steht. Verwirrt sieht sie ihn an und befürchtet schon, dass er sie mal wieder verarscht.

»Bevor du losmeckerst, ich will nur Kondome holen - viele! Diese Nacht gehörst du mir.«, nimmt er ihr sofort den Wind aus den Segeln und presst seine Lippen hart auf ihre, um seine Aussage zu untermauern.

Joni schwankt leicht, als er sich von ihr löst und muss sich kurz an der Wand abstützen. Seine Worte lassen ihr Blut noch mehr rauschen und Vorfreude macht sich in ihr breit. Das Gewissen, welches sie auf ihr Vorhaben hinweist, das sie sich nicht wieder von ihm um den Finger wickeln lassen wollte, ignoriert sie. Viel zu sehr will sie ihn haben.

So schnell wie Oliver kann, zerrt er die Schublade seines Nachtschrankes auf. Dabei reißt er sie aus der Führung heraus. Polternd knallt sie auf den Boden. Verhalten flucht er auf. Die Schublade ignorierend nimmt er sich eine der drei Kondompackungen und eilt zurück zu Joni, die im Flur an der Wand lehnt.

Schnell ist er bei ihr, zieht sie in seine Arme, wobei seine Hände direkt auf ihrem Hintern landen und seine Lippen prallen auf ihre. Sofort nehmen ihre Zungen wieder ihren Tanz auf und sie berauschen sich am Geschmack, Duft und den Berührungen des Anderen.

Da Oliver nicht will, dass sie stolpert, hebt er sie wieder hoch und sie schlingt ihre Arme und Beine um ihn, sodass sie wie ein Äffchen an ihm klammert.

Sein Herz schlägt rasend schnell. Eigentlich hat er vorgehabt, sie immer wieder aufs Neue anzuheizen um sie kurz vorher stoppen. Aber diesen Plan wirft er über Bord. Auch wenn sie ihre Kleidung noch tragen, ist er schon weit über dem Punkt hinaus, an dem er sich hätte zurückhalten können. Seine Erektion wird durch seine Jogginghose nicht in Schach gehalten und presst sich verlangend gegen ihre Weiblichkeit. Sie giert nach Erlösung.

Ungehalten stöhnt Joni auf, als sie nach draußen treten. Sein Mund verlässt den ihren und wandert über ihr Ohr nach unten, wobei er seine Zähne über die zarte Haut an ihrem Hals gleiten lässt.

Ihre kurzen Fingernägel bohren sich in die Muskeln an seinem Hals.

Keiner der Beiden hat einen Blick für den wolkenlosen Himmel, wo das nächtliche Firmament in seiner unendlichen Schönheit erstrahlt, übrig. Die kleinen und großen Solarkugelleuchten, welche überall neben und unter den Pflanzen verteilt sind, verströmen ein sanftes und warmes Licht.

Oliver lässt sich einfach auf die erstbeste Relaxliege fallen und platziert Joni direkt auf seinem Schoß. Wollüstig reibt sie sich an ihm und heizt sie beide weiter an.

Seine Hände verlassen ihren Po und wandern nach oben und nehmen ihr Shirt gleich mit. Als sie ihre Arme nach oben nimmt, damit er ihr das Oberteil abstreifen kann, drückt sie ihren Rücken durch, um ihn damit zu ihren Brüsten zu lenken. Sie lechzen nach seiner Aufmerksamkeit. Die harten Brustwarzen drücken sich durch den zarten Spitzenstoff ihres weißen BHs.

Oliver lässt das Oberteil neben sich auf die Teakholzbohlen fallen, welche noch ganz warm von der Sonne sind und seine nackten Füße wärmen. Sein Blick gleitet über ihren Körper. Das sanfte Licht zeichnet weiche Schatten auf ihrem wundervoll fraulichen Körper. Ihre Brüste ziehen seinen Blick nahezu magisch an und das Verlangen treibt ihn schier in den Wahnsinn. Sehr viel länger wird er es nicht mehr aushalten.

Sie drückt ihren Rücken noch weiter durch, als sein rauer Daumen über ihre Brustwarze streicht. Mit fahrigen Händen zerrt sie ihm das T-Shirt über den Kopf. Sie will seinen gestählten Körper sehen und fühlen. Das Schmecken muss sie auf später verschieben, denn im Moment geht es ihr nur noch darum, dass sie ihn so schnell wie möglich nackt haben möchte, damit sie sich nehmen kann, was sie will.

Noch bevor Oliver ihren BH öffnen kann, hat sie es selber erledigt und wirft das zarte Dessous hinter sich, wo es sich in den verzweigten Ästen des Ahorns verfängt.

»Das wäre mein Job gewesen.«, protestiert er.

»Heute nicht. Ich will dich - jetzt!« Sie nestelt schon an seiner Hose herum, während er sich mit ihrer beschäftigt. Ihre Atmungen gehen schnell und abgehackt. Die ersten Schweißperlen zieren seine braune Haut.

»Du musst aufstehen.«, murmelt er und schiebt Joni widerwillig von sich. Ihre Knie zittern, als sie aufsteht, um ihre Hose, zusammen mit ihrem Panty, auszuziehen. Als sie sich wieder aufrichtet, steht auch Oliver in seiner nackten Pracht vor ihr.

Gierig gleitet ihr Blick über seine muskulösen Waden, die kräftigen Oberschenkel, verweilt kurz an seiner stolz aufgerichteten Männlichkeit, um dann weiter über seine ausgeprägten Bauchmuskeln, die Brustmuskulatur, seinen starken Armen, den Hals, sein markantes Kinn, die sinnlichen Lippen, die gerade Nase entlang zu gleiten und stoppt schließlich bei seinen wunderbar braunen Augen, die sie jetzt so voller Verlangen und Lust betrachten.

Oliver lässt ihre Musterung scheinbar ruhig über sich ergehen, wobei er sehr mit sich kämpft. Er will ihr diese Zeit geben, auch wenn jede Faser seines Körpers danach verlangt, sie zu packen und sich in ihr zu versenken.

»Komm her!«, raunt er mit tiefer Stimme und streckt seine Hand aus. Sofort legt sie ihre in seine. Ihre Finger verflechten sich wie von selbst. Sanft zieht er sie zu sich, wobei er sich wieder auf die Liege setzt. Joni gleitet auf seine Oberschenkel.

Mit seinem Blick hält er den Ihren gefangen und ohne den Kontakt zu lösen, greift er neben sich und fummelt ein Kondom aus der Packung.

»Willst du?«, fragt er und hält ihr die silberne Folienverpackung direkt vor die Nase. Er weiß, dass er damit ein hohes Risiko eingeht. Denn er ist so heiß auf sie, dass es passieren könnte, dass er explodiert, wenn sie ihn berührt.

»Gern.« Ihre Stimme hat einen etwas tieferen und verführerischen Klang und jagt ihm damit einem Schauer nach dem Anderen über den Körper. Auch wenn ihm siedend heiß ist, überzieht eine ausgeprägte Gänsehaut seinen Körper.

Geschickt öffnet Joni die Kondomverpackung und konzentriert sich voll auf ihre *Aufgabe*. Lasziv gleiten ihre Finger an seinem Schaft entlang. Ihr Fingernagel kratzt leicht über die samtene Kuppel und entlockt ihm damit ein Stöhnen, der ihr eigenes Verlangen noch mehr anheizt.

Da ihr das kleine Spiel äußerst viel Spaß macht, quält sie ihn noch ein wenig länger. Seine Finger krallen sich in ihren Hüften und er legt den Kopf in den Nacken, um sich besser darauf konzentrieren zu können nicht sofort kommt.

»Wenn du so weiter machst, dann wirst du nicht auf deine Kosten kommen.«, presst er zwischen seinen zusammengebissenen Zähnen hervor und entlockt Joni ein Lächeln. Auch wenn es noch so viel Spaß macht, auch sie hält es nicht länger aus.

Flink streift sie ihm das Kondom über und Oliver atmet fast schon erleichtert aus. Ihre Finger gleiten über seinen Bauch und seine Brust nach oben und verschränken sich in seinem Nacken. Sie versinken in einem leidenschaftlichen Kuss und er hebt sie soweit an, dass er sie genau positionieren kann.

Heute ist er bereit die Führung abzugeben, was eigentlich nicht so sein Ding ist. Doch sie ist so voller unterschwelliger Leidenschaft und er will jedes kleine Quäntchen davon an die Oberfläche locken. So lässt er sie entscheiden, wann und wie tief sie ihn in sich aufnimmt. Auch ist es ihr überlassen den Rhythmus zu gestalten.

Joni spürt, wie er sie in Position bringt, aber dann stoppt er. Sie hat die Hoffnung, dass er ihr die Führung überlässt und startet einen Versuch, sich auf ihn zu senken. Zu ihrer Freude stößt sie nicht auf Widerstand.

Kurz hält sie inne, als sie ihn an ihrem Eingang spürt. Doch da sie die Erlösung finden will, lässt sie sich fallen und nimmt ihn mit einem Mal vollkommen in sich auf. Sie stöhnen beide laut in ihren Kuss, als sie nun endlich vereint sind.

Unruhig beginnt sie damit ihre Hüften kreisen zu lassen. Sie kann es nicht fassen, wie gut er zu ihrem Körper passt.

Zaghaft hebt sie ihre Hüften an, um sie gleich darauf wieder sinken zu lassen. Ihre Atmung kommt immer schneller und abgehackten. Ihre Zungen ringen miteinander und Joni beschleunigt ihre Bewegungen. Immer mehr und lauter keuchen und stöhnen sie. Der Schweiß läuft ihnen in Strömen über die erhitzten Körper.

Hastig treibt sie sich und Oliver dem Orgasmus entgegen. Ihre Fingernägel hinterlassen Kratzspuren auf seinen Schulterblättern. Seine Finger krallen sich tief in ihre Hüften.

Mit einem erlösenden Stöhnen springt Oliver über die Klippen und als Joni spürt, wie er sich unter ihr versteift, kommt sie mit seinem Namen auf den Lippen.

Kraftlos sackt sie gegen ihn. Er schlingt seine Arme um sie und lässt sich nach hinten auf die Liege fallen. Dabei zieht er sie mit sich.

Träge malen seine Finger Kreise auf ihren Rücken, während Joni seinen schnellen und kräftigen Herzschlag unter ihrer Wange spürt.

Der sanfte Wind weht über ihren Rücken und lässt sie leicht frösteln, was ihm nicht verborgen bleibt.

»Komm, wir gehen rein, nicht dass du dich noch erkältest.«, sagt er sanft zu ihr. Seine Finger finden ihre Locken und spielen mit den roten Strähnen.

»Geht nicht.«, murmelt sie ermattet. Jeder Knochen in ihrem Körper ist butterweich und sie fühlt sich überhaupt nicht imstande, jetzt aufzustehen.

»Soll ich dich tragen?« Seine Stimme ist so wunderbar sanft. Sacht krault er ihren Nacken.

»Mmh«, murmelt sie. Es ist im Moment einfach so toll, hier zu liegen und zu kuscheln. Die Erkenntnis erschreckt sie. Denn sie war nie der Typ Frau, der nach dem Sex die körperliche Nähe des Anderen sucht.

»Weißt du was? Wir beide werden jetzt duschen gehen. Da wirst du wieder wach und es bieten sich wunderbare Möglichkeiten.«, raunt er ihr zu und hebt mit der Hand ihr Kinn an, um ihr einen Kuss zu geben, der ihr einen kleinen Vorgeschmack auf diese Möglichkeiten gibt.

Mit zitternden Gliedern rappelt sie sich auf. Kaum ist er aufgestanden, liegen seine Lippen auf ihren und seine Hände an ihren Körper, um sie in Richtung seiner Dusche zu lenken, um die zweite Runde einzuläuten.

Kapitel 23

Joni hat keine Ahnung, wie spät es ist, als sie aus einem tiefen, aber traumlosen Schlaf erwacht. Verwirrt sieht sie sich um, kann aber nichts erkennen, denn es ist dunkel und kein Licht dringt durch die dicken Vorhänge. Leise murrt es neben ihr. Ein starker Arm schlingt sich um ihre Taille und zieht sie an eine ebenso starke und muskulöse Brust. Ein Gesicht wird in ihrem Locken vergraben und ein wohlbekannter Duft steigt ihr in die Nase.

Nach und nach kommen ihr die Ereignisse der vergangenen Stunden in den Sinn. Im selben Moment beginnen ihre Oberschenkel vor Muskelkater zu schmerzen. Eines muss sie Oliver lassen - er ist echt sehr einfallsreich.

Die Tatsache, dass sie sich immer noch in seinem Bett befindet, behagt ihr nicht. Es gab bisher nur einen Mann, mit dem sie die Nacht in einem Bett verbracht hat und sie kann sich noch zu gut daran erinnern, was damals passierte. Sanft, ohne Oliver zu wecken, entwindet sie sich seinem Arm und schlüpft aus dem Bett. Langsam tastet sie sich in der Dunkelheit voran in Richtung Tür.

»Wo willst du hin?«, fragt Oliver verschlafen.

»Ähm … in mein Bett.«, antwortet sie ihm.

»Warum? Ich habe hier auch eines und wie du sicher weißt, ist hier genug Platz für uns Zwei.«

»Ich schlafe lieber in meinem.«, beharrt sie auf ihrem Standpunkt.

Stoff raschelt leise, als sie dir Tür öffnet, um in ihr Zimmer zu gehen. Doch sie wird zurück ins Schloss gedrückt.

Erschrocken zuckt sie zusammen. Wie konnte er sich anschleichen? Er lag doch gerade noch in seinem Bett.

»Warum?«, will er wissen. Es behagt ihm nicht, dass sie sich mitten in der Nacht aus seinem Bett schleicht.

An diesem Abend hat er beschlossen, dass sie Beide eine Affäre haben und da hat sie gefälligst in seinem Bett zu schlafen. Erst recht wenn sie kurz vorher Sex darin hatten. Wenn sie in ihrem miteinander geschlafen hätten, dann hätte er dort auch die Nacht verbracht und hätte sich nicht so einfach davon gestohlen.

»Du willst es unbedingt wissen, oder?« An ihrer Tonlage kann er erkennen, das sie ressiginiert.

»Ja, will ich.«

»Ich schlafe nicht mit Männern in einem Bett.«

»Aha, das habe ich gerade gemerkt und warum?«

»Nichts warum.«

»Aber es muss doch einen Grund geben.«

»Es gibt einen, ja. Aber der geht dich nichts an.« Blitzschnell dreht sich Joni weg, reißt die Schlafzimmertür auf und verschwindet.

Seinen ersten Impuls ihr zu folgen und sie so lange anzubrüllen, bis sie ihm die Wahrheit erzählt, unterdrückt er und begnügt sich damit, seine Tür zu zuknallen. Wenn sie alleine schlafen will, dann soll sie es so haben!

Wütend auf sie wirft er sich wieder in sein Bett, verschränkt die Arme hinter dem Kopf und starrt an die Decke. Er macht, in der Dunkelheit, leicht den schemenhaften Umriss der Deckenlampe aus. Das erste Mal seit Langem ist er bereit eine Frau in seinem Bett schlafen zu lassen und dann will sie es nicht. Er schüttelt über seine eigene Dummheit den Kopf. Warum ist es ihm plötzlich so wichtig, dass sie bei ihm schläft, dass er seinen Arm um sie legen und sie an sich ziehen kann, um ihren wunderbar warmen Körper an seinem zu spüren? Stöhnend dreht er sich auf die Seite und vergräbt sein Gesicht im Kissen. Als ihm dabei Jonis Geruch in die Nase steigt, wirft er es aus dem Bett.

So schnell sie kann, flüchtet sie vor Oliver und verkriecht sich unter ihrer Bettdecke, die sie ganz fest um ihren nackten Körper schlingt. Sie ist von sich selber enttäuscht. Denn es hat sich gut angefühlt, als er sie an sich gedrückt hat. Sie fühlte sich geborgen und beschützt. *Was sollen diese Gedanken?*, fragt sie sich und beschließt, jeden an ihn und diesen Vorfall zu verdrängen. In den vergangenen Jahren hat sie das ganz gut gelernt. Schnell hat sie der Schlaf erneut übermannt, denn ihr kleiner Marathon war kräfteraubend.

Am nächsten Morgen erwacht Joni recht früh. Die Sonne ist gerade dabei aufzugehen. Grummelnd dreht sie sich auf die Seite und schließt wieder die Augen. Es ist einfach viel zu früh zum Aufstehen. Aber was sie auch anstellt, sie kann nicht wieder einschlafen. Also schwingt sie ihre Beine aus dem Bett und schleppt sich unter die Dusche, um sich den Schlaf und auch die Spuren der Nacht abzuwaschen.

Nach ihrer Morgenroutine und nachdem sie sich für den Tag angezogen hat, geht sie in die Küche, um sich ihre tägliche Portion Kaffee zu suchen. Zaghaft linst sie um die Ecke, aber von Oliver ist nichts zu sehen. Verwirrt runzelt sie die Stirn und sieht auf die Uhr der Mikrowelle. Es ist bereits halb acht und von ihm ist nichts zu sehen. Sie wollten doch um acht los, da um neun das Training beginnt. Grübelnd nimmt sie sich eine Tasse aus dem Schrank und stellt sie unter den Kaffeevollautomaten. Während die schwarze Brühe durchläuft, überlegt sie, wo er stecken könnte. Ein Verdacht keimt in ihr und sie reißt den Geschirrspüler auf. Aber dieser ist leer. Er ist schon mal nicht ohne sie los. Er würde seine Wohnung nie ohne Frühstück verlassen. Da ist er, als Leistungssportler, viel zu sehr darauf bedacht sich gesund zu ernähren.

Vorsichtig nippt sie an ihrem Kaffee und gerade, als sie beschließt, nach ihm zu sehen, kommt er in die Küche geschlendert. Er bleibt direkt vor ihn stehen. Skeptisch sieht ihn Joni, über den Rand der Kaffeetasse an. Einen Augenblick lang mustert er sie intensiv. Oliver legt sanft seine Hände um ihr Gesicht. Er nutzt ihre Überraschung aus und drückt ihr einen Kuss auf die Lippen.

»Morgen« grinst er sie an, nachdem er noch einmal ihr verblüfftes Gesicht betrachtet hat.

»Morgen«, murmelt sie und beobachtet ihn, ein wenig fassungslos, wie er sich einen Kaffee kocht.

»Was...?«

»Du fragst dich sicher, was das eben sollte, oder?« Kurz nickt sie und beobachtet ihn ganz aufmerksam. Was auch immer er heute Morgen eingeworfen hat und seinen Charakter verändert hat, macht ihr Angst.

»Mir war einfach danach. Du kannst es nicht leugnen - unserer Körper passen wunderbar zusammen. Was unsere Charaktere betrifft, müssen wir uns einfach mal näher kennenlernen. Ich bin mir sicher, dass wir dann ganz gut miteinander auskommen würden.«

»Was willst du mir damit sagen?«

»Ich will dich näher kennenlernen, Joni, und ich will, dass wir in einem Bett schlafen, wenn wir Sex hatten.« Er sieht sie mit einem Blick an, der ausdrückt, dass er keine Widerrede dulden wird. Zufrieden nippt er an seinem Kaffee.

»Das mit dem näher kennenlernen geht in Ordnung. Aber ich werde mit dir nicht in einem Bett schlafen.«

»Und warum nicht?« Genervt atmet er aus.

»Das geht dich nichts an.«

»Meine Fresse, Joni! Wie soll das mit uns funktionieren, wenn du dich kein Stückchen öffnest?« Er stellt seine Tasse etwas heftiger ab. Kaffee schwappt auf den Tresen und bildet eine kleine braune Pfütze.

»Erstens, was soll mit uns funktionieren? Wir haben keine Beziehung! Und Zweitens, warum soll ich dir meine Gründe nennen, wenn du dich auch kein Stückchen öffnest?«

»Unser, zeitlich begrenztes, Zusammenleben soll funktionieren. Ich will ehrlich sein - ich mag es, wenn ich mich mit dir streiten kann, aber auf die Dauer wird es echt ein bisschen anstrengend, dass du mir ständig widersprechen musst.«

»Als wenn du mir nie widersprechen würdest!«, schnaubt sie in ihre Tasse.

»Da! Genau das meine ich! Immer wieder musst du das letzte Wort haben!«

»Muss ich nicht!«

»Joni, bitte! Okay, du willst etwas über mich wissen. Fang an zu fragen.« Bestimmt schiebt er sie zu einem der Hocker und beginnt damit, für sie Beide, das Frühstück zuzubereiten.

»Hm … in Ordnung. Warum spielst du Football?«

»Weil ich es liebe.«

»Und seit wann?«

»Ich habe schon in der Junior High damit angefangen und das hat sich halt so durchgezogen.«

»Wolltest du schon immer Profi werden?«

»Der Wunsch war da, ja. Aber ich hatte nie damit gerechnet, dass mich wirklich ein NFL-Team draften würde.«, erzählt er ihr, während er Eier verquirlt.

»Im Internet steht, dass du studiert hast, als du zu den Lions gegangen bist. Stimmt das?«

»Ja.«

»Sportstipendium?«

»Ja und die Frage hatten wir schon.«

»Aha.« Es klingt nicht sehr wertschätzend.

»Außerdem schiebst du mich schon wieder in deine Vorurteilsschublade!«

»Tu ich nicht!«

»Wie du meinst.«, murmelt er und gießt die Eier in eine Pfanne, um Rührei mit Tomate zu machen. Es wurmt ihn, dass sie denkt, er hätte nur seinen Studienplatz bekommen, weil er ganz gut Football spielt. Das mag zwar der Hauptgrund gewesen sein, aber seine guten Schulnoten hatten auch ihren Anteil.

Ihre Fragen sind so, als würde er sich bei einem Zeitungsinterview befinden. All diese Informationen kann sie auch im Internet nachlesen. Es gibt genug Seiten, die sich mit seiner Person befassen. Sie vermittelt ihm damit das Gefühl, dass sie nicht wirklich an ihm als Person interessiert ist. Das lässt ihn grübeln und die Tatsache, dass es ihn anscheinend etwas ausmacht, macht es nicht gerade besser.

»Willst du noch etwas wissen?«, fragt er sie, als sie still bleibt.

»Ähm, ja. Wie stehst du zu schulen Männern?« Noch ehe sie es verhindern kann, ist die Frage heraus. Gespannt wartet sie auf seine Antwort.

»Wie soll ich dazu stehen? Jeder Mensch sollte den lieben, den er liebt und wenn Männer auf Männer stehen, dann sollen sie das tun. Ich habe kein Problem mit Homosexualität, wenn du das wissen willst.«

»Das überrascht mich schon etwas.«, gibt sie offen zu.

»Warum? Ich bin nicht ganz das Arschloch, für das du mich hältst.«

»Ich halte dich nicht für eins.« Und mit der Aussprache dieser Worte erkennt Joni, dass es die Wahrheit ist.

»Ach ja, für was hältst du mich dann?« Gute Frage!

»Hm … du bist ein testosterongeladener Macho, durch und durch. Aber du bist für deine Freunde da. Frauen sind für dich ein Spielzeug, ein netter Zeitvertreib. Aber du bist ehrlich genug, es ihnen zu sagen. Du sagst deinen Gespielinnen von Anfang an, dass du sie nur für ein bisschen Spaß gebrauchen kannst.«

»Mit dem Macho bin ich nicht ganz einverstanden, aber sonst passt es.«

»Und wie siehst du mich?« Sie hält die Luft an, während sie auf seine Antwort wartet.

»Wie ich dich sehe? Du bist eine sehr leidenschaftliche Frau. Du liebst deinen Beruf, genauso wie ich meinen. Du würdest für deine Familie und deine Freunde alles tun. Du magst es, mich auf die Palme zu bringen und du musst immer das letzte Wort haben.« Er grinst sie verschmitzt an, während er ihr einen Teller mit Rührei vor die Nase stellt. Joni ist für einen Moment vom Blitzen in seinen braunen Augen gefangen.

»Lass es dir schmecken.«, sagt er fast schon liebevoll und beugt sich über die Theke, um ihr einen kleinen Kuss auf die Nasenspitze zu drücken. Wieder schafft er es, dass sie ihn sprachlos anstarrt.

»Iss, bevor es kalt wird.«, weist Oliver sie zu Recht und setzt sich, zusammen mit seiner Portion, neben sie.

Das Frühstück verläuft schweigend. Oliver ist in die Zeitung vertieft und im Hintergrund plärren die Sportnachrichten - so wie jeden Morgen. Joni starrt auf ihr Essen und fragt sich immer und immer wieder, was jetzt wohl in ihn gefahren ist. Wo ist der Oliver, der sie nicht mag, der sie anbrüllt und ihr irgendwelche stumpfsinnigen Regeln auftischt? Mit dem alten O konnte sie umgehen, da wusste sie, woran sie war und wie sie mit ihm und seinem Verhalten umzugehen hatte. Aber dieser freundliche, ja fast schon liebenswürdige O, macht ihr Angst. Vielleicht haben über Nacht irgendwelche Aliens von ihm Besitz ergriffen?

»Bist du fertig? Wir müssen los. Ich habe keine Lust noch eine Geldstrafe zu kassieren, nur weil ich zu spät komme.«, reißt er sie aus ihren Grübeleien und zieht ihr das fast unangerührte Frühstück unter der Nase weg.

»Noch eine Geldstrafe?« Joni grübelt kurz nach. Irgendetwas klingelt da bei ihr. »Ach, als du dein Leben aufs Spiel gesetzt hast?«

»Na nun übertreib mal nicht. Ich war nur klettern.«

»Klettern? du warst beim Freeclimbing. Du hast echt einen Schaden. Vielleicht solltest du wirklich mal dein Hirn untersuchen lassen. Eventuell hast du doch schon den einen oder anderen Football zu viel an den Schädel bekommen.« Joni tippt ihm gegen die Stirn. Unwirsch schlägt er ihre Hand weg, als wäre sie eine lästige Fliege. Sein finsteres Gesicht quittiert sie nur mit einem breiten Grinsen. Mit diesem Oliver kann sie wieder umgehen.

Da er sauer auf sie ist und sie mal wieder seinen Geisteszustand anzweifelt, verläuft die Fahrt zum Stadion in frostigem Schweigen. Als er seinen Wagen auf dem Parkplatz abstellt, wartet er nur darauf, dass sie aussteigt. Heute Morgen, als er aufgestanden ist, hatte er absolut keine Lust auf das Training, aber jetzt freut er sich richtig darauf. Denn da kann er seiner angestauten Wut freien Lauf lassen und sich abreagieren.

Als Joni das Gebäude der Dallas Lions betritt, begrüßt sie schon von Weitem Suzanna. Sie steht am Empfangstresen von Richard und winkt sie hektisch zu sich heran, als sie sie entdeckt.

»Joni meine Liebe, guten Morgen. Wie geht es dir?« Wird sie gleich von ihr freudig begrüßt.

»Ganz gut, danke.«

»Wie läuft es mit Oliver? Behandelt er dich gut? Ich weiß ja, dass er manchmal sehr schwierig sein kann, aber im Grunde seines Herzens ist er ein ganz lieber Junge.«

In Joni kommen die Erinnerungen der letzten Nacht hoch und was sie so alles miteinander angestellt haben. Oh ja, er hat sich wirklich sehr gut um sie und um ihre Bedürfnisse gekümmert. Wann hatte sie das letzte Mal so viele Orgasmen in einer einzigen Nacht? Sie kann sich die Frage schnell selber beantworten – es war das erste Mal.

»Er hat zwar manchmal noch seine fünf Minuten, aber ansonsten klappt unser Zusammenleben ganz gut.«

»Fünf Minuten?«

»Na die Zeit, wo er mal wieder den Macho heraushängen lässt.«

»Ach so. Na mach dir nichts draus, die haben alle Männer. Was wäre schon ein Mann für ein Mann, der nicht ein bisschen Macho ist?« Verschwörerisch zwinkert Suzanna ihr zu.

»Ähm... ja.«

»Na wie dem auch sei. Wenn es irgendwelche Probleme geben sollte, dann scheu dich nicht einfach bei mir oben im Büro vorbei zu schneien. Meine Tür steht immer offen.«

»Gut zu wissen.«

»Ich will dich auch nicht länger aufhalten. Das Training beginnt gleich und du siehst doch bestimmt wieder dabei zu.«

»Ja, es ist sehr interessant.«

»Dann viel Spaß.« Suzanna winkt ihr noch einmal kurz zu und stöckelt auf ihren High Heels in Richtung Fahrstuhl.

»Ach Richard, wenn dieser Blutsauger Rodriguez hier aufkreuzt, schick ihn direkt in mein Büro.«

»Wird gemacht Suzanna.«

»Danke.« Damit verschwindet sie im Lift und lässt Joni und Richard alleine zurück.

»Blutsauger?«, fragt sie sich murmelnd.

»Das ist ihre Bezeichnung für Sportagenten. In ihren Augen sind es alle hinterhältige Bastarde, die ihr das Geld aus den Rippen leiern wollen.«, gluckst er und sieht sie vergnügt an.

»Aha, danke für die Info.« Im Geiste macht sie sich eine dicke Notiz, dass sie über Sportagenten recherchieren muss. Wenn ihre Hauptperson ein Footballer sein soll, dann hat auch er einen Blutsauger.

»Okay Richard, ich werde mich dann auch mal auf den Weg machen.«

»Natürlich Miss McLachlan. Viel Spaß beim Training.«

»Nennen Sie mich bitte Joni. Wenn Sie mich mit meinem Nachnamen ansprechen, komme ich mir so alt vor.«

»Ist gut Joni. Ich werde es mir merken.« Er lacht rau auf und es hört sich an, als würde er jeden Moment ersticken.

Als sie das Außengelände betritt, ist das Training schon im Gange. Die einzelnen Spieler sind gerade dabei sich warm zu laufen oder ihre Muskeln und Sehnen zu dehnen. Will ist auch wieder am Brüllen und sie fragt sich, ob der Mann wohl jemals ruhig ist, wenn er am Spielfeldrand steht. Bei ihrem ersten Treffen hat sie ihn eigentlich als einen netten und ausgeglichenen Mann kennengelernt. Der Trainer in ihm ist aber ein cholerischer Kastenteufel.

Sie winkt kurz Lucas zu, als er an ihr vorbei rennt und setzt sich auf einen der Sitze in der ersten Reihe, unweit der Trainerbank.

Nachdem sich alle Spieler warm gemacht haben, versammelt der Coach seine Schäfchen um sich und erklärt ihnen welche Spielzüge sie heute trainieren werden. Während die Defense etwas abseits Kraftübungen vollführen soll, ist die Offense dabei sich aufzustellen. Die Defense der zweiten Mannschaft übernimmt den Part des Gegners.

Jonis Augen wandern auf die Hintern der Spieler, welche gerade in die Luft gereckt werden und bleibt an dem von Oliver kleben. Auch wenn sie nur seine Rückseite sieht, weiß sie ganz genau, dass er es ist. Seinen Hintern würde sie überall wieder erkennen.

Einer der Co-Trainer pfeift und schon prallen die Spieler aneinander. Die Tackle versuchen die Gegner in Schach zu halten, während Oliver nach einer Lücke sucht, um den Ball an Double T abzugeben. Aber er findet keine. Aus dem Augenwinkel sieht er Lucas freistehen und passt dem Ball zu ihm. Dieser fischt den Ball grazil aus der Luft und setzt zum Sprint in Richtung Touchdownzone an. Leider kommt er nicht weit und einer der Defense-Tackle rammt ihn die Schulter in den Bauch. Er hebt ihn so von den Füßen, dass er über die Schulter des Tackle fliegt und mit der linken Schulter auf dem Rasen aufschlägt.

Lucas sieht das Grün des Grases immer näher kommen und versucht sich noch im Fallen so zu drehen, dass er möglichst schmerzfrei aufschlägt. Leider fällt er schneller, als das er sich drehen kann. Kaum ist er auf dem Spielfeld aufgeschlagen, durchzuckt ihn ein stechender Schmerz in der linken Schulter. Ausgerechnet die, die er sich zu Beginn der Saison schon einmal verletzt hat, um eine Operation aber herum kam.

Kraftlos rollt ihm der Football aus der Hand und bleibt wenige Zentimeter neben ihm liegen. Als er keine Anstalten macht sich zu erheben, wird der Spielzug abgepfiffen.

Mit schmerzverzerrtem Gesicht setzt er sich auf und zieht sich den Helm vom Kopf.

»Hey Alter, alles in Ordnung?«, fragt Osborne, der Defense-Tackle, der ihn umgenietet hat und hält ihm die Hand hin, um ihm auf die Füße zu helfen.

Lucas ergreift die dargebotene Hand und stellt sich hin. Probehalber bewegt er die Schulter, lässt es aber gleich wieder sein. Denn wieder beginnt sie stechend zu schmerzen.

»Ich glaube nicht.«, antwortet er auf die Frage.

»Farr! Was ist los?!«, brüllt Will quer über das Feld und blickt seinem Runningback mit gerunzelter Stirn entgegen.

Joni sieht, wie Lucas getackelt wird und auch sie runzelt ihre Stirn, als sie sieht wie er, vor Schmerzen, das Gesicht verzieht. Wenige Augenblicke später versammelt sich das Ärzteteam um ihn und schält ihn aus seinem Trikot und den Protektoren.

Was ist mit ihm los?, fragt sie sich ängstlich. Er zählt bereits jetzt zu ihren engsten Freunden, von denen sie nur sehr wenige hat. Denn die Menschen, von denen sie einmal dachte, dass sie zu diesem engen Kreis gehören würden, haben sich damals von ihr abgewendet.

Kapitel 24

Joni will gerade aufstehen und zu Lucas herüber gehen, als er auch schon auf sie zukommt. Sein Oberkörper ist frei und er drückt sich ein blaues Kühlpack auf das Schulterblatt, welches rot schimmert.

»Alles Okay?«, fragt sie ihn besorgt, als er sich neben sie fallen lässt.

»Naja, wie man es nimmt.«

»Bitte etwas genauer, wenn es geht!«

»Ich bin auf der Schulter gelandet. Die habe ich mir in dieser Saison schon mal geprellt und jetzt halt wieder.«

»Musst du nicht irgendwie in ein Krankenhaus? Zum Röntgen oder so?«

»Ist nicht nötig. Ist wieder nur geprellt, aber damit es jetzt nicht zu dick wird und ich mich bald wieder uneingeschränkt bewegen kann, muss ich sie kühlen. Für heute ist das Training für mich gelaufen.« Etwas missmutig sieht Lucas zu seinen Teamkollegen rüber, die sich schon wieder gegenseitig, nach feinster Manier, über das Spielfeld schieben.

»Bist du sicher, dass es nur geprellt ist? Dein Sturz sah ziemlich übel aus.« So richtig kauft Joni ihm seine Erklärung nicht ab.

»Wir haben einen echt guten Sportarzt und ich vertraue auf seine Meinung. Er hat mich des Öfteren wieder zusammengeflickt. Er weiß, was er tut und wenn es in zwei Tagen nicht besser ist, kann ich immer noch gehen, um es abchecken zulassen.«

»Solltest du als Profisportler nicht sorgfältiger mit deinem Körper umgehen?« Skeptisch sieht sie ihn an.

»Tu ich doch. Aber ich muss mir jetzt nicht bei jedem kleinem Wehwehchen Sorgen machen. Da hätte ich ja gar keine ruhige Minute mehr.«

»So schlimm?«

»Was erwartest du? Auch wenn es manchmal leicht aussieht, aber Football geht ganz schön auf die Knochen. Sieh dir doch nur mal O an. Der ist gerade mal achtundzwanzig, wurde aber schon zwei Mal an der Schulter und jeweils einmal am Knie und am Sprunggelenk operiert. Du kannst davon ausgehen, das für die meisten mit fünfunddreißig die Karriere zu Ende ist. Einfach aus dem Fakt heraus, das die Gelenke kaputt sind und man Künstliche bräuchte, wenn man weiter machen würde.«

»Und das tut ihr euch freiwillig an?«

»Ja, weil wir diesen Sport lieben. Es ist nicht einfach nur ein Job. Es ist pure Leidenschaft.« Wenn Joni Lucas so reden hört, kann sie Callums Einstellung verstehen. Dieser Mann lebt für Football und auch bei Oliver sieht es nicht anders aus.

»Was hast du eigentlich mit Oliver angestellt?«, wechselt er plötzlich das Thema.

»Nichts. Warum?«

»Er ist tierisch angepisst. Er hat irgendwas von einer sturen Schottin gefaselt, als ich ihn darauf angesprochen habe. Also, raus mit der Sprache.«

»Ich habe echt nichts gemacht!«, verteidigt sie sich.

»Joni, lüg mich nicht an. Was ist also wieder zwischen euch passiert. Habt ihr euch wieder gezofft?«

»Nein … also Ja, naja, eigentlich nicht wirklich.«

»Was denn nun? Ja oder nein?«

»Jein?«

»Weib, du schaffst mich!«

»Nenn mich nicht Weib!«

»Ich darf das und du weißt warum. Nun sag schon. Wenn mein bester Freund schon nicht mit mir über seine Probleme mit dir spricht, dann musst du es wenigstens.« Er sieht sie mit seinem Welpenblick an und ihr Widerstand bröckelt. Sie kann ihm einfach nichts abschlagen.

»Wir hatten Sex und ich bin mitten in der Nacht in mein Bett und das hat ihm nicht gepasst.«

»Und warum bist du in deins? O lässt nicht so einfach jede Frau in seinem Bett schlafen. Sonst schmeißt er sie wieder raus, sobald es vorbei ist.«

»Ich schlafe nicht mit einem Mann in einem Bett.« Schützend verschränkt sie die Arme vor der Brust. Sie hat die Befürchtung, dass er nicht locker lassen wird. Aber sie will ihm nicht den wahren Grund nennen.

»Ach ne und warum nicht? Wag es bloß nicht mich anzulügen, sonst frage ich deinen Bruder!« Durchdringend sieht er sie an und sein Blick sagt ihr, dass er keine Ausrede dulden würde. Aber wenn sie es ihm jetzt erzählt, muss sie die alten Narben auf ihrem Herzen und ihrer Seele wieder aufreißen. Also entschließt sie sich für eine grobe Umschreibung.

»Ich wurde von meinem Ex ziemlich verletzt und ich habe mir geschworen, nie wieder einen Mann so nah an mich heranzulassen und bis jetzt bin ich ganz gut damit gefahren, dass ich nie wieder die Nacht mit einem meiner Sexualpartner verbracht habe.«

»Nur weil ein Typ dich mal verletzt hat, muss das doch nicht gleich für jeden Mann gelten. Oliver mag zwar eine männliche Schlampe sein, aber er ist immer ehrlich. Er spielt keiner die große Liebe vor und stellt von Anfang an klar, dass es ihm nur um den Sex geht.«

»Ich weiß. Aber ich kann einfach nicht.«

»Da ist noch mehr.« Es ist keine Frage, sondern eine sachliche Feststellung. Beklommen nickt Joni, hält aber ihren Mund. Lucas weiß das, was er wissen muss.

»Du willst nicht drüber reden. Verstehe. Aber wenn du doch mal das Bedürfnis haben solltest, dass du deinen seelischen Ballast irgendwo abladen willst, dann ruf mich an. Ich bin für dich da, Kleine.« Auch wenn seine Schulter schmerzt, hebt er seinen Arm an, legt ihn um Jonis Schulter und zieht sie sanft an sich. Brüderlich drückt er ihr einen Kuss auf die Schläfe. Aus dem Augenwinkel beobachtet Joni die Cheerleader, die ihr Training gerade unterbrechen. Zwei ganz spezielle Grazien sehen sie besonders giftig an. *Wenn Blicke töten könnten, dann wäre ich jetzt schon mausetot.*

Schweigend verfolgen sie eine Zeit lang das Training. Nachdem die Spielzüge durch sind, bekommen bestimmte Feldspieler eine extra Trainingseinheit. So auch Oliver. Er wird in eine Art Gerüst eingespannt, an dessen Querstrebe sich Gewichte befinden, die auf seine Schultern drücken und er muss immer wieder Pässe werfen. Wie Lucas Joni erklärt, dient das Ganze dem Muskelaufbau.

»Ich habe gehört, Callum kommt auch mit nach Hawaii.«, fragt Lucas sie leise und sieht sich nach allen Seiten um, um sicher zu gehen, dass auch niemand in der Nähe ist, der ihr Gespräch belauschen könnte.

»Ja. Warum?«

»Nur so.«

»Lucas, wegen nur so würdest du nicht fragen. Wie war das mit dem Herz ausschütten? Du weißt, dass du mir vertrauen kannst.«

»Ich weiß. Aber im Moment weiß *ich* ja noch nicht einmal, was mit mir los ist.«

»Was ist denn mit dir los? Beschreib doch mal.«

»Fakt ist, dein Bruder geht mir nicht mehr aus dem Kopf, aber das sollte er. Er wird bald wieder zurück nach Schottland gehen.«

»Du weißt aber schon, dass er mindestens einmal im Monat in die Staaten reisen muss?«

»Nein, das wusste ich nicht.« Erstaunt sieht er sie an. Joni kann förmlich sehen, wie es in seinem Kopf arbeitet und er diese Information verdaut.

»Gibt es noch etwas, außer dass er dir nicht mehr aus dem Kopf geht?«

»So oft haben wir uns ja noch nicht getroffen, aber wenn ich ihn sehe, schlägt mein Herz schneller, meine Hände werden nass und ich habe keine Ahnung, was ich sagen soll.« Er lächelt verlegen.

»Wenn du mich nach meiner geschätzten Meinung fragen würdest, dann würde ich dir sagen, dass du dich eindeutig in meinen großen Bruder verliebt hast.« Zufrieden lächelt Joni vor sich hin, während Lucas sie mit großen Augen und offenem Mund anstarrt.

Oliver packt all seine Wut in die Würfe und schmettert sie durch die Gegend. Immer wieder huscht sein Blick in Richtung Tribüne und seine Laune sinkt bei jedem einzelnen Blick immer weiter. Lucas kann ja nichts dafür, dass er sich verletzt hat, aber muss er da unbedingt so nah bei Joni sitzen und schamlos mit ihr flirten? Jetzt lächelt sie auch noch total selig vor sich hin. Am liebsten würde er jetzt brüllen. Er will rüber stürmen und Lucas von ihr wegzerren und ihm unmissverständlich klar machen, dass er sich von ihr fernzuhalten hat.

Diese Gedanken erschrecken ihn und halten ihn davon ab, seinen Plan in die Tat umzusetzen. Es ist das erste Mal, dass er seinem besten Kumpel gegenüber so einen Groll hegt und das nur wegen einer Frau.

Auch wenn er versucht, sich zusammenzureißen, seine Augen scheinen ein Eigenleben zu entwickeln und schießen wütende Blitze zu Joni und Lucas, die so vertrauensvoll die Köpfe zusammen stecken.

»Okay O. Das reicht für heute.« Wills Stimme reißt ihn aus seinen Gedanken und schon im nächsten Moment spürt er, wie ihm die Last von den Schultern genommen wird.

Er schickt sich gerade an, das Feld zu verlassen, um endlich unter die Dusche zu kommen, als der Headcoach ihn aufhält.

»Ich habe nicht gesagt, dass du fertig bist. Ich will, dass du dir jetzt Jason schnappst und mit ihm trainierst. Er muss für das nächste Spiel fit sein« Fassungslos starrt Oliver seinen Trainer an. *Das kann doch jetzt nur ein dummer Scherz gewesen sein?*

»Wofür gibt es hier Assistenztrainer und eigens welche für die Quarterbacks? Soll von denen sich doch einer um den Rookie kümmern.«, schnaubt er.

»Du vergisst aber, dass den Assistenztrainern die nötige Erfahrung auf dem Feld fehlt. Du bist einer der besten Spieler der Liga und der beste Quarterback, den wir seit Jahren hatten. Gib ihm ein paar Tipps.«

»Du hast doch echt einen Sockenschuss! Ich soll einem Typen, der alles daran setzt, mich von meiner Position zu vertreiben, Tipps geben, wie er besser wird? Vergiss es!«

»Hier geht es nicht um dich, du elender Hurensohn, sondern um das Team. Wärst du nicht so dumm gewesen, hätten wir diese Diskussion nicht und du würdest beim nächsten Spiel auf dem Feld stehen!«, knurrt Will zurück.

»Dann nimm deine Scheiß Strafe zurück! Du willst gewinnen, dann stell mich auf. Wenn nicht – fang schon einmal an zu beten und zu hoffen. Aber auf alle Fälle werde ich dem Rookie keine Tipps geben.« Damit dreht sich Oliver um und stapft vom Feld.

»Denk mal darüber nach, wo du jetzt wärst, wenn Michaels vor ein paar Jahren auch so gedacht hätte.«, ruft Will ihm hinterher und schürt seine Wut nur noch weiter. Das Joni und Lucas immer noch die Köpfe zusammen stecken und dabei kichern, macht es auch nicht gerade einfacher.

In der Kabine reißt er sich förmlich die Protektoren vom Körper und pfeffert sie einfach in irgendeine Ecke. Die anderen Spieler, die sich schon in der Umkleide befinden, gehen ihm aus dem Weg. Denn sie wissen nur zu gut, dass man sich Oliver Brown am Besten nicht in den Weg stellt, wenn er wütend ist und im Augenblick ist er stocksauer.

Das Schlimmste an der ganzen Sache ist wohl, dass Will vollkommen Recht hat. Er wäre jetzt nicht der Spieler, der er ist, wenn Owen Michaels ihm damals keine Tipps gegeben hätte, als er selber noch ein grünschnäbliger Rookie war. Aber eher frisst Oliver einen Besen, als dass er das dem Coach gegenüber zugeben würde.

Ein kalter Schauer läuft über Jonis Rücken, als sie Olivers Blick auffängt, den er ihr und Lucas zuwirft, als er auf dem Weg in die Umkleide ist. Selbst auf die Entfernung bemerkt sie, dass er stinkwütend ist und sie wird das Gefühl nicht los, dass das irgendetwas mit ihrer Person zu tun hat.

Nicht das er denkt, sie und Lucas würden jetzt wirklich zueinanderfinden und nicht nur für die Presse.

»Sag mal Lucas, du und Oliver, ihr seid doch Freunde, oder?«, beginnt sie sich vorsichtig voran zu tasten.

»Ja, wir sind beste Freunde. Warum? Soll ich dir ein paar Tipps geben?« Er wackelt anzüglich mit den Augenbrauen. Sie muss unwillkürlich die Augen verdrehen.

»Nein, danke. Ich will auf etwas anderes hinaus.«

»Na dann sprich, holde Maid.« Joni bricht, bei seinen Worten, in schallendes Gelächter aus. *Wie kommt er denn jetzt auf den Spruch?*

»Lucas! Hör auf damit, dass ist ein ernstes Thema.«

»Wenn ich wüsste, welches du meinst, könnte ich dir eventuell auch folgen.«

»Wenn du aufhören würdest, solche dämlichen Sprüche zu klopfen, um mich zum Lachen zu bringen, wüsstest du es schon längst.«, tadelt sie ihn grinsend.

»In Ordnung. Ich verspreche dir hier und jetzt, hoch und heilig, dass ich aufhören werde, dich mit meinen Sprüchen zum Lachen zu bringen.«, gluckst er.

»Versprich nie etwas, was du nicht halten kannst.«, weist sie ihn, ungewohnt ernst, zurecht.

»Okay, werde ich mir merken.« Nachdenklich sieht er sie an. Er ist sich sicher, dass das mit ihrem Ex zu tun hat und er nimmt sich vor, das Geheimnis um die ganze Geschichte zu lüften.

»Hast du schon einmal darüber nachgedacht, zumindest Oliver, als deinen besten Freund, die Wahrheit zu sagen?«

Kapitel 25

»Darüber habe ich schon sehr viel nachgedacht, das kannst du mir glauben. Ich würde es ihm gerne sagen, aber die Unsicherheit, wie er wohl auf diese Information reagiert, hat mich dann aber immer wieder davor zurückschrecken lassen.«

»Ich glaube, er würde es akzeptieren.«

»Sicher? Meine Freundschaft zu O ist mir echt wichtig.«

»Genau darum solltest du auch ehrlich zu ihm sein.« Nachdenklich sieht Lucas Joni an.

»Okay, machen wir einen Deal.«

»Einen Deal? Warum?«, fragt sie sehr skeptisch nach. Irgendetwas an seinem Gesichtsausdruck sagt ihr, dass ihr die Sache ganz und gar nicht gefallen wird.

»Ich erzähle Oliver die Wahrheit, wenn du mir deine komplette Geschichte erzählst.«

»Lucas, das ist nicht so einfach.«, seufzt sie und reibt sich den verspannten Nacken.

»Joni, ich habe keine Ahnung, was bei dir passiert ist, aber ich werde einfach das Gefühl nicht los, dass dich diese Geschichte blockiert. Du lebst nicht.«

»Ich lebe nicht? Wie kommst du denn auf den Mist?«

»Du verstehst mich mal wieder falsch. Du liebst deinen Beruf und gehst voll darin auf, aber du blockst jegliche Gefühle zu einem Mann ab. Du holst dir deine körperliche Befriedigung, aber für deine Seele, dein Herz, tust du nichts und ich will dir wirklich helfen. Also bitte vertraue mir.« Sie muss bei seinen Worten schwer schlucken. Es ist erstaunlich, wie sehr er sie schon durchschauen kann und Dinge sieht, die anderen verborgen bleiben.

Eine Antwort darauf bleibt sie Lucas schuldig, denn Jesus kommt zu ihnen herüber geschlendert. Er ist bereits geduscht und umgezogen. Seine Glatze glänzt in der Sonne, als hätte er sie gerade frisch poliert.

»Lucas, du alter Drecksack! Schieb deinen Arsch in die Umkleide und immer dran denken . nächste Woche um die Zeit sind wir auf dem Weg nach Hawaii!« Der Runningback lässt die Hüften kreisen und scheint sich sehr auf seinen Geburtstag auf der Insel zu freuen. Joni wird schlagartig klar, dass sie noch kein Geschenk für ihn hat.

»Ähm Jungs … Ich muss los.« Schnell sammelt sie all ihre Sachen ein und eilt vom Feld. Unterwegs kramt sie ihr Handy hervor und ruft ihren Bruder an.

»Schwesterchen! Womit habe ich die Ehre deines Anrufes verdient?«, begrüßt er sie freudig.

»Sülz mich nicht voll! Ich stecke in der Scheiße!«

»Was hast du angestellt?!« Sofort ist seine gute Laune verflogen.

»Ich habe noch kein Geburtstagsgeschenk für Jesus! Ich habe gerade mal noch eine Woche Zeit und du weißt, das ich bei so etwas eine totale Niete bin.«

»Mensch Joni, musst du mir so einen Schrecken einjagen? Das mit dem Geschenk ist doch geregelt. Ich habe von unserer US-Vertretung einen Kiste Whiskey mit den letzten drei Jahrgängen zusammenstellen lassen.«

»Das schenkst du doch und nicht ich! Ich bin ja noch nicht mal Teil der Firma.«

»Weil du nicht wolltest. Außerdem bin ich auch nur angestellt.«

»Das ist jetzt ja auch egal. Ich muss mir ganz schnell etwas überlegen. Wo ist dieser verdammte OB, wenn man ihn mal braucht.«

»Hast du deine Tage?«

»Hä? Nein, habe ich nicht.«

«Na wenn du nach einem Tampon suchst?«

»Ich suche Oliver und keinen Tampon.«

»Aber du hast doch gerade von einem OB gesprochen, oder etwa nicht.«

»Gott Callum, das sind seine verdammten Initialen!«

»Okay«, antwortet er gedehnt.

»Geschenk, Callum, Geschenk! Jetzt konzentrier dich doch mal auf das Wesentliche.«

»Tut mir leid, Schwesterchen. Ich kenne Jesus doch auch nicht. Das Einzige was ich von ihm weiß ist, dass er Whiskey mag.« Joni kann förmlich vor sich sehen, wie ihr großer Bruder entschuldigend mit den Schultern zuckt.

»Whiskey! Natürlich - Gott bin ich blöd. Wo bist du?«

»Bin grad auf dem Weg zum Taxi. Ich hatte gerade ein Meeting mit der Leitung unserer Vertretung.«

»Dreh um!«, schreit sie ihn förmlich an.

»Was? Warum das denn jetzt?«

»Ihr bringt doch jedes Jahr die Spezial Edition Gläser raus.« Jedes Jahr bietet McLachlan´s eine stark limitierte Edition an mundgeblasenen Whiskeygläsern an, die von wechselnden Künstlern designt und graviert werden. Sie werden nur an sehr treue Stammkunden ausgegeben. Da sie eine solche Rarität darstellen, sind sie unter Sammlern sehr beliebt und der Wert dieser Gläser schnellt schon kurz nach der Ausgabe in die Höhe.

»Ja, warum?«

»Sind die von diesem Jahr schon graviert?«

»Fertig sind sie, ja. Soll ich dir welche einpacken lassen?« Er weiß sofort, worauf sie hinaus will.

»Du bist ein Schatz!«

»Du wirst mich bestimmt gleich noch mehr lieben, wenn ich dir sage, dass wir noch je ein Glas vom letzten und vorletzten Jahr haben.«

»Passend zu den Jahrgängen? Das wäre perfekt. Aber wo hast du die Gläser noch aufgetrieben?«

»Na ja, die habe ich mir in den beiden Jahren gesichert, weil ich sie Liam schenken wollte.« Joni erwartet die übliche Traurigkeit in seiner Stimme, wenn er seinen Exfreund erwähnt, aber sie ist nicht da.

»Callum?«, sanft spricht sie seinen Namen aus.

»Hm?«

»Wie geht es dir?« Es ist das übliche Prozedere zwischen ihnen, wenn die Sprache auf Liam Fitzpatrick kommt.

»Mir geht es erstaunlicherweise gut.«

»Kann es sein, dass du über ihn hinweg bist?«

»Sieht ganz so aus.«

»Liegt das vielleicht an einem heißen Footballprofi?«

»Mag sein.«

»Ich freu mich für dich Callum und kämpf um Lucas. Er ist es wert.«

»Danke Schwesterchen. Bist du schon zu Hause?«, wechselt er schnell das Thema.

»Nein.«

»Was hällst du davon, wenn wir beide ein wenig Sightseeing betreiben? Nur du und ich.«

»Das wäre super! Ich habe bisher nicht wirklich viel von Dallas gesehen.«

»Na dann. Ich hole dich in zwei Stunden ab.«

»Oay und danke, du rettest mich echt. Du bist ein echter Schatz. Bringst du sie nächste Woche mit? Ich bin mir nicht wirklich sicher, ob ich daran denke sie einzupacken«

»Für dich doch immer, meine Kleine. Bis gleich.«

»Ja, bis dann.« Joni ist inzwischen auf dem Parkplatz angekommen. Suchend blickt sie sich um, ob sie Oliver irgendwo finden kann, aber er ist nicht zu sehen. Seine Corvette steht aber noch an ihrem Platz.

In der Hoffnung, dass er bald kommt, lehnt sie sich an sein Auto und reckt das Gesicht in die Sonne, um ein wenig die wärmenden Strahlen zu genießen.

Oliver kocht innerlich immer noch auf größter Flamme, als er die Dusche verlässt. Man muss sich eigentlich schon wundern, warum die vielen Wassertröpfchen auf seiner Haut nicht verdampfen.

Mit einem grimmigen Gesichtsausdruck, der seine Teamkollegen mindestens drei Schritte Abstand halten lässt, zieht er sich an. Mit kraftvollen Bewegungen stopft er die Sachen in seine Sporttasche und verlässt die Umkleide. Während des Duschens hat er sich selber gezwungen, an nichts zu denken, um wenigstens ein bisschen seiner Wut zu verlieren. Aber auf dem Weg zum Auto kommt ihm Lucas entgegen und schon ist alles dahin. Vor seinem inneren Auge sieht er wieder, wie sie die Köpfe zusammenstecken und lachen. Unwillkürlich ballt sich seine Hand zur Faust und er muss den Impuls unterdrücken, sie seinem besten Freund mitten ins Gesicht zu donnern.

»Hey O!«

»Hm«, brummt Oliver nur, um nicht noch etwas zu sagen, das ihm später leidtun würde.

»Welche Laus ist dir den über die Leber gekrochen?«

»Was soll das Scheißgerede, dass das zwischen Joni und dir gefakt war?«, platzt ihm doch noch der Kragen und er brüllt Lucas seinen ganzen Unmut entgegen.

»Wow, ich habe zwar keine Ahnung, warum du mich gerade so anbrüllst, aber zwischen Joni und mir läuft nichts. Das habe ich dir doch schon gesagt.« Beschwichtigend hebt Lucas die Hände und er muss sich ein wissendes Lächeln verkneifen. Wenn er jetzt Oliver auf die Nasen binden würde, dass er eifersüchtig ist, dann gibt es wahrscheinlich Verletzte.

»Erzähl mir keinen Scheiß! Ich dachte, wir wären Freunde!«

»Wir sind Freunde.«

»Ja klar, auf so einen Freund wie dich kann ich verzichten.«

»Was willst du eigentlich von mir?! Was ist dein verdammtes Problem? Wenn du sie willst, dann hol sie dir. Ich steh dir bestimmt nicht im Weg.«, brüllt jetzt auch Lucas.

»Halt dich von Joni fern.«, knurrt Oliver bedrohlich leise und stößt seinen Zeigefinger gegen Lucas nackte Brust.

»Joni und ich sind Freunde und ich lasse mir von dir nicht sagen, mit wem ich befreundet bin und mit wem nicht. Wenn du dir nicht eingestehen willst, dass du auf sie stehst, dann ist das dein Problem, aber lass mich da raus. Kleiner Tipp, mit so einem Verhalten wirst du sie nicht gewinnen können.« Lucas dreht sich um und geht in die Umkleide, damit auch er sich endlich duschen kann.

Schwer atmend steht Oliver im Gang und blickt seinen besten Freund hinterher, dessen Schulter zwar nicht allzu stark angeschwollen ist, dafür aber eine deutliche bläuliche Färbung aufweist.

Was hatte Lucas ihm gerade sagen wollen? Dass er auf Joni steht, ist nichts Neues für ihn. Irgendwie zieht sie ihn an, wie das Licht die Motten. Aber warum soll er sie für sich gewinnen wollen? Sie haben doch schon eine lockere Affäre, was will er denn mehr?

Jetzt nicht mehr ganz so wütend, aber immer noch sauer, geht er nach draußen zu seinem Auto, an dem Joni, mit geschlossenen Augen, lehnt und ihr Gesicht in die Sonne hält.

»Wenn ich auch nur einen Kratzer im Lack entdecke, dann …«, hört sie Olivers Stimme und wieder läuft ihr ein Schauer über den Rücken. Nur ist er dieses Mal nicht ganz so eisig, sondern geht mehr in die Richtung wohlig.

»Was dann?« Sie kann sich die provozierende Erwiderung nicht verkneifen. Wenn er so sauer vor ihr steht und seine Augen wütende Blitze senden, findet sie ihn ungemein sexy und anziehend. Er hat dann etwas Bedrohliches und Düsteres an sich.

»Steig ein!«, fordert er sie nur auf und geht nicht weiter auf ihre kleine Provokation ein. Ein wenig enttäuscht kommt sie seiner Forderung nach und lässt sich auf den Beifahrersitz fallen.

»Was schenkst du Jesus?«, fragt sie ihn nach einer Weile, um die doch etwas bedrückende Stimmung im Wagen zu durchbrechen.

»Einen Football.«, gibt er einsilbig von sich.

»Einen Football? Warum das denn?« Joni findet es schon ein bisschen einfallslos, einem Profifootballer sein Arbeitsgerät zu schenken.

»Er hat eine Signatur.«

»Aha und von wem?«

»Jerry Rice.«

»Gib mir nur nicht zu viele Informationen, die kann ich sonst nicht verarbeiten.«, grummelt sie, verschränkt die Arme vor der Brust und wendet den Blick von ihm ab. Lieber beschäftigt sie sich mit der vorbei fliegenden

Landschaft, als das Sie Oliver jede kleine Information einzeln entlockt.

»Er gilt als der beste Footballspieler aller Zeiten.«

»Wer?«

Oliver stöhnt genervt auf, bevor er ihr antwortet.

»Jerry Rice.«

»Aha, na gut, wenn Jesus sich darüber freut. Du musst es ja wissen, immerhin seid ihr befreundet.«

»Ja, ich muss es wissen.«, murmelt er nur noch vor sich hin und danach herrscht, für den Rest der Heimfahrt, wieder Schweigen zwischen ihnen.

Joni beobachtet ihn heimlich von der Seite. Seine linke Hand liegt scheinbar locker auf dem höchsten Punkt des Lenkrades und seine Rechte umfasst den Schaltknüppel für die Gangschaltung fest. Seine Stirn legt er von Zeit zu Zeit in tiefe Falten. *Was ihm wohl durch den Kopf geht?*, fragt sie sich und sie muss ihre Hände unter ihren Oberschenkeln festklemmen, um sich davon abzuhalten, seine Denkfalten zu glätten.

Oliver merkt ganz genau, wie sie ihn heimlich beobachtet. Er hält seinen Blick aber weiterhin starr auf die Straße vor ihm gerichtet. Das einzige Zeichen für seine innere Unruhe ist seine verkrampfte Rechte und die harten Muskeln in seinem Nacken. *Was stellt diese Frau nur mit mir an?*

Er stellt die Corvette auf ihrem Stellplatz in der Tiefgarage ab und reißt die Fahrertür auf. So schnell wie möglich steigt er aus. Er hat das Bedürfnis dass er möglichst viel Platz zwischen sich und Joni bringen muss. Warum auch immer, aber seine Wut auf sie macht ihn auch ungemein an. Wenn sie sich jetzt an einem einsamen Ort befinden würden, dann würde er sie aus dem Wagen zerren, ihr die Kleider vom Leib reißen und ihr zeigen, mit wem sie gerade zusammen ist. *STOPP!*, schreit er sich selber an. Solche Gedanken wollte er nie haben und schon gar nicht in Bezug auf die kleine durchgeknallte Schottin, die gerne seinen Whiskey wegsäuft.

Leider muss er jetzt noch warten, bis sie ihren knackigen Hintern aus dem Wagen bewegt. Dann erst kann er ihn absperren und sich, bis zum späten Nachmittag, in seinem Arbeits- zimmer verkriechen.

Kopfschüttelnd beobachtet Joni ihn dabei, wie er regelrecht aus seinem eigenen Auto flüchtet. *Warum ist er jetzt schon wieder auf mich sauer?* Da sie selber darauf keine Antwort findet und im Moment auch keine Lust hat, Oliver zu fragen, tut sie es mit einem Schulterzucken ab und steigt ebenfalls aus.

Kaum schließt sie die Beifahrertür hinter sich und hat ihre Sachen aus dem Kofferraum geholt, verriegelt er die Corvette und rennt förmlich zum Aufzug.

Grübelnd folgt sie ihm und sie kann gerade noch die Hand zwischen die sich schließenden Lifttüren schieben, damit diese sich wieder öffnen. Soweit kommt es noch, dass sie darauf warten muss, bis der Lift wieder bei ihr hier unten ist.

Oliver gibt ein Schnauben von sich, als sie den kleinen Metallraum betritt.

»Was?!«, giftete sie ihn an. Wenn er schon ein Problem mit ihr zu haben scheint, dann soll er wenigstens seinen Mund aufmachen und mit ihr darüber reden. Herausfordernd bleibt sie, mit vor der Brust verschränkten Armen, vor ihm stehen und sieht ihm direkt ins Gesicht.

Seine schwarzen Haare stehen wild von seinem Kopf ab, so als hätte er sie sich gerauft und seine ohnehin schon dunklen Augen sind jetzt schwarz.

Sein markantes Gesicht ist eine emotionslose Maske und nur der stark angespannte Kiefer lässt ein wenig auf seine derzeitige Gefühlslage schließen. Doch er bleibt stumm und sieht einfach nur zu ihr herunter.

Wütend, weil er keinerlei Anstalten macht, mit ihr zu reden, dreht Joni sich kurz um und haut auf den Knopf, der dafür verantwortlich ist, dass der Fahrstuhl hält.

»Was soll das?«, knurrte er sie leise an. Er will mit ihr keinen Moment länger im Fahrstuhl stehen, als unbedingt nötig.

»Die Fahrt geht erst weiter, wenn du mir sagst was mit dir los ist?«

»Das geht dich nichts an und außerdem interessiert es dich doch eh nicht.«, mault er.

»Wenn es mich nicht interessieren würde, hätte ich dich nicht gefragt und hätte dich deiner Wege ziehen lassen. Also hättest du jetzt die Güte und antwortest mir auf meine Frage?« Ungeduldig tippt sie immer wieder mit der Spitze ihrer Sneakers auf dem Boden auf.

Oliver löst seine starre Haltung und geht einen Schritt auf sie zu. Auch wenn er bedrohlich wirkt, weicht sie ihm nicht aus. Nur ihren Kopf muss sie noch ein wenig weiter in den Nacken legen. Seltsamerweise verspürt sie nicht die kleinste Spur Angst. So etwas wie Vertrauen macht sich ihn ihr breit und die Gewissheit, dass er ihr nicht wehtun wird - zumindest rein körperlich gesehen.

»Du willst wissen was mit mir ist? Wirklich?«

»Ja, wirklich.«

»Gut, du hast es ja nicht anders gewollt.« Grob packt er ihre Hüften und hebt sie an und drückt sie mit seinem

Gewicht gegen die glänzende Wand des Fahrstuhles. Den Bruchteil einer Sekunde später liegen seine Lippen hart und fordernd auf ihren.

Im ersten Moment ist Joni viel zu perplex und überrascht, um angemessen auf diesen Überfall zu reagieren. Aber dann nimmt die Lust sie voll in Besitz und sie erwidert seinen Kuss mit der gleichen Härte und dem gleichen Verlangen.

Ihre Zungen kämpfen miteinander und ihre Finger krallen sich in seinem Nacken fest. Ihre Nägel kratzen die Haut kurz unterhalb seines Haaransatzes auf. Ein paar Tröpfchen Blut quellen hervor. Keiner bemerkt es.

Ein heißeres Stöhnen grollt in seiner Kehle, als seine Härte an ihrer Mitte reibt. Schlagartig lässt er sie los und geht so weit zurück, wie es der Fahrstuhl zulässt.

Schwer atmend versucht Joni Halt zu finden. Ihre Knie zittern so stark, dass sie jeden Moment nachzugeben drohen. Da es aber nichts gibt, an dem sie sich festhalten kann, mal abgesehen von Oliver, lässt sie sich einfach auf den Boden plumpsen. Mit zittrigen Fingern streicht sie sich die Strähnen aus dem Gesicht.

Oliver drückt auf den Knopf, den Joni zuvor benutzt hat. Der Lift setzt sich wieder in Bewegung und fährt die letzten Etagen nach oben.

»Du solltest dich entscheiden. Entweder Lucas oder ich. Auch wenn wir nur eine Affäre haben, aber ich teile nicht gerne und meine Frau schon gar nicht.«, sagt er von oben herab zu ihr. Er verlässt den Fahrstuhl, der angekommen ist und lässt eine zitternde Joni, welche immer noch am Boden hockt, zurück.

Irgendwie schafft sie es, sich aufzurappeln und den Fahrstuhl zu verlassen, bevor er wieder nach unten fährt. Die Wohnungstür hat er natürlich nicht offengelassen und so muss sie erst noch nach ihrem Schlüssel kramen. Ihre

Hände zittern so stark, dass sie mehrere Anläufe benötigt, ehe sie die Tür geöffnet bekommt. Sie geht geradewegs ins Gästezimmer. Callum wird bald da sein und sie will sich vorher noch ein wenig frisch machen. Außerdem muss sie sich ganz dringend beruhigen. Ihr Bruder würde sofort merken was Phase ist und ihr keine ruhige Minute mehr gönnen.

Kapitel 26

»Wo wollen wir zu erst hin?«, fragt Joni und schiebt sich die Sonnenbrille auf die Nase.

»Es gibt ihr viele schöne Ecken. Da hätten wir das *Dallas World Aquarium*, die *Chapel of Thanksgiving* mit ihren beeindruckenden Buntglasfenstern, der *Fountain Place* ist auch einen Besuch wert, aber am besten gefällt mir das *Dallas Arboretum*. Jedes Mal, wenn ich in der Stadt bin, fahre ich dort hin und wenn es nur für einen kleinen Abendspaziergang nach einem anstrengendem Tag voller Meetings ist.«

»Dann sollten wir vielleicht dort anfangen. Auch wenn ich keine Ahnung habe, was das *Arboretum* überhaupt ist.« Sie hebt die Hand, um eines der vorbeifahrenden Taxis anzuhalten.

»Es ist wirklich beeindruckend. Ich will dir nicht so viel verraten. Warte einfach ab, bis wir dort sind.«

»Hier.« Callum reicht ihr eine der Eintrittskarten, die er eben gekauft hat. Gemeinsam betreten sie den Park.

»Ich kann verstehen, warum du gern her kommst. Man merkt gar nicht, das man sich mitten in einer Großstadt befindet.« Aufmerksam sieht sie sich um. Das *Dallas Arboretum* ist ein botanischer Garten mit vielen verschiedenen Pflanzen und Wiesen. Die zahlreichen Bäume spenden Schatten vor der gleißenden Sonne und die mal mehr oder weniger versteckten Wasserspiele singen von Abkühlung.

Gemächlich schlendern sie über die Wege. An so einem heißen Tag wie heute zieht es viele Besucher in den Park. Auf einer der Bänke sitzen drei ältere Damen, die gemeinsam stricken und sich über ihre Enkelkinder unterhalten. Verliebte Pärchen schlendern, Hand in Hand, hier entlang, genauso wie Familie mit fröhlichen Kindern.

»Der Park verschafft mir immer die nötige Ruhe, um manche Dinge etwas klarer zu sehen.«

»Spielst du auf etwas im Speziellen an?«, will Joni wissen und sieht ihren Bruder aufmerksam an.

»Ja und nein.« Seufzend fährt er sich durch die Haare. Seine sind eher braun, weisen aber auch einen leichten Rotstich auf. Ein paar Strähnen hängen ihm in die Stirn. Bevor er seine Schwester abgeholt hat, er sich noch umgezogen. In Jeans und T-Shirt fühlt er sich tausendmal wohler als im Anzug. Auch seine Füße tragen lieber Nikes, anstatt Oxfords. Leider ist ein Anzug unerlässlich bei seinem Job.

»Lucas?«, fragt sie leise und schubst ihn leicht an.

Eine Gruppe junger Studentinnen läuft an ihnen vorbei. Joni bemerkt, wie sie ihren Bruder aufmerksam anschauen. Sie kann es ihnen nicht verübeln. Er sieht gut, mit seinem kantigen Kinn, der geraden Nase und dem Bartschatten auf den Wangen. Seine muskulösen Oberarme werden durch das blaue Shirt, das er trägt betont und man kann eine breite Brust erahnen.

Sie wirft einen kurzen Blick über ihre Schulter, als die Mädels an ihnen vorbei sind. Nicht gerade wenige drehen sich nach Callum um.

»Erzähl.«, fordert sie ihn auf.

»In der Sache mit Lucas habe ich beschlossen, erst einmal alles auf mich zukommenzulassen. Ich weiß, das es auswegslos ist. Aber ich kann nichts für meine Gefühle. Auch wenn wir nur wenig Zeit zusammen haben, will ich diese in vollen Zügen genießen.« Er legt einen Arm um ihre Schulter und sieht sie nah an sich heran. Um es etwas bequemer zu haben, schlingt sie ihren um seine Taille. *Hoffentlich hocken keine Paparazzi in den Büschen. Nicht das mir morgen eine Affäre mit meinem Bruder angedichtet wird.*, sinniert sie.

»Aber das ist nicht alles. Es bedrückt dich noch was.«

»In der Dallas Niederlassung gibt es ein paar Probleme. Wir haben vor zwei Wochen von unserer Finanzteam einen Wink bekommen, das hier nicht alles mit rechten Dingen zugeht. Darum hat mich Dad hergeschickt, damit ich mich darum kümmere. Du weißt ja, wie er ist.«

»Ja, nichts zieht ihn von seiner geliebten Brennerei weg. Aber so war es doch schon immer. Erst recht seit Logan und du alt genug seid um für ihn zu arbeiten.«

»Ja. Ich will mich ja auch nicht beschweren. Ich liebe meinen Job. Nicht umsonst habe ich Wirtschaft studiert. Ich mag es mit Zahlen zu jonglieren und neue Absatzmärke zu ergründen. Aber das hier... ich mag es nicht Leute zu feuern.«

»So schlimm?«

»Ja. Einer der Niederlassungsleiter veruntreut Geld. Wir reden hier nicht von ein paar hundert oder tausend Dollar. Wir bewegen uns im sechsstelligen Bereich.«

»Heillige Nessi! Wirkllich?«

»Ja und sobald ich die nötigen Beweise habe, darf er seine Sachen packen. Zusammen mit dem Kündigungsschreiben wird er auch eines unsere Anwälte erhalten. Wir werden gerichtlich gegen ihn vorgehen. Ich lasse alles nach einer normalen Kontrolle aussehen, so wie ich es jedes Jahr mache, damit er keinen Verdacht schöpft.«

»Aber sonst bist du doch nur ein paar Tage in den Staaten und nun sind es bald zwei Wochen.«, gibt sie zu bedenken.

»Darüber hatte ich mir auch Gedanken gemacht. Ich wollte eigentlich im Herbst herkommen und mich mit ein paar Großhändlern und Hoteleignern treffen, um sie davon zu überzeugen, das nur McLachlan´s der einzig wahre Whiskey ist. Also habe ich das ganze kurzerhand vorgezogen.«

»Hört sich nach viel Arbeit an.« Im Stillen ist sie froh, das sie nie ins Familienunternehmen eingestiegen ist, auch wenn ihre Eltern es sich gewünscht hatten. Doch sie hatte nie die Ambitionen dafür. Sie interessiert sich nicht für die wirtschaftlichen Aspekte, wie Callum und sie hatte keine Lust zu einem Landwirtschaftstudium wie Logan. Sie hatte ihre eigenen Interessen und Vorlieben. Das haben ihre Eltern verstanden und akzeptiert.

»Was macht dein neues Buch? Kommst du voran?«

»Viel habe ich ja noch nicht. Außerdem stecke ich in der Anfangsphase. Es steht mir noch sehr viel Arbeit bevor. Ich habe zwar bereits jede Menge Informationen, aber so richtig will es nicht anlaufen.«, seufzt sie. Jetzt ist es an ihr, sich durch die Haare zu fahren. Diese Geste haben alle drei McLachlan Kinder gemeinsam. Sind sie frustriert, oder stehen vor einem Problem, fahren sie sich mit beiden Händen durch die Haare.

»Kann es sein das dich Oliver ablenkt?« Sie biegen vom Hauptweg ab und laufen an einem kleinen Bachlauf entlang. In der ferne können sie das fröhliche Plätschern eines kleinen Wasserfalls hören.

Joni will erst widersprechen und ihm sagen, dass er nicht wieder davon anfangen soll. Doch dann denkt sie einen Moment lang über seine Worte nach und muss ihm Recht geben. Langsam nickt sie. Denn es ist wirklich so, dass Oliver sie ablenkt. Es reicht ja schon seine bloße Anwesenheit. Dieser Mann hat eine so starke Präsenz, dass er damit jeden Raum ausfüllt, egal wie groß dieser ist.

»Wie kommst du denn bittschön darauf?«, versucht sie dennoch ihr Glück.

»Ich bitte dich. Wirklich? Kleine Schwester, du weißt ganz genau, das du nichts vor mir verheimlichen kannst. Also?« Mit erhobenen Augenbrauen sieht er sie an. Ertappt grinst sie zu ihm auf.

»Du bist wie Mom, weißt du das?«

»Ich glaube, das hast du schon öfters erwähnt. Aber hör auf abzulenken.«

»In gewisser Weise lenkt er mich ab. Aber nicht so, wie du das denkst. Er ist einfach unheimlich anstrengend und so ein elender Macho. Gleichzeitig ist er auch eine große Inspirationsquelle.« Sie wirft ihrem Bruder einen Seitenblick zu. »Hör auf so dämlich zu grinsen.«, sagt sie und schlägt ihm gegen den Bauch. Sie fühlt sich wohl und ist glücklich darüber, diesen Moment allein mit Callum zu haben.

»Lass mich doch grinsen. Wir sprechen uns in ein paar Wochen nochmal.«

»Wenn du meinst.«

Sie schlendern weiter durch den Botanischen Garten und genießen es ungemein. Seit Jonis Umzug in die Staaten, sehen sie sich nur noch selten. Doch immer noch mehr, als Malcolm und Mairi McLachlan ihre Tochter zu Gesicht bekommen.

Als die Sonne beginnt unterzugehen und der Park seine Tore schließt, suchen sie sich ein kleines

Restaurant, wo sie gemeinsam zu Abend essen und reden.

Es war schon immer so, dass Callum und Joni über alles miteinander reden konnten. Auch so machens Geheimnis wurde zwischen den Geschistern geteilt. Logan, der Älteste der McLachlan Kinder, ist der Einzelgänger unter ihnen. Er macht vieles mit sich selber aus. Weiß aber, das er immer zu seinen Geschwistern kommen kann, wenn er das Bedürfnis hat zu reden. Doch meist schweigt er.

Callum ist da anders. Wenn es etwas gibt, das ihn bedrückt, sucht er sich meist jemanden, mit dem er darüber reden kann. Seit Joni erwachsen ist, ist sie seine erste Wahl. So wusste sie, vor allen anderen, von seiner Homosexualität. Im Gegenzug erfuhr Callum von ihrem ersten Kuss und ihrem ersten Mal. Auf diese Informationen hätte er aber getrost verzichten können. Joni ist seine kleine Schwester und das wird sie immer bleiben, egal wie alt sie ist.

»Kommst du zum Spiel am Sonntag?«, fragt Joni Callum, bevor sie sich ein Stück Steak in den Mund schiebt.

»Lucas hat auch schon gefragt.«

»Ach ja?« Grinsend wackelt sie mit den Augenbrauen. Lachend schüttelt er den Kopf.

»Ja, hat er.« Am liebsten würde sie ein Freudentänzchen aufführen. Stattdessen begnügt sie sich damit, ihr Gesicht hinter der Serviette zu verbergen. Ihr Bruder soll noch nicht wissen, wie sehr sie sich darüber freut, das er endlich wieder verliebt ist. Das würde ihn nur unnötig unter Druck setzen.

»Es ist schön dich so zu sehen.«, rutscht es ihr dann doch noch raus.

»Es ist auch toll, sich wieder so zu fühlen. Aber wir wissen doch alle, das es nur von kurzer Dauer sein wird.« Sein eben noch fröhlicher Blick, wölkt sich. Mitfühlend greift Joni nach seiner Hand.

»Wie hast du vorhin zu mir gesagt? Wir sprechen uns in ein paar Wochen nochmal.«

»Meine Lage ist eine völlig andere, als deine.«, schnaubt er. Callum entzieht ihr seine Hand, um sich durch die Haare zu fahren. »Wenn du und Oliver erst einmal gemerkt habt, das da mehr zwischen euch ist, könnt ihr zusammen sein. Eure Beziehung wäre von der Gesellschaft akzeptiert. Unsere würde torpetiert werden und Lucas könnte alles, was er sich aufgebaut hat, vergessen. Das kann und will ich ihm nicht antun. Dafür...« Er stockt und sieht auf seinen Teller.

»Dafür liebst du ihn bereits zu sehr.«, beendet sie den Satz für ihn. Traurig nickt er. Joni muss schwer schlucken um nicht in Tränen auszubrechen. Fieberhaft grübelt sie darüber, nach was sie sagen könnte, um Callum aufzuheitern. Leider fällt ihr nichts ein. Die Situation, in der Lucas und Callum stecken, ist sehr verfahren. Sie nimmt sich dennoch vor, alles für die Beiden zu tun damit sie ihr Glück finden. Ihr romantisches Herz will einfach ein Happy End und sie empfindet es als unendlich unfair, das sich zwei Menschen lieben und nicht zusammensein können, weil irgendwelche andere Leute etwas dagegen haben. In ihren Romanen kann sie sich die Geschichte immer so zusammenspinnen, wie sie es braucht. Es gibt auch da Dramen, doch am Ende siegt immer die Liebe. Nur ist das hier das wahre Leben und sie hat schon am eigenen Leib erfahren müssen, das es nicht immer ein Happy End gibt, das nicht immer eine Beziehung gut für einen ist, auch wenn man liebt.

Auch musste sie schmerzlich erfahren, das Liebe tatsächlich blind machen kann.

»Können wir gehen, oder willst du noch ein Dessert?«, fragt Callum nach einer Weile des Schweigens. Jeder von ihnen hing seinen eigenen Gedanken nach.

»Nein, ich bin satt.« Etwas abwesend schüttelt sie den Kopf, während sie über ihre eigene Vergangenheit nachdenkt. Vor allem über das, was vor ihrer Auswanderung geschah und was im Endeffekt der Grund dafür war, dass sie nach Los Angeles gezogen ist.

Callum winkt den Kellner heran und lässt sich die Rechnung bringen.

Nachdem er bezahlt hat, verlassen sie das Restaurant und treten nach draußen, in die angenehme Abendluft.

Tief atmen sie die Luft ein, die nicht mehr die drückende Schwüle des Tages in sich trägt.

»Abends mag ich Dallas am Liebsten. Da erinnert es mich ein wenig an die Sommertage zu Hause.«

»Vergleichst du gerade Schottland mit Texas?«

»Ich wohne jetzt schon so lange in den USA, aber ich vermisse Schottland manchmal echt ungemein.«, seufzt Joni. Sie hakt sich bei Callum unter und gemeinsam suchen sie sich ein Taxi.

»Wie Dad schon immer sagt – man bekommt vielleicht den Menschen aus Schottland heraus, aber nie den Schotten aus dem Menschen. Du weißt wo deine Wurzeln sind und egal wohin es dich ziehen mag, du wirst immer mit deiner Heimat verbunden sein, egal ob du es willst, oder nicht.«

»Ich vermisse Mom und Dad.« Die Welle des Heimwehs kommt heftig und unerwartet. Sie muss schwer schlucken, um sie ein wenig niederzukämpfen.

»Dann komm uns so schnell wie möglich besuchen und bleib mal länger als nur zwei Wochen. Du bist Autorin, du kannst an jedem Ort dieser Welt arbeiten.«

»Mal sehen. Spätestens an Weihnachten komm ich heim.«

»Das will ich auch für dich gehofft haben.« Sie bleiben an einem freien Taxi stehen und Callum hält ihr die Tür auf.

»Schlaf gut, Kleines.« Einen kurzen Augenblick sieht sie ihn ratlos an, hat sie doch gedacht, dass sie sich ein Taxi teilen würden. Doch dann kommt ihr die Erkenntnis. Sie stellt sich auf die Zehenspitzen, um ihn einen Abschiedskuss auf die Wange zu geben.

»Du auch und grüß Lucas von mir.«

»Mach ich.« Ertappt legt sich Callum die Hand in den Nacken. Grinsend steigt Joni ein, um zurück zu Olivers Wohnung zu fahren.

Der Schlüssel klappert leise, als sie ihn in die Schale im Flur fallen lässt. Während sie ihre Schuhe auszieht, lauscht sie in die Wohnung. Doch alles ist ruhig. Sie runzelt die Stirn und überlegt, ob Oliver eventuell nicht da ist. Doch er hatte nichts gesagt. *Weil er dir ja auch sagt, wann er wo hingeht, du dumme Nuss.* Sie schüttelt den Kopf. Dennoch schaut sie nach, ob sie ihn irgendwo finden kann.

Küche und Wohnzimmer sind dunkel und verwaist, genauso wie die Dachterrasse. Sie zuckt kurz mit den Schultern. *Anscheinend ist er ausgegangen. Ob er mit einer seiner Gespielinnen zusammen ist?* Als sie sich das fragt, zieht sich ihr Magen schmerzhaft zusammen. Genauso wenig, wie Oliver sie teilen will, möchte sie ihn teilen. In der Zeit, in der sie diese Freundschaft+ Situation haben, will sie die Exklusivrechte. Sobald sie ihn das nächste Mal sieht, wird sie ihm das deutlich sagen.

Als sie sich auf den Weg zum Gästezimmer macht, kommt sie an seinem Arbeitszimmer vorbei. Leise Rockmusik dringt an ihr Ohr und unter der Tür kann sie einen diffusen Lichtschein erkennen. *Er ist doch da!* Innerlich jubelt sie. Äußerlich lässt sie sich nichts anmerken, als sie klopft und die Tür öffnet.

»Hey.«, flüstert sie. Oliver sitzt hinter seinem Schreibtisch und blickt auf, als sie hereinkommt.

»Hallo.«, murmelt er. Er lehnt sich zurück, wobei das Leder des Bürostuhls leise knarzt. Vor ihm steht ein Laptop.

Joni betritt den Raum und schließt die Tür leise wieder hinter sich. Sie war bisher nur einmal kurz hier drinnen. Nun nimmt sie sich einen Augenblick, um sich umzusehen. Die große Anzahl an Bücher überrascht sie sehr.

Schweigend beobachtet Oliver sie dabei, wie sie sich in seinem Arbeitszimmer umsieht. Das Video, was er sich bis eben angesehen hat, verharrt im Pausenmodus.

Trotz einer zusätzlichen Kraft- und Ausdauereinheit am frühen Abend brodelt es noch gewaltig in ihm. Solche Besitzansprüche, wie er sie gegenüber Joni an den Tag legt, kennt er nicht von sich. Er war schon immer etwas aufbrausend, doch das hat er immer auf dem Feld raus gelassen. Bei ihr ist es anders. Da fühlt er sich wie ein Vulkan, der ständig kurz vorm Ausbruch steht. Lucas hat es erst heute am eigenen Leib erfahren.

Langsam kommt Joni auf ihn zu. Sie lässt ihn genauso wenig aus den Augen, wie er sie. Sie umrundet den Schreibtisch und bleibt vor ihm stehen. Er lehnt sich zurück, um zu ihr aufsehen zu können.

»Was machst du?«, fragt sie und deutet mit dem Kinn auf den Bildschirm.

»Ich seh mir das letzte Spiel der *Eagles* an.«

»Eure Gegner am Sonntag?«

»Ja. Wenn wir sie schlagen, sind wir in den Play Offs. Sollten wir verlieren können wir nur auf eine Wild Card hoffen.«

»Ich habe mich zwar schon mal in das Regelwerk eingelesen, aber so richtig folgen kann ich dir nicht.« Etwas ratlos kratzt sie sich am Kinn.

»Eigentlich ist es ganz einfach...« Er packt sie in den Kniekehlen und sieht sie auf seinen Schoß. Joni verliert etwas das Gleichgewicht und muss sich an seinen Schultern abstützen, um nicht komplett auf ihm zu laden. Sie rutscht etwas herum und platziert ihre Knie direkt neben ihm auf der Sitzfläche des Stuhls. Er muss sich ein triumphierendes Lächeln verkneifen. »...die NFL ist in zwei Conferences unterteilt, die widerung in vier Divisions...«

»Das weiß ich schon längst. Ihr spielt in der *NFC East*, zusammen mit dem *Philadelphia Eagles*, den *New York Giants* und den *Washington Redskins.*«, unterbricht sie ihn.

»Genau.« Oliver macht eine schnelle Bewegung nach vorne und küsst sie kurz. Verdutzt sieht sie ihn aus großen Augen an. Er mag es, sie zu überrumpeln. Seine großen Hände beginnen über ihre Oberschenkel in Richtung ihres Pos zu wandern. »Der Erstplatzierte jeder Devision ist automatisch in den Play Offs und die *Eagles* sind uns auf den Fersen. Wenn das Spiel am Sonntag abgepfiffen wird, ist eine der beiden Mannschaften weiter. Es gibt dann noch zwei weitere Plätze, die durch die Wild Card Teams besetzt werden. Die beiden Teams, die von den Verbleibenden aller Devisions prozentual am besten abgeschnitten haben, bekommen die Wild Cards, ganz einfach ausgedrückt.«

»Aha.«, murmelt sie. Er kann ganz genau erkennen, wie sie sich zusammenreißt. Denn seine Finger streichen über ihren tollen Hintern und fahren unter den Bund ihres Shirts. Er kann die Gänsehaut auf ihrer Haut nur zu gut spüren.

»Du siehst, es geht um eine ganze Menge. Wir wollen uns in diesem Jahr wieder den Super Bowl holen.«

»Will das nicht jede Mannschaft?« Sie steigt in sein kleines Spiel mit ein. Ihre Hände fahren in seinen Nacken und streichen immer wieder über die Haut. Schauer der Lust rieseln über seinen Rücken. Oliver bewegt etwas die Hüften, um einen Stoß zu imitieren. Sofort werden ihre Augen dunkler, kaum das sich ihr Mitten berühren.

»Natürlich will das Jede. Aber nicht alle haben das Zeug dazu.«

»Und ihr habt es?«

»Natürlich!«, antwortet er im Brustton der Überzeugung.

»Davon kann ich mich am Sonntag überzeugen.«

»Du kommst zu dem Spiel?«, fragt er erstaunt.

»Natürlich. Ich will dich in Aktion sehen.« Ein kleines Lächeln umspielt ihre Lippen, als sie etwas weiter nach vorn rutscht. Sie beugt sich nach vorn, als wolle sie ihn küssen, verharrt aber wenige Millimeter vor seinen Lippen.

Ein Grollen dröhnt aus seiner Kehle, als er darauf wartet, was sie als Nächstes vor hat.

Ihre Fingerspitzen tanzen über seine Schultern und fahren über seine Brust nach unten. Sie finden den Bund seines T-Shirts und schieben es langsam nach oben. Oliver richtet sich auf, um es ihr leichter zumachen. Sie zieht es ihm über die Schultern und lässt es neben den Schreibtischstuhl fallen.

Er greift neben sich, klappt den Laptop zu und schiebt ihn zur Seite.

Joni quietscht leise auf, als er sie an den Hüften packt und sie auf seinen Schreibtisch setzt.

Verlangend blickt er zu ihr auf, während sie sich selber ihr Oberteil auszieht. Die Luft zwischen ihnen knistert förmlich.

Joni packt seinen Kopf und küsst ihn. Sofort erwidert er es und ihre Zungen beginnen einen erotischen Tanz.

»Ich will die Exklusivrechte an dir.«, murmelt sie gegen seine Lippen.

»Was?« Verwirrt sieht er sie an. Sein Hirn ist vor Verlangen ganz benebelt und kann ihr nicht folgen.

»Du willst, das ich mich zwischen dir und Lucas entscheide, auch wenn es da nichts zu entscheiden gibt. Im Gegenzug verlange ich von dir, das du die Finger von deinen Püppchen lässt, während ich hier bin.«

»Das wäre nur fair.«, stimmt er zu und will sie wieder küssen.

»Da wir das ja jetzt geklärt hätten...« Joni schiebt ihn, an den Schultern, zurück und rutscht vom

Schreibtisch. »...geh ich ins Bett.« Sie schnappt sie ihr Shirt und bevor er auch nur ein kleines Bisschen reagieren kann, ist sie bereits an der Tür.

»Echt jetzt?«

»Wie du mir, so ich dir.« Sie wirft ihm noch eine Kusshand zu und lässt ihn allein, um sich unter die kalte Dusche zu stellen.

Kapitel 27

Am Sonntag frühstücken Oliver und Joni gemeinsam. Sie sprechen über dieses und jedes, lassen das Spiel am Abend aber außen vor. Deutlich spürt sie seine Anspannung.

»Du bist nervös«, stellt sie fest. Überrascht lässt er das Toast sinken.

»Es ist ein wichtiges Spiel. Es würde was verkehrt laufen, wäre ich nicht nervös.«

»Es überrascht mich.«

»Warum? Weil du mich für einen ungehobenen Klotz hälst?« Mit einem schiefen Grinsen auf den Lippen, beobachtet er sie von der Seite.

»Du bist immer so selbstsicher und überezeugt von dem, was du tust.«

»Das könnte daran liegen, weil ich von meinen Taten überzeugt bin. Das bedeutet aber nicht, das ich nicht nervös bin. Klar bin ich angespannt, heute geht es um eine ganze Menge. Außerdem ist so ein bisschen Aufregung nicht schlecht. Heute Abend, wenn ich aufs Feld raus gehe und das Adrenalin durch meine Adern pumpt, lauf ich zu Höchstform auf.« Entspannt lehnt sich Oliver zurück.

»Nur das du heute auf der Bank sitzen wirst.« Kaum spricht sie die Worte aus, verdunkelt sich sein Blick. Finster wendet er sich wieder seinem Frühstück zu.

»Danke für die Erinnerung.«, brummt er.

Innerlich stöhnt Joni auf. Sie wollte ihm nicht die gute Laune verderben, aber leider ist es eine Tatsache. Es wird das erste Footballspiel sein, das sie live sieht und er wird nicht dabei sein. Gern würde sie ihn in Aktion erleben. Das Training der Lions hat ihr bereits einen guten Eindruck vermittelt, doch Joni ist sich sicher, das Oliver erst im Stadion sin volln Können, seine ganze Grazie, zeigt.

Gestern hat sie den Tag damit verbracht sich genau in das Regelwerk des American Football einzulesen. Auch wenn ihr der Kopf noch immer schwirrt, hat sie es durchgezogen. Sie möchte nachher nicht auf der Tribüne sitzen, aufs Feld starren und sich die ganze Zeit fragen was da vor sich geht.

»Ich mach mich los.« Er stellt seine große Sporttasche neben der Couch ab, auf der sie es sich gemütlich gemacht hat. Er muss weitaus eher im Stadion sein, da vorher noch Besprechungen und letzte Spielvorbereitungen anstehen.

»Ok. Bis dann.« Ganz selbstverständlich beugt sich Oliver nach vorn und küsst sie zum Abschied. Das es dabei leicht in ihrem Magen flattert, ignoriert sie. Joni blickt ihm hinterher. Ein Gefühl der Sehnsucht steigt in ihr auf. Schnell wendet sie sich wieder ihrer Arbeit zu.

Schon nach kurzer Zeit lässt sie sie frustriert sinken. Sie kann sich absolut nicht konzentrieren. Ihre Gedanken kreise immer wieder um das Spiel, von dem so viel abhängt. Ruhelos steht sie auf und beginnt durch die Wohnung zu tigern. Doch auch das bringt nicht viel. Kurz überlegt sie, ob sie Callum anrufen soll, lässt es dann aber sein. Er hat ihr erzählt, dass er gestern ein langes Geschäftsessen hatte und heute einfach mal ausschlafen will. Außerdem wird er sicherlich noch mit ihrem Vater telefonieren, um ihn auf dem Laufenden zu halten.

Sie lässt ihr Handy von einer Hand in die Andere wandern. Plötzlich segelt lautlos ein kleiner Zettel aus der Hülle. Sie bückt sich danach und als sie sieht, was darauf steht, weiß Joni sofort, wie sie die Zeit bis zum Spiel verbringen kann.

»Schön das du Zeit hast.«

»Immer wieder gern. Ich quatsch gern mit dir. Außerdem hätte ich jetzt auch nur allein zu Hause rumgesessen und mir später das Spiel im Fernsehen angesehen.« Amy zieht sich die Sonnenbrille aus den Haaren und setzt sie sich auf. »Also, wazu hast du Lust?«

»Ich habe keine Ahnung. Hauptsache es lenkt mich an.« Joni zuckt mit den Schultern. Sie hat Amy angerufen und gefragt, ob sie Zeit hätte.

»Hm... Warst du schon im *Perot Museum*?«

»Nein, aber ich glaube das ist nicht das Richtige für heute. An einem anderen Tag gern. Aber ich glaube ich könnte mich heute nicht darauf konzentrieren.«

»Ok. Ich werde dich daran erinnern. Dann lass uns einfach hier hinsetzten und quatschen.« Sie deutet auf die Bänke in dem kleinen Park vor Olivers Wohnung.

Sie suchen sich eine im Schatten einer großen Eiche.

Nervös fährt sich Jonie durch die Haare.

»Wir kennen uns zwar noch nicht lange, aber willst du mir verraten was los ist? Du bist so unruhig.«

»Wie kommst du darauf?«, versucht Joni es zu verbergen.

»Du kannst nicht still sitzen, ständig sind deine Finger in Bewegung. Wenn du im Diner sitzt und arbeitest ist das anders. Da bist du völlig ruhig.«

»Naja, heute ist doch das Spiel...«

»Ach deswegen. Die ganze Stadt fiebert dem Match entgegen. Da bist du nicht allein. Aber ich dachte, du insterressiert dich nicht so für Football.«

»Tu ich ja auch nicht. Zumindest war mir, bis vor Kurzem, nicht klar um wie viel es heute Abend geht.«

»Es wäre schon mies, wenn die Lions verlieren. Aber davon geht die Welt auch nicht unter. Die nächste Saison kommt bestimmt.«

»Schön das du das siehst. Doch da sind sicher nicht alle deiner Meinung. Sollten sie verlieren, werden viele Menschen verdammt sauer auf Oliver sein. Ich weiß ja wie meine Brüder und mein Dad sind. Wenn ihr Fußballverein verliert, herrscht regelmäßig miese Stimmung zu Hause.«

»Oliver? Habe ich da etwas verpasst? Ich dachte das wär was zwischen Lucas und dir...«

»Ähm...« Joni spürt, wie sie rot anläuft. Auch wenn sie versucht, sich nichts anmerken zu lassen, so kann sie die verräterische Röte nicht aus ihren Wangen vertreiben. »Das ist eine lange Geschichte.«, murmelt sie.

»Das hast du schon einmal gesagt. Aber wir haben jetzt Zeit. Das Spiel beginnt erst in ein paar Stunden. Ich würde dir ja anbieten, das wir uns das Spiel gemeinsam auf meinem Fernseher ansehen. Aber du hast sicher Karten.« Joni sieht die junge Frau neben sich aufmerksam an. Sie kann es gut verbergen, dennoch erkennt ihr geschultes Auge es. Amy würde gern das Spiel live sehen. Plötzlich fällt es ihr, wie Schuppen von den Augen und sie kann sich gerade noch davon abhalten sich die flache Hand gegen die Stirn zu klatschen. Sie hat ihr erzählt, dass sie mit ihrem Job zwar gut über die Runden kommt, sich aber nur schwer etwas außer der Reihe gönnen kann. Da sind Tickets für ein heißbegehrtes Footballspiel nicht drin. Sie zieht ihr Handy aus der Hostentaschen und schreibt Suzanna eine kurze Nachricht, in der sie sie fragt, ob es in Ordnung ist, wenn sie noch eine Person mitbringen würde.

»Es läuft nichts zwischen Lucas und mir.«, spricht sie das Thema an, das Amy jetzt am besten ablenken wird. Wie erhofft verschwindet der traurige Ausdruck aus ihren Augen und macht einem aufgeregten Glitzern Platz.

»Die Zeitungen scheinen nichts davon zu wissen. Ihr seid in allen möglichen Blättern und selbst im Fernsehen wurde schon über euch zwei berichtet. Angeblich heiratet ihr nächste Woche, weil du bereits schwanger bist.«

»Diese Gerüchte sind einfach lächerlich. Ich bin definitiv nicht schwanger und schon gar nicht von Lucas. Luftbestäubung läuft bei uns Menschen nicht. Wir sind Freunde, inzwischen echt Gute und fertig.«

»Das habe ich mir schon gedacht und was ist mit Oliver? Du bist so rot geworden, als ich seinen Namen erwähnt habe.«

»Bin ich nicht.«, grummelt Joni und rutscht auf der Bank etwas tiefer. Sie verflucht sich dafür, dass sie die Haare zu einem Zopf gebunden hat. Wären sie jetzt offen, könnte sie sich hinter dem Vorhang aus roten Locken verstecken.

»Doch bist du und du wirst es gerade wieder.« Lachend piekt Amy ihr in die Wange.

»Na schön, ich sag es dir. Aber du musst hoch und heilig versprechen, das du nichts weiter erzählst. O lyncht mich, wenn davon etwas an die Öffentlichkeit dringt und das meine ich wörtlich, er würde mich gnadenlos umbringen, meine Leiche irgendwo verscharren und allen, die mich vermissen würden, glaubhaft verklickern, das ich nach Afrika ausgewandert wäre.«

»Ach Quatsch. Deine Familie würde es sicher merken.«

»Da wäre ich mir nicht so sicher. Er kann sehr charmant sein, wenn er will.«

»Und was kann er noch?« Freundschaftlich stößt Amy Joni mit der Schulter an.

»Vorher dein Versprechen.«, fordert sie. Oliver wäre ganz sicher nicht begeistert, wenn es plötzlich Affärengerüchte um seine Person gäbe. Zumal es ein gefundenes Fressen für die Presse wäre. Sie will sich lieber nicht ausmalen, was dann für ein Sturm losbrechen würde.

»Ich, Amanda Sullivan verpreche das alles, was zwischen uns Frauen besprochen wird unter uns bleibt. Großes Pfadfinderehrenwort!« Feierlich hebt sie ihre Hand und spricht ihr Versprechen. Ihr ernster Gesichtsausdruck lässt Joni lachen. »Jetzt aber raus mit der Sprache! Ich platze gleich vor Neugier.«

Nach einer Kunstpause, um Amys Spannung noch weiter zu steigern, erzählt sie ihr von ihrem Verhältnis zu Oliver. Die ganz privaten Dinge lässt sie dabei aus. Auch wenn Amy ihr ungemein sympathisch ist und sie die quirlige Kellnerin sehr mag, kennt sie sie dennoch erst kurz. Zu kurz, um ihr vom Sex mit Oliver zu berichten.

»Heilige Scheiße!«, entfährt es Amy. Schnell schlägt sie sich die Hand vor den Mund und sieht reuevoll zu ihr hinüber. »Sorry. Das wollte ich nicht sagen.«

»Schon gut. Ich lebe in L.A. Da bekommt man mitunter ganz andere Dinge zu hören.«, winkt Joni ab.

Das Handy in Jonis Tasche vibriert. Sie schaut auf das Display. Es ist Suzannas Antwort. Schnell überfliegt sie die Nachricht.

»Was hast du heute Abend vor?«, fragt Joni Amy.

»Ich habe ein heißes Date mit meiner Couch und dem Fernseher.«

»Nein hast du nicht.«

»Habe ich nicht?« Mit erhobenen Augenbrauen sieht sie sie an.

»Genau. Du kommst mit mir und meinem Bruder ins Stadion.«

»Ich tu was?« Erstaunter hätte Amy nicht sein können. Ihre Augen sind kreisrund, die Augenbrauen sind, bis kurz vor ihren geraden Pony, hochgezogen.

»Du hast schon richtig gehört.«

»Aber ich habe keine Karte. Himmel, das könnte ich mir nie im Leben leisten.«

»Darum kommst du ja mit uns mit. Es hat schon seine Vorteile, wenn man die Eignerin der Stars kennt.«

»Mal ganz abgesehen von den Spielern. Aber das ist lieb gemeint. Doch ich kann das nicht annehmen.«, lehnt Amy ab.

»Natürlich kannst du. Ich brauche dich als Unterstützung. Mein Bruder hat von Football genauso wenig Ahnung wie ich. Wer soll mir das alles erklären, was auf dem Spielfeld passiert?«

»Du bietest mir quasi einen Job an? Ich erkläre dir die Regeln und kann dafür mit ins Stadion?«

»Wenn du es so sehen willst – ja, genau so ist es.«

»Okay. Deal!« Lachend schlägt sich Amy die Hände über dem Kopf zusammen »Das ist der absolute Wahnsinn! Ich kann endlich mal ein Spiel live sehen.

Du hast ja keine Ahnung, wie lange ich mir das schon wünsche.«

Die beiden Frauen verbringen den Nachmittag zusammen und lernen sich immer besser kennen. Joni ist froh die junge Kellnerin getroffen zu haben. Sie liegen absolut auf einer Wellenlänge. Im Laufe des Nachmittags unterhalten sie sich über Gott und die Welt, wie sie es bereits im Diner getan haben. Vor allem ist Joni erleichtert, das Amy nicht versucht ihr einzureden, das sie tiefere Gefühle für Oliver hätte. Sie hat sich ihre Geschichte angehört und fertig. Sie gibt keine Wertung ab oder stellt Mutmaßungen auf, wie es Callum und Lucas bereits des Öfteren getan haben.

Als das Spiel immer näher rückt, verabschieden sich Joni und Amy kurz voneinander, um sich umzuziehen. Sie verabreden, sich vor dem Südeingang des Stadions zu treffen.

Nervös tigert Joni durch die Wohnung. Callum wollte vor zwei Minuten da sein, um sie abzuholen. Doch es fehlt jede Spur von ihm. Sie hat sich eine Jeans und das Lionsshirt angezogen. Ihre wilden Locken sind unter das Basballcap gequetscht. Kurz war sie versucht die Hose, welche sie von Suzanna im Fanshop bekommen hat, anzuziehen. Doch das erschien ihr dann doch als zuviel des Guten.

Wieder wandert ihr Blick auf die digitale Uhr an der Mikrowelle. Seit ihrer letzten Kontrolle der Uhrzeit ist nicht einmal eine Minute vergangen.

»Das ist doch verrückt! Es ist ein dämliches Footballspiel und ich mache hier einen Aufstand, als würde ich jeden Moment vor den Traualtar treten!«, schimpft sie laut und wendet den Blick ab. Sie geht hinaus auf den Balkon, der an das Wohnzimmer angrenzt. Hier hat sie sich bisher eher selten aufgehalten. Einfach aus dem Grund, weil es hier recht laut ist. Die viel befahrene Straße verläuft an dieser Seite des Gebäudes und der Lärm der Fahrzeuge weht stetig hinauf. Im Gegensatz zur Terrasse mit ihren vielen Pflanzen gibt es hier nur einen runden Tisch mit vier Stühlen. Selbst Oliver ist nicht oft hier draußen. Er bevorzugt ebenfalls die deutlich ruhigere Dachterrasse. Darum wird der Balkon meist nur als Raucherzone genutzt, wenn Gäste da sind.

Joni lehnt sich gegen das Geländer aus durchsichtigem Glas und sieht nach unten. Von hier hat sie den Eingang gut im Blick und kann Callum sofort sehen, sobald er da ist.

Die Minuten schleichen nur so dahin und von ihrem Bruder ist immer noch nichts zu sehen. Sie sieht auf ihr Handy. *So langsam muss ich los, wenn ich den Anfang nicht verpassen will.*

Sie beschließt, dass sie ohne ihren Bruder aufbricht. Wer weiß, was ihn aufgehalten hat. Sie schickt ihm eine Nachricht, das sie sich am Stadion treffen und macht sich auf den Weg nach unten.

»Hallo.«, begrüßt sie den Portier.

»Guten Abend Miss McLachlan. Was kann ich für sie tun?«, fragt er freundlich und blickt zu ihr auf. Im ersten Moment ist Joni überrascht, dass er sie mit ihre Namen anspricht. Immerhin hat sie sich ihm nie vorgestellt. Andererseits ist es auch sein Job zu wissen, wer in diesem Gebäude wohnt – auch wenn es nur vorübergehend ist.

»Würden Sie mir bitte ein...« Es poltert neben ihr und sie sieht zum Eingang. Dort steht ihr Bruder, die Haare total durcheinander und völlig außer Atem.

»Ja?«, will der Portier wissen. Er lässt sich von der Ankunft des Besuchers nicht aus der Ruhe bringen.

»Hat sich erledigt. Aber trotzdem Danke.«

»Immer wieder gern.«

Sie geht zu Callum, der die Hände auf den Knien abstützt und verzweifelt nach Atem ringt.

»Will ich wissen, wo du jetzt her kommst?«, fragt sie ihn.

»Es...kommt ...darauf an.«, japst er. Langsam richtet er sich auf. »Sorry das ich zu spät bin. Mir ist ... ähm ... was dazwischen gekommen.«

»Okay. Aber wir müssen los.« Sie packt ihn an Ärmel seines schwarzen T-Shirts mit dem roten Löwenkopf und zieht ihn hinter sich her nach draußen.

Das Taxi, mit dem Callum gekommen ist, wartet noch vor dem Gebäude. Sie steigen ein und fahren zum Stadion.

»Ich dachte Spieler dürfen keinen Sex vor einem Match haben?«, fragt sie ihren Bruder flüsternd. Dabei sieht sie von unten zu ihm auf.

»Wer sagt denn sowas?«, antwortet er genauso leise, damit der indische Fahrer, der lautstark Bollywoodhits schmettert, sie nicht hört. Um sein dümmliches Grinsen zu unterdrücken, beißt er sich auf die Unterlippe.

»Zum Beispiel Oliver.«

»Und er konnt die Finger von dir lassen?«

»Anscheinend.«, brummt sie. Flüsternd erzählt sie im, wie sie O vor zwei Tagen in seinem Arbeitszimmer scharf gemacht hat und ihn dann einfach stehen ließ, wie er in der Nacht dann zu ihr kam und es ihr doppelt heimzahlte und das er ihr danach erklärte, das sie erst nach Spiel wieder Sex haben können. Sie war zu dem Zeitpunkt einfach zu geschafft von seinem ideenreichen Zungenspiel und hatte nicht weiter nachgefragt. Erst bei ihren gestrigen Recherchen war sie wieder auf das Thema gestoßen.

»Lucas hat nichts dergleichen erwähnt. Vielleicht gilt das nur für Quarterbacks.« Ratlos zuckt er mit den Schultern.

Als sie am Stadion ankommen, sind überall Menschen. Nicht nur der riesige Parkplatz ist voll, auch auf den Gehwegen stehen Massen. Sie unterhalten sich, lachen, singen, trinken Bier oder holen sich etwas zu Essen an den unzähligen Foodtrucks, die entlang der Straßen Position bezogen haben.

»Himmel! Ich wusste doch das wir zu spät dran sind.«, murmelt Joni. Sie bezahlt den Fahrer und steigen aus.

»Wo müssen wir hin?«, fragt Callum.

»Südeingang. Suzanna hat uns auf irgendeine Liste setzen lassen.«

»Und wer ist das?«

»Die Besitzerin der Lions. Sehr sympathische Frau. Erinnert mich ein bisschen an Mom. Na los. Ich will den Anfang nicht verpassen.« Sie hakt sich bei Callum unter und gemeinsam schlängeln sie sich durch die Menge.

Sobald der Südeingang in Sicht kommt, hält sie Ausschau nach Amy. Immer wider stellt sie sich auf die Zehenspitzen und sucht nach ihr. Doch bei all den Menschen, die hier sind, ist es schwer sie zu finden.

»Was soll das denn?« Als sie mal wieder hochspringt, um besser sehen zu können, zieht er sie zurück auf ihre Füße.

»Ich suche Amy.«

»Wer zur Hölle ist das denn nun wieder.«

»Eine Freundin. Hah! Da ist sie! Amy!« Joni entdeckt sie endlich. Sie steht direkt am Eingang und sieht sich ebenfalls suchend um. Als sie Jonis Ruf hört und sie sieht, winkt sie erfreut.

»Ich dachte schon du hast mich versetzt.«, lacht Amy und umarmt Joni zur Begrüßung.

»Niemals. Mein lieber Herr Bruder hatte sich verspätet. Amy, das ist Callum.« Sie stellt die Beiden einander vor.

»Hallo, freut mich dich kennenzulernen und entschuldige die Verspätung.« Callum reicht ihr die Hand, die sie freudig schüttelt.

»Ach kein Problem. Jetzt seid ihr ja da.«

Gemeinsam steuern die drei den Ordner, in der gelben Weste, an. Joni hofft, dass er ihnen weiter helfen kann. Denn sie hat keine Ahnung wohin sie genau müssen.

»Entschuldigung? Können Sie uns eventuell helfen?«, spricht sie den jungen Mann mit Vollbart an.

»Ich kann es versuchen. Welches Problem gibt es denn?«

»Wir haben keine Ahnung wo wir hin müssen. Wir sollen auf irgendeiner Liste stehen.«, erklärt Joni ihm ihr Anliegen.

»Na dann schauen wir mal. Wie ist der Name?« Der Ordner zückt ein Klemmbrett.

»Joni McLachlan plus zwei Begleitpersonen.«

»Einen Moment, ich schaue nach...« Er klappt die erste Seite um, dann die zweite und anschließend die

Dritte. Nervös tritt Joni von einem Fuß auf den anderen.

Das Stirnrunzeln des Ordners vertieft sich immer weiter, je weiter er blättert.

»Hier haben wir Sie ja! Joni McLachlan plus Begleitung. Einfach hier durch...« Er deutet auf einen kleinen separaten Eingang neben den Absperrungen, durch die die anderen Fans gehen müssen. »...dann mit dem Fahrstuhl ganz nach oben und in Richtung Skylounge gehen. Ich wünsche Ihnen viel Spaß beim Spiel.« Er reicht ihnen je einen Zutrittspass, der an einem Band hängt und tritt zur Seite und lässt sie durch. Im Augenwinkel sieht Joni, wie Amy die Augen aufreißt, ein stummes *wow* auf den Lippen.

Sie folgen der Wegbeschreibung des Ordners und finden sich kurze Zeit später in einem riesigen Raum wieder, der von einer durchgehenden Glasfront dominiert wird. Auf ihrer rechten Seite befindet sich eine Bar und zu ihrer Linken ist ein separater Bereich mit Esstischen und einem, bereits aufgebautem, Buffet.

»Alter Schwede.«, flüster Amy und sieht sich neugierig um. Joni mustert aufmerksam die Porträts der Lions Spieler an den Wänden. Ihr Blick bleibt an Olivers hängen. Kurz stockt ihr der Atem. Er sieht einfach verboten sexy aus. Er trägt seine komplette Ausrüstung. Das schwarze Trikot spannt um seine Schulterpolster. Den Helm hat er sich unter den Arm geklemmt. Ernst und siegessicher sieht er auf sie hinunter. Das Eyeblack lässt seine braunen Augen noch dunkler erscheinen.

»Er sieht echt heiß aus. Ich beneide dich.«, raunt Amy neben ihr.

»Danke.«, kichert Joni. Sie wenden sich von Olivers Anblick ab und schauen sich weiter um. Neben der Bar befinden sich mehrere Flachbildfernseher. Sie zeigen das Geschehen auf dem Spielfeld aus verschiedenen Perspektiven. Vor der großen Fensterfront befinden sich gemütliche Sofas und Sessel. Einige der Glastüren sind geöffnet und geben so den Weg auf den angrenzenden Balkon frei.

Es befinden sich bereits einige VIP Besucher in der Skylounge und alle tragen Anzüge oder schicke Kostüme. Amy und Joni fühlen sich absolut underdressed. Etwas peinlich berührt zupfen sie an ihren Fanshirts. Callum scheint das alles nichts auszumachen. Er bewegt sich, als würde er jeden Tag hier sein.

»Guten Abend. Kann ich Ihnen etwas zu trinken bringen?«, spricht sie eine junge Kellnerin an.

»Vier Champagner bitte, Christal.«, ertönt Suzannas Stimme und im nächsten Moment steht sie von den beiden jungen Frauen.

»Sehr gern, Mrs Bosworth.« Die Kellnerin wendet sich ab, um die Bestellung zu erledigen.

»Schön das du da bist. Das ist ein besonderer Abend.« Sie umarmt Joni. »Hallo. Ich bin Suzanna Bosworth. Aber nennen Sie mich ruhig Suzanna.«, wendet sie sich Amy zu.

»Amanda. Aber alle nennen mich nur Amy.«

»Freut mich. Willkommen in unserer bescheidenen Hütte.«

»Bescheiden würde ich das nicht gerade nennen.«, meint Joni.

»Im Vergleich zu manch einem anderen Footballstadion ist unseres etwas klein. Aber wenn die Saison weiter so erfolgversprechend verläuft, könnte ich die Investoren weichklopfen Geld für einen Umbau locker zu machen.«

»Suzanna, das ich mein Bruder Callum.«, stellt Joni ihn vor, als er zu den drei Frauen tritt. Er hat sich bereits den Balkon angesehen. So langsam macht sich auch in ihm Aufregung breit. Es wird das erste Mal sein, das er Lucas in Aktion sieht.

»Sehr erfreut. Suzanna. Ah da kommt ja der Champagner.« Sie nimmt Christal die Gläser ab und verteilt sie. »Lasst uns auf das Spiel anstoßen. Mögen unsere Jungs siegreich vom Platz gehen.« Sie prosten sich zu.

»Entschuldige, das wir nicht ganz den Dresscode entsprechend gekleidet sind.« Callum deutet auf ihre Shirts.

»Ach was. ihr seht super aus. Das ist genau der Teamgeist, der hier rein gehört. Die ganzen Anzugträger hier haben nur ihre Renditen im Kopf. Ich freue mich darüber das Spiel mit euch anzusehen. Endlich mal jemand, dem ich nicht andauernd Honig um den Bart schmieren muss. Ich kann mich einfach mal zurücklehnen und das Match genießen.«, winkt die Besitzerin der Lions ab. Durch die geöffneten Türen dringen die Geräusche des Stadions zu ihnen. Das Stimmengewirr wird immer lauten und die ersten Fangesänge sind bereits zu hören. Auch Trommeln werden gespielt und Tröten lautstark zum Einsatz gebracht.

»Die Bar habt ihr sicher bereits gesehen. Scheut euch nicht und bestellt, wonach euch ist. Solltet ihr Hunger haben, das Buffet ist bereits eröffnet. Wollen wir raus gehen? Da hat man den besseren Blick auf das Feld.«

»Gern.«, stimmen die Drei zu. Gemeinsam mit Suzanna gehen sie nach draußen.

Sofort werden sie von der Atmosphäre gepackt. Die Luft scheint vor Anspannung, Aufregung und Vorfreude zu schwirren. Stetig füllen sich die Ränge mit Fans, die gekommen sind, um ihre Mannschaft zu unterstützen.

Unten, auf dem Spielfeld, geben die Cheerleader beider Mannschaften bereits alles, um die Zuschauer einzustimmen. Auch wenn Joni auf Candance nicht besonders gut zu sprechen ist, muss sie ihr zugestehen, dass sie eine gute Performance abliefert.

Joni sieht sich alles ganz genau an, um möglichst viele Eindrücke zu sammeln – das große Stadion, die fünfundvierzigtausend Sitzplätze, die Menschen, die ein bunt waberndes Ganzes ergeben, die Geräusche, die Uhren, die links und rechts auf den riesigen Anzeigetafeln zu sehen sind und zeigen, wie lange es noch bis zum Kick Off dauert. Die Gespräche um sie herum blendet sie vollkommen aus.

Unaufhörlich wandert der Zeigen weiter und als die Einmarschmusik der Lions einsetzt und der Stadionsprecher alle Gäste begrüßt, macht ihr Herz einen Satz und schlägt noch schneller weiter. Sie fragt sich, ob sie Oliver erkennen wird, wenn er dann auf dem Feld steht. Die Musik wird lauter und die Lions Fans singen und klatschen begeistert mit, während der Sprecher die ersten Namen ruft und die Spieler das Feld betreten. Jeder wird frenetisch begrüßt.

»Oliver Brown!«, ruft der Sprecher und Joni zuckt zusammen. Als Letzter betritt er das Feld und selbst von hier oben kann sie erkennen, wie angespannt er ist. Sie schiebt es auf die Wichtigkeit des Spieles, doch dann fällt ihr wieder ein, das er auf der Bank sitzen wird. Erst heute Morgen hat sie ihn daran erinnert und nun vergisst sie es selber.

»Eine Schande das er nicht spielen wird.«, seufzt Suzanna. »Aber Strafe muss sein.« Joni ist zu nervös, um ihr zu antworten.

Als sie Lions komplett in der Coachingzone angekommen sind und die letzten Instruktionen von Will erhalten, betreten die *Philadelphia Eagles* das Feld. Doch Joni hat keinen Blick für sie übrig. Ihre Augen kleben an den Lions. Callum scheint ihre Anspannung zu spüren. Beruhigend legt er seine Hand auf ihre.

Die einzelnen Teams positionieren sich auf dem Feld. Die Lions haben den Münzwurf gewonnen und führen den Kick off aus. Ein Raunen geht durch die Menge, als sie registriert das nicht Oliver als Quarterback auf dem Feld steht, sondern Connor. Jesus und Lucas sind als die beiden Runningbacks gesetzt. Unruhig tritt Callum von einem Bein auf das Andere.

Der Schiedsrichter pfeift das Spiel an und sofort werfen sich massige Körper aufeinander. Selbst hier oben, in der Skylounge ist das Krachen zuhören, wenn die Protektoren der einzelnen Spieler aufeinander-prallen.

Ohne einen einzigen Yard Raumgewinn wird der Spielzug abgepfiffen. Suzanna seufzt vernehmlich und die Fans der Lions stöhnen enttäuscht. Joni lehnt sich etwas nach vorn, um die Spielerbank besser sehen zu können. Oliver sitzt, mit verschränkten Armen da und starrt auf einen Flecken Gras direkt vor seinen Füßen. Will brüllt Anweisungen und läuft an der Seitenlinie auf und ab, während seine Assistenten hektisch in ihren Unterlagen blättern.

Der nächste Spielzug beginnt und verläuft nicht wirklich erfolgreicher als der Erste. Connor will den Ball zu Lucas passen, doch er wirft zu schwach und zu unpräzise und wird vom Gegner aus der Luft gefischt.

»Connor du Pfeife!«, hört Joni jemanden rufen. Kann ihn in der Menge aber nicht ausmachen.

Die nächsten Minuten des Spiels bringen die Fans immer weiter gegen den Quarterback der Lions auf. Jeder Versuch in Richtung Endzone wird von der Defense der *Eagles* im Keim erstickt.

»Verdammt!«, flucht Suzanne und schüttelt den Kopf. Zornig presst sie die Lippen aufeinander.

»Ich nehme an, das es nicht besonders gut läuft, oder?«, fragt Joni nach.

»Es läuft beschissen! Entschuldige bitte meine Ausdrucksweise, aber so ist es. Wäre Oliver nicht klettern gewesen, dann wären wir jetzt nicht an diesem Punkt.«

»Du scheinst nicht viel auf Connor zu halten.«

»Er ist ein guter Spieler, sonst hätte ich keine Geld für ihn bezahlt. Aber er ist zu unerfahren. Er ist nervös. Das ist das erste Mal, das er von der ersten Minute an auf dem Feld steht. Will hat ihn bisher nur am Ende eines Matches eingesetzt, wenn alles bereits für uns entschieden war. Er braucht Praxis.«

»Aber wie soll er die bekommen, wenn er nicht spielen darf?«

»Er darf ja spielen, so ist es ja nicht. Er ist noch grün hinter den Ohren, ein typischer Rookie eben. Er hat das Talent und das weiß er auch. Sein Problem ist das er das den anderen Spielern zeigt. Lucas, Jesus, Jerry, Double T – sie alle sind gestandene und erfahrene Spieler. Sie mögen es nicht, wenn dieser junge Hüpfer daher kommt und ihnen erzählen will, wie das Spiel läuft.«

»Warum wechselt Will dann nicht einfach Oliver ein?«

»Weil er ein verdammter Sturkopf ist! Er hat beschlossen, das Oliver bestraft werden muss und das zieht er jetzt mit aller Macht durch. Himmel nein...!«, ruft Suzanna aus und schlägt die Hände über den Kopf zusammen. Ein Teil der Menge stöhnt, während der Andere begeistert jubelt.

Schnell blickt Joni auf das Spielfeld. Sie seht gerade noch, wie der Runningback der *Eagles* sich nach vorn wuchtet und samt Football in der Endzone landet. Die Anzeigentafel zeigt null zu sechs. Wenige Augenblicke steht es null zu sieben, da die *Eagles* sich den Point after Touchdown holen.

Will läuft rot an und ist kurz davor zu explodieren. Oliver zuckt noch nicht einmal mit der Augenbraue.

»Wegen dir Flachnase liegen wir hinten!«, motzt Jerry und sieht Connor giftig an.

»Ganz bestimmt nicht! Wenn ihr das machen würdet, was ich euch sage, dann sähe es jetzt anders aus und wir würden vorn liegen!«, motzt der Rookie zurück.

Oliver presst die Kiefer zusammen. Der Typ kapiert nicht, dass er genau mit so einem Verhalten das Spiel ruiniert.

»Hast du noch alle Latten am Zaun?«

»Wenn es dir nicht passt, wie ich das Spiel dirigiere, dann solltest du Pussy vielleicht im Tunnel verschwinden und dich bei deiner Mama auheulen.«

»Du miese...« Jerry will sich auf den jungen Quarterback stürzen, wird aber am Kragen von Oliver zurückgerissen.

»Das reicht!«, knurrt er aufgebracht. Es ist schon hart genug mit ansehen zu müssen, wie das zu Grunde gerichtet wird, für das er die ganze Saison geackert hat. »Reiß dich zusammen!«

»Da hast du es!« Triumphierend blickt Connor Jerry an. Ein selbstgefälliges Grinsen ziert sein Gesicht.

»Ich meinte dich, Rookie! Du denkst du kannst das Spiel? Einen Scheiß kannst du! Hör auf wie das letzte Arschloch alles kaputt zu machen. Durch dein dämliches Gequatsche bringst du die ganze Mannschaft gegen dich auf und wenn du bis jetzt noch nicht kapiert hast, das Football ein Mannschaftssport ist, dann hast du hier nichts verloren.« Damit dreht sich O um und setzt sich zurück an seinen Platz. Connor will noch etwas erwidern, wird von Will aber zurück auf den Platz geschickt, da es die Defense geschafft hat, die *Eagles* in Schach zu halten.

Der Rest des ersten Quarters ist eine absolute Katastrophe. Will pfeffert sein Headset zu Boden, als die *Eagles* einen erneuten Touchdown erzielen. Es steht inzwischen Null zu dreiundzwanzig.

»Brown!«, brüllt der Headcouch und winkt Oliver hektisch zu sich, während die anderen Spieler etwas trinken.

»Connor!«, zitiert er auch den Rookie zu sich.

»Ja?«, fragen die beiden Quarterbacks gleichzeitig.

»Du bist raus. Du gehst rein und gewinnst dieses verdammte Spiel.« Er deutet erst auf Connor und dann auf Oliver.

»Couch, das können Sie nicht machen! Ich kann das Spiel gewinnen!«, bettelt Connor.

»Einen Scheiß kannst du! Wenn hier jemand das Spiel gewinnt, dann das ganze verdammte Team und nicht du Egoist! Solange wie du das nicht kapierst, nützt dir dein ganzes Talent schlichtweg gar nicht.« Während Oliver spricht, setzt er sich den Helm auf. Er wartet keine Antwort ab, sondern geht zum Team, um sich kurz mit ihnen abzusprechen.

Ein kollektives Aufatmen geht durch die Menge, als die Lions das Feld wieder betreten und Oliver sie anführt. Sie positionieren sich an der Line of Scrimmage und Jonis Herzschlag schnellt in die Höhe.

Der Pfiff ertönt und sofort spürt man die veränderte Dynamik. Man sieht, dass sie eine eingespielte Einheit sind. Oliver bekommt den Ball zugepasst, sieht sich kurz um und wirft ihn Double T zu, der sich geschickt freiläuft. Der Ball landet präzise in seinen Händen und er legt zwölf Yards zurück, bevor er zu Boden geworfen wird.

Das Publikum rastet vor Freude aus. Endlich nimmt das Spiel die Richtung an, die sie gern haben wollen.

Bereits im nächsten Spielzug übergibt Oliver Jesus den Ball und dieser schlängelt sich so durch die Defense der *Eagles* das er den ersten Touchdown für die Lions erlangt.

Kaum ist der Ball über der Goalline, wirft Suzanne die Arme in die Luft und jubelt. Genau wie die über dreißigtausend Lionsfans.

Ein breites Grinsen erscheint auf Jonis Gesicht, als sie sieht, wie Oliver jubelt und mit seinem Team die ersten sechs Punkte feiert. Sie drückt ihm ganz fest die Daumen das er in diesem Spiel noch mehr solcher Momente hat.

Der Schweiß läuft ihm über die Stirn. Seine Augen brennen, die Muskeln sind zum Zerreißen fest gespannt und durch seine Adern pulsiert pures Adrenalin. Er wirft einen kurzen Blick auf die Anzeigetafel – es steht dreißig zu einunddreißig. Die Uhr läuft unerbitterlich herab. Ihnen bleibt gerade einmal eine knappe Minute, um dieses Spiel zu gewinnen. Er schätzt die Distanz zur Endzone ein und sieht zu seinen beiden Wide Receivern. Können sie es schaffen? Eventuell. Der Schiedsrichter pfeift und Jerry passt ihm den Ball zu. Die Wide Receiver, laufen die Passroute ab, werden aber bereits nach kurzer Zeit von den Tackles der *Eagles* gestoppt.. Er trifft seine Entscheidung. Er klemmt sich den Ball unter den Arm und rennt los. Die gegnerische Mannschaft versucht ihn zu stoppen. Sie wollen ihn genauso dringend aufhalten, wie er die Endzone erreichen will. Diese letzten Sekunden des Spiels entscheiden darüber, welche dieser beiden Mannschaften sicher in den Play Offs ist. Die Kommentatoren, in ihren Boxen, sprechen hektisch in ihre Mikrofone. Die Kameras erfassen jede kleine Bewegung auf dem Spielfeld und übertragen sie in millionen Haushalte. Die Lions haben, ab den dritten Quarter, eine beispiellose Aufholjagt gestartet. Zur Halbzeit haben die meisten Zuschauer bereits die *Eagles* als Sieger vom Platz gehen sehen.

Oliver, flink wie ein Wiesel, schlängelt sich durch die kleinsten Lücken. Die Endzone kommt immer näher. Seine Füße fliege über das Gras und er holt seine letzten Kraftreserven hervor. Seine Muskeln schmerzen vor Anstrengung, sie wollen aufgeben. Doch sein eiserner Wille zwingt sie dazu weiter zu arbeiten.

Hinter sich hört er das Krachen der Körper, die aufeinanderprallen. Er rennt weiter und macht Yard um Yard mehr Raumgewinn, während die Sekunden immer weniger werden. Er kann die Touchdownzone sehen, kein gegnerischer Spieler befindet sich vor ihm. Er hat absolut freie Bahn. In zwei Sekunden wird er über die Line sein und damit die Lions zum ersehnten Sieg führen.

Doch ganz plötzlich, kurz vor der Goalline erwischt es ihn.

Ein Tackle der *Eagles* wirft sich mit voller Wucht auf ihn und reißt ihn unerbitterlich und vollkommen ungebremst zu Boden. Der Hit kommt so unerwartet und überrascht Oliver absolut unvorbereitet. Er hat keine Chance seinen Sturz irgendwie abzufangen.

Ein stechender Schmerz rast seine Wirbelsäule hinab und alles wird dunkel.

Danksagung

Ich bin unendlich dankbar dafür, das ich die Möglichkeit habe das zu tun, was ich liebe – meiner Fantasie freien Lauf lassen und Geschichten schreiben. Das das überhaupt möglich ist, habe ich euch zu verdanken, meinen lieben Leser und Leserinnen. Vielen, vielen Dank dafür.

Liebe Britta, vielen Dank den schönen Namen, den dieses Buch trägt.

Außerdem danke ich meinen Betalesern Stefan und Jana. Ihr habt mir bei Zweifeln geholfen und mir neue Impulse und Anregungen gegeben, wenn ich mal nicht weiter wusste.

Ein weiterer Dank gilt meiner Familie – meinem Mann und unseren Kindern. Ich liebe euch.